GRADO IM STURM

Andrea Nagele, die mit Krimi-Literatur aufgewachsen ist, leitete über ein Jahrzehnt ein psychotherapeutisches Ambulatorium und betreibt heute eine psychotherapeutische Praxis in Klagenfurt. Mit ihrem Mann lebt sie in Klagenfurt am Wörthersee und in Grado.

ANDREA NAGELE

GRADO IM STURM

Ein Adria Krimi

emons:

Bibliografische Information der Deutschen Nationalbibliothek
Die Deutsche Nationalbibliothek verzeichnet diese Publikation in der Deutschen Nationalbibliografie; detaillierte bibliografische Daten sind im Internet über http://dnb.d-nb.de abrufbar.

MIX
Papier aus verantwortungsvollen Quellen
FSC® C083411

Umschlagmotiv: mauritius images/Etabeta/Alamy
Umschlaggestaltung: Nina Schäfer, nach einem Konzept von Leonardo Magrelli und Nina Schäfer
Umsetzung: Tobias Doetsch
Gestaltung Innenteil: César Satz & Grafik GmbH, Köln
Lektorat: Marit Obsen
Druck und Bindung: CPI – Clausen & Bosse, Leck
Printed in Germany 2019
ISBN 978-3-7408-0523-4
Ein Adria Krimi
Originalausgabe

Für Tobi, neben dem sich jeder Sturm
wie ein Lüftchen anfühlte (1989–2018)

Tag 1

1

Der Himmel über Grado trug ein so tiefes Grau, dass er dunkel wirkte, dabei hatte der Abend noch gar nicht begonnen.

Emmanuele konnte sich Zeit lassen, der Supermarkt hatte noch eine Weile geöffnet.

Mit überkreuzten Beinen saß er auf einem abgebrochenen Stück Mauer und atmete den Geruch von Katzenpisse und scharf riechendem Unkraut ein. Nonna Marbella hätte den Namen sicher gekannt und aus Blüten, Blättern und Wurzeln vielleicht einen Tee gebraut. »Jeder Teil einer Pflanze birgt sein eigenes Geheimnis«, sagte sie immer. Meistens aber schmeckten diese Aufgüsse giftig, und schon beim Gedanken daran ekelte sich Emmanuele.

So wenig er Nonnas angeblich heilende Tees mochte, so sehr sehnte er sich danach, sie wieder im Wohnwagen vor der Kochplatte stehen zu sehen, sie in einer Sprache Lieder singen zu hören, die er nicht verstand.

Ihr wäre es auch gelungen, in seinem Streit mit den anderen Jungs aus der Wohnwagensiedlung zu schlichten, und mit großer Wahrscheinlichkeit hätte sie ihm geraten, die Finger von Susanna zu lassen.

Ob er allerdings diesen Rat beherzigt hätte? Emmanuele war sich da nicht so sicher. Nicht umsonst erzählte man sich, dass er ein sturer Kerl sei.

Unglücklich kramte er die Zigarettenschachtel aus der Tasche seiner Jeans und zog die letzte Kippe heraus. Mit plötzlichem Zorn zerdrückte er das leere Päckchen in seiner Hand und schleuderte es in den Rinnstein. Dabei fiel ihm auf, dass der Asphalt Risse hatte, so trocken war es in den letzten Wochen gewesen.

Der Schein der Feuerzeugflamme erhellte kurz sein scharfkantiges Gesicht.

Flammen. Sie hatten Nonna Marbella verbrannt, jetzt wartete ihre Asche in einer Urne auf der Anrichte seines ältesten Bruders auf die Ewigkeit. Er bezweifelte, dass das Wissen darum seiner Oma zu Lebzeiten behagt hätte.

Er blickte aufs Meer. Die schweren Wolken schienen sich noch weiter gesenkt zu haben. Durch die Äste der Pinien schimmerte das Wasser, es wirkte nahezu schwarz und dehnte sich bis zum Horizont. Auf den Wellen wirbelte schmutziger Schaum. Die Vögel in den Baumkronen machten Radau, und das Keppeln der Möwen am Strand tönte lauter als sonst.

Tiere spürten als Erste ein aufziehendes Unwetter, das wusste er von Nonna Marbella. Auch Schlimmeres erahnten sie, lange bevor die Menschen es bemerkten.

Wie viele andere, so war auch seine Familie nach dem großen Erdbeben in Umbrien nach Norden, in sicherere Zonen, geflüchtet. Mit neuen Erdstößen rechnete Emmanuele aber nicht, auch wenn die Vögel sich merkwürdig verhielten. Schon eher mit einem heftigen Regen, der nun jederzeit über Grado hereinbrechen konnte. Vielleicht sollte er einen Zahn zulegen, um trocken in den Supermarkt zu gelangen.

Es war unglaublich schwül. Das T-Shirt klebte Emmanuele am Rücken und an der Brust, das Hoodie hatte er sich um die Hüfte gebunden. Schweiß perlte auf seiner Stirn.

Die Spitze der Marlboro glühte hellrot auf. Emmanuele zog noch ein letztes Mal daran, dann zertrat er den Stummel mit dem Absatz seines schäbigen Schuhs.

Schon lange wünschte er sich weiße Chucks, aber nein, er musste ja die Schuhe seiner großen Brüder auftragen. Langweilige braune Treter.

Der Wind hatte zugenommen. Er rauschte laut in den Pinien. Emmanuele blickte zum Himmel empor und sah Wolken über das Firmament rasen. Es kam ihm so vor, als jagten sie einander in wilder Hatz. Die Spannung, die in der Luft lag, stand kurz vor der Entladung.

Endlich. Ein Tropfen auf seinem Gesicht.

Einen Augenblick lang ersehnte er nichts mehr als einen erfrischenden Regenguss, dann besann er sich seines Auftrags und sprang los.

Er hetzte den staubigen Weg zwischen den Sträuchern entlang und bog auf die breitere Straße ein.

In diesem Moment barsten über ihm die Wolken. Der Regen, beleuchtet von den Scheinwerfern vorbeifahrender Autos, fiel zu Boden wie silberne Schnüre. Emmanuele genoss das herrliche Gefühl. Innerhalb weniger Minuten war er klatschnass.

Die Sohlen seiner abgetretenen Lederschuhe quietschten bei jedem Schritt auf dem nassen Asphalt.

Eine Zeit lang lief er parallel zu den Fahrzeugen, erst als eine ferne Ampel auf Rot schaltete und der Verkehr kurz ins Stocken geriet, drängte er sich zwischen den Autos hindurch auf die gegenüberliegende Seite der Straße.

Der Wind hatte noch weiter zugenommen und blies ihm den Regen ins Gesicht. Emmanuele schlüpfte in sein Hoodie, zog die Kapuze über sein Haar und lief weiter. Nur wenige Menschen hasteten an ihm vorbei, die gebückten Körper und Köpfe unter aufgespannten Schirmen. Von ihm nahm niemand Notiz. Es kam ihm vor, als löste er sich im Wind auf.

Immer stärker wurde der Regen, und Emmanuele versuchte, den Wasserfontänen auszuweichen, die von den Reifen der Autos auf den Gehweg geschleudert wurden. Längst schon fand er es gar nicht mehr lustig, nass durch die Gegend zu laufen.

Einmal rempelte er hart gegen den Rücken eines Mannes, der fluchend die Hand hob.

Ich bin also doch nicht unsichtbar, dachte er und sprang über die nächste Pfütze.

Endlich erreichte er den Eingang des Supermarktes, stieg

die wenigen Stufen hinauf und verschwand im Inneren. Wohltuende Kühle empfing ihn. Es verschlug ihm einen Moment lang den Atem, der Supermarkt war gesteckt voll.

Emmanuele klappte sein Handy auf und scrollte zur Liste der Einkäufe.

Wofür seine Mutter das alles brauchte?

Mit dem Geld für die Lebensmittel hätte er Besseres angestellt. Aber seine Mama meinte, für die gesamte Familie zu kochen hieße, sie damit zusammenzuhalten. Dabei nutzten die anderen sie bloß aus.

Nicht nur seine beiden Brüder und deren faule Freundinnen, nein, auch viele Bewohner der angrenzenden Wohnwagen. Mama tat so, als wären Nonna Marbellas selbstlose Aufgaben ansatzlos auf sie übergegangen. Dabei kochte sie gar nicht gut. Zu wenig Salz, zu wenig Zucker und alles schmeckte gleich. Ein langweiliger Einheitsbrei. Emmanuele biss sich auf die Unterlippe, er fand es ziemlich gemein, so über seine Mutter zu denken, selbst wenn es die Wahrheit war. Er wusste, dass sie es nie wirklich leicht gehabt hatte. Vielleicht sollte er ihr einen der Rosensträuße mitbringen, die vorn an den Kassen auf Kunden warteten. Sie würde mit ihm schimpfen, aber er wusste ja, dass ihr Gemaule nur ihre Freude überdecken sollte.

Rasch lud er Salatgurken, Kohlkopf, Zucchini, Tomaten, Auberginen und einen Zwei-Kilo-Sack Kartoffeln in seinen Einkaufswagen. Mit einem Mal begann die Neonbeleuchtung zu flackern, und ein Krachen ließ den Raum vibrieren. Erschrocken sah Emmanuele nach oben.

Sosehr er den Regen vorhin herbeigewünscht hatte, Gewitter waren ihm schon als kleines Kind verhasst gewesen. Die Angst vor Kugelblitzen, die durch geschlossene Räume rollten und alles darin in Brand steckten, hatte ihn früher oft genug in das Bett seiner Eltern getrieben.

Aber nicht nur er, auch andere Kunden wirkten verunsichert. Ein Blick durch die Fensterfront nach draußen ließ erkennen, dass der Regen in wilden Kaskaden vom Himmel fiel und grelle Blitze in rasender Folge das tiefschwarze Firmament zerrissen.

Das Trommeln der Tropfen auf dem flachen Supermarktdach erinnerte Emmanuele an Hagelschauer, und beim Gedanken an den Heimweg zog er fröstelnd seine Schultern unter dem nassen T-Shirt-Stoff nach oben.

Hastig raffte er die restlichen Artikel zusammen, eine Tüte Bohnen, die verlangte Melone, Thunfischdosen und Nudeln. Jetzt noch schnell zu den Putzmitteln im hinteren Bereich und dann nichts wie nach Hause.

Nach der Packung Scheuermittel im untersten Regal des leeren Ganges musste er sich tief bücken, und in genau dieser Position überraschte ihn ein weiterer Knall, lauter noch als der erste. Wieder begann die Beleuchtung zu flackern, diesmal aber breitete sich gleich darauf Dunkelheit aus. Von irgendwoher kam ein Pfeifen, als würde ein riesiges Tier den Atem ausstoßen. Dann verstummten für einen Augenblick alle Geräusche.

Emmanuele sah sich orientierungslos um. Er konnte kaum die eigene Hand vor Augen erkennen.

Also stehen bleiben und abwarten.

Nach ein, zwei Minuten, die ihm viel länger erschienen, hörte er die schrille Stimme einer Verkäuferin, die etwas von einem Blitzschlag schrie, der den Strom lahmgelegt habe. Da sich die automatischen Türen eine Zeit lang nicht würden öffnen lassen, wurden die Kunden gebeten, sich ruhig zu verhalten. Geduld, verlangte die Stimme, Geduld und Ruhe!

Und damit, fast schlagartig, setzte Unruhe ein.

Kleinkinder plärrten, Frauen und Männer redeten durcheinander, riefen über die Reihen hinweg und versuchten, sich gegenseitig in der Lautstärke zu überbieten.

Und draußen tobte der Sturm.

Hunderterlei ging Emmanuele durch den Kopf. Konnte er die Situation ausnutzen? Einer seiner Brüder hatte wegen

Diebstahls vor Gericht gestanden, eigentlich geriet die gesamte Sippe immer mal wieder mit dem Gesetz in Konflikt. Nur er hatte sich bisher nichts zuschulden kommen lassen. Aber das lag eher an mangelnden Gelegenheiten als am nicht vorhandenen Willen.

Doch was gab es hier schon groß zu holen außer Kisten voll mit Bananen, Tiefkühlpizza, Erdbeereis und ätzend riechendem Putzzeug.

Nun, Schuhpaste brauchte er keine, aber vielleicht hatten sie Schuhe? Gegen coole Sneakers hätte er nichts einzuwenden. Er kramte nach seinem Feuerzeug und versuchte, sich im zuckenden Schein der Flamme einen Überblick zu verschaffen.

Nichts zu machen, es war alles zu unübersichtlich.

Erst durch die endlich wieder funktionierende Notbeleuchtung gelang es Emmanuele, sich langsam voranzutasten, aber immer noch gab es Stellen, die in völlige Dunkelheit gehüllt waren. Nicht nur einmal stieß er bei seiner Odyssee gegen sperrige Einkaufswagen.

Dank einer Folge von silbernen Blitzen, die durch die Frontscheiben den Supermarkt erhellten, gelangte Emmanuele schließlich ans Ziel seiner Wünsche. Fast meinte er zu träumen, aber was er sah, war real. Vor ihm stapelten sich, als würden sie nur auf ihn warten, die heiß ersehnten Sportschuhe in verschiedenen Größen.

Emmanuele blickte sich um. Soweit er sehen konnte, war niemand außer ihm in dem schmalen Gang. Mit Hilfe des Feuerzeugs betrachtete er die unterschiedlichen Sneakers. Oh ja, er wollte eine bestimmte Marke, und als er sie fand, pfiff er durch die Zähne. Die hier waren goldrichtig.

Entschlossen bückte er sich und streifte die alten Halbschuhe von den Füßen. Glücklich strich er über den glatten Stoff der weißen Sportschuhe, dann hielt er inne. Leise Stimmen drangen an sein Ohr. Ertappt sah er sich um, doch da war niemand.

Nur eine Stimme, gedämpft durch alle möglichen Kartons,

die ihren Ursprung in einer der parallel verlaufenden Reihen haben musste.

Hastig schlüpfte Emmanuele in die Sneakers und band sie zu.

Es mussten zwei sein, dort gegenüber, aber die beiden würden ihm diese Gelegenheit nicht verderben. Allerdings sollte er sich beeilen und, bevor das Licht wieder funktionierte, rasch seinen Standort wechseln.

Leise. Er spitzte die Ohren, wie immer, wenn er versuchte, jedes Geräusch zu vermeiden. Dabei war das Letzte, was er vernehmen wollte, das leise Gespräch im anderen Gang, und doch kam er nicht umhin zuzuhören.

»Wenn du die Angelegenheit nicht geregelt bekommst, geht es dir an den Kragen. Glaube mir, ich meine es ernst.«

War das ein Mann?

»Du willst mir drohen? Ausgerechnet du?«

Und das eine Frau?

»Nein, ich mache dich nur auf die Konsequenzen aufmerksam.«

Die zweite Person antwortete etwas, das Emmanuele nicht verstand. Gleich darauf vernahm er wieder die Stimme der ersten.

»Entweder vernichtest du das Papier und verzichtest, oder ich bringe dich um. Deine Entscheidung.«

Emmanueles Hirn brauchte ein paar Sekunden, bis es verarbeitet hatte, was er da hörte.

War das eine Erpressung? Oder hatte er sich getäuscht, womöglich verhört?

Kündigte da einer kaltblütig einen Mord an?

Was sollte er tun? Er erschrak bis in die Knochen, und sein Herz klopfte wild. Es war, als würde ein Gummiring seinen Kehlkopf umschließen, sich immer fester zusammenziehen und eine Saugglocke ihm den Sauerstoff aus den Lungen pumpen. Krampfhaft nach Luft schnappend, versuchte er durchzuatmen. Ihm war schwindlig vor Angst. Kleine silberne

Sterne tanzten vor seinen Augen, Schweiß stand auf seiner Stirn, lief unter dem T-Shirt seine Brust entlang, sammelte sich in seiner Nackenfalte, den Kniekehlen, sogar an den Rändern der neuen Sneakers.

Die Stimmen auf der anderen Seite waren verstummt. Die beiden hatten ihn schnaufen gehört!

Himmel. So etwas passiert nicht real, nur im Fernsehen, versuchte er sich zu beruhigen.

Langsam, mit zunehmender Fassung, wurden seine Gedanken klarer. Er musste hier so schnell wie möglich raus.

Mit angehaltenem Atem schob er die alten Schuhe tief in ein Regal, streifte dabei mit seinem Ellbogen eine Schachtel und hörte ein ohrenbetäubendes Klirren. Irgendwas war heruntergestürzt.

Innerlich verfluchte Emmanuele seine Tollpatschigkeit. Er schlich vorsichtig den Gang entlang und sah ängstlich nach rechts und links.

Niemand zu sehen. Erleichtert atmete er aus.

Aber dann hörte er Schritte. Schuhe mit klackernden Absätzen näherten sich, kamen direkt auf ihn zu.

Emmanuele begann zu laufen. Er sprang um eine Ecke und hetzte in den offenen Bereich des Marktes. Dort war es heller. Fast sofort sah er einen der Jungs aus der Wohnwagensiedlung, aber der war ihm keine Hilfe, mit dem war er bis auf den Tod zerstritten.

Wegen Susanna.

Und jetzt wurde es auch noch hell um ihn. Neongelbes Licht flammte auf. Alles erstrahlte. Giftgrüne Avocados, tiefblaue Pflaumen, knallrote Äpfel und pinke Pfirsiche stachen ihm ins Auge. Geblendet von dem unerwarteten Farbenrausch in der Obst-und-Gemüse-Abteilung, kniff er die Lider zusammen, um sie gleich darauf wieder aufzureißen.

Kunden schoben ihre Einkaufswagen an ihm vorbei.

Wo waren die beiden von vorhin? Hatten sie sich unter die Leute gemischt?

Die kalte Angst, die ihn gepackt hatte, ließ ihn nicht los.
»Sie haben die Kassen geöffnet, die Scanner funktionieren wieder«, hörte er jemanden neben sich sagen.
Ein Hauch von Normalität.
Emmanuele begann sich rücksichtslos seinen Weg zu bahnen, rempelte ungeniert nach allen Seiten.
Endlich war er im Kassenbereich angelangt. Die Angestellten, mit einer raschen Überprüfung des Kassenstandes beschäftigt, ignorierten ihn vollständig. Das Klimpern der Münzen hallte überlaut in seinen Ohren, immer noch nahm er seine Umgebung viel zu intensiv wahr.
Schockreaktion, davon hatte er schon gehört.
Endlich gelangte er durch die wieder funktionierende Schiebetür nach draußen.
Die Intensität des Regens hatte etwas nachgelassen, aber der warme Wind von vorhin blies unvermindert heftig. Nach wie vor zuckten Blitze, nur das Grollen des Donners war schwächer geworden. Stellenweise stand das Wasser zentimeterhoch, und Emmanuele hoffte, dass seine Sneakers nicht zu Schaden kamen.
Verdammt, der vollgepackte Einkaufswagen stand ja immer noch vor der Regalreihe mit den Sportschuhen. Mit dem Diebesgut an seinen Füßen konnte er ihn schlecht holen. Und überhaupt, keine zehn Pferde brachten ihn mehr zurück in das Geschäft, in dem er dieses Gespräch belauscht hatte.
Ob seine Mutter ihm diese Geschichte wohl abnahm?
Nie und nimmer. Wenn er ihr erzählte, was er vorhin gehört hatte, wäre sie nur überzeugt, einen kleinen Spinner mehr in die Welt gesetzt zu haben.
»Bursche, warte!«
Die Stimme, die hinter ihm ertönte, hatte er erst vor Minuten gehört.
Emmanuele begann zu laufen. Er rannte schneller, als er es jemals für möglich gehalten hätte, übersprang die tiefen Pfützen, so gut es ging, und preschte weiter.

Nur weg von hier.

Der Wind kam von vorn, riss ihm die Kapuze vom Kopf, auch der Atem wurde ihm knapp. Dabei musste er höllisch aufpassen, denn der Boden war mit Piniennadeln, Blättern und abgebrochenen Ästen übersät und rutschig wie eine Eisfläche.

Klatschende Schritte hinter ihm.

Wurden sie lauter, kamen sie näher?

Verbissen sah er geradeaus, wagte nicht, einen Blick über die Schulter zu werfen.

Emmanuele sprang auf die Straße. Bremsen quietschten, Wasser spritzte. Die Fahrer veranstalteten ein Hupkonzert. Jemand fluchte.

Geduckt hastete er an ruckartig haltenden Autos vorbei, erreichte die andere Straßenseite und rannte weiter in Richtung Meer.

Mit einem Satz nahm er die niedrige Steinmauer, die den Strand von der Straße trennte, und lief durch den tiefen Sand zu den Badehäusern.

Erst als er unter dem schützenden Vordach einer der ältesten Hütten angelangt war, blieb er stehen.

Seine Brust bebte vom Trommelwirbel, den sein Herz veranstaltete, und sein Atem rasselte wie der eines Asthmatikers. Aber hinter ihm war es ruhig. Keine Stimmen mehr, keine Schritte.

Vorsichtig drückte Emmanuele die Klinke der Badehaustür nach unten – und hatte Glück.

Im Inneren roch es muffig, aber das machte nichts. Schnell legte er den Riegel vor und sank auf die schmierige Holzbank. Erst jetzt, mit dem Gefühl, die Welt draußen weggesperrt zu haben, ließ der Schwindel in seinem Kopf allmählich nach, und sein Herzschlag beruhigte sich.

Hier fühlte er sich vorerst sicher, den Verfolger hatte er anscheinend abgeschüttelt. Kurz sehnte er sich die ereignislose Langeweile der letzten Wochen herbei und den ihm nun harmlos erscheinenden Zoff mit den Jungs um Susanna, aber dann zwang er sich zur Konzentration.

Was wäre geschehen, wenn sein Verfolger ihn geschnappt hätte? War ihm wirklich ein potenzieller Mörder auf den Fersen gewesen, oder spielte ihm seine überreizte Phantasie einen Streich?

Nein. Das Gespräch war real gewesen und die ihn verfolgenden Schritte auch.

Vorsichtig linste Emmanuele durch die notdürftig verschalten Planken. Draußen schien alles ruhig zu sein, aber zur Sicherheit blieb er noch eine Weile sitzen.

Eines war ihm klar: Er brauchte Hilfe. Irgendjemandem musste er sich anvertrauen.

Je länger er über die Szene im Supermarkt nachdachte, desto klarer wurde ihm, dass es sich dabei um keines der Abenteuerspiele mit anderen Jungs aus dem Trailerpark handelte.

Aber hatte er den Mut, zur Polizei zu gehen? Bullen standen dort, wo er herkam, per Definition auf der anderen Seite, sie waren Feinde. Aber hier ging es vielleicht um Mord, und schlimmer noch, er war möglicherweise selbst in Gefahr.

Immer noch unsicher öffnete er schließlich die Tür und schlüpfte ins Freie. Vorsichtig sah er sich nach allen Seiten um, vergewisserte sich, allein zu sein.

Immerhin, es hatte zu regnen aufgehört. Himmel, Meer und Sand waren zu einer teigigen bleichen Masse zusammengeflossen, und die Möwen kreischten, als hätten sie Angst, darin zu verschwinden.

Jetzt, da Gewitter und Regen weitergezogen waren, konnte man erkennen, dass der Abend eben erst begonnen hatte.

Das Unwetter hatte viel zu kurz die erhoffte Abkühlung gebracht. Es war wieder heiß, und Emmanuele konnte spüren, wie die Kleidung auf seiner Haut trocknete.

Unschlüssig stapfte er in Richtung der Polizeistation.

Insgeheim beneidete er die Leute, die in dieser Burg arbeiteten. Sie hatten Fenster zum Meer und fuhren Motorräder und schnittige Wagen.

Als er auf den Eingang zuschritt, musste er grinsen. Von wegen schnittig. Ein alter, abgetakelter 2CV stand ziemlich allein auf dem Parkplatz.

Er klingelte an der Sicherheitstür und wartete. Das Tor, an dem er halb lehnte, öffnete sich so unerwartet, dass Emmanuele stolperte.

»Nicht so stürmisch.« Ein weißblonder Mann in modisch aussehender Kleidung empfing ihn grinsend.

»Ich möchte eine Aussage machen, ich habe etwas gehört«, sagte Emmanuele und kam sich neben dem eleganten Blonden klein und schäbig vor.

»Komm mit, die Nachtschicht hat gerade begonnen, ich bringe dich zu meinem Kollegen.«

Als sie ein Büro betraten, sah er zuerst nur einen dicken Bauch, auf dem ein kahler Kopf saß.

»Lippi, Besuch.« Der Blonde klatschte in die Hände, sodass der andere Polizist erschrak.

»Ja bitte?«, sagte er, aber es klang wie: »Hinaus!«

»Der Junge hier möchte etwas melden. Und jetzt entschuldigt mich bitte.« Der Blonde verließ das Büro wieder.

Nun waren der Dicke und Emmanuele allein.

»Worum geht es?« Der verschlafene Ausdruck war aus dem Gesicht des Polizisten gewichen, er sah Emmanuele unfreundlich an.

»Im Supermarkt an der Hauptstraße gab es einen Stromausfall. Keine Kasse ging mehr, und es war dunkel.«

»Und weiter?« Der Dicke rieb sich gelangweilt das Kinn.

Emmanuele kam sich blöd vor, er begann zu stottern: »Da … da war einer, der hat zu einer anderen Person … also, er hat gesagt, er würde sie umbringen.« Er holte tief Luft und spürte Röte in seine Wangen steigen. Das war ihm das letzte Mal in der Volksschule passiert.

Der Dicke lachte. »Und das ist alles?«

Das kam davon, wenn man seiner Bürgerpflicht nachging und die Feinde aufsuchte. Es würde ihm eine Lehre sein.

»Ich habe übrigens auch etwas gehört«, fuhr der Dicke genüsslich fort, nachdem er Emmanuele gründlich gemustert hatte. »Und zwar, dass es während des Stromausfalls zu einigen Diebstählen kam. Kannst du mir darüber auch etwas sagen?«

Emmanuele fühlte sich zunehmend unbehaglich. Ohne es verhindern zu können, sah er auf seine Sneakers.

Der Dicke folgte seinem Blick, schaute ihm danach streng in die Augen und knurrte: »Verschwinde.«

Emmanuele sprang auf. Er war froh, das stickige Büro verlassen zu können. So ein Idiot.

Aufgewühlt machte er sich auf den Weg zu den Wohnwagen.

Vielleicht konnte Diego ihm helfen? Zu dem Alten, der aus Südamerika stammte, hatte er halbwegs Vertrauen.

Früher hatte Diego ihm und den anderen Kindern Geschichten vorgelesen, und immer hatte er ihre Fragen ernst genommen und ihnen aufmerksam zugehört, wenn sie selbst zu erzählen begannen. Inzwischen war er sehr alt und auf einem Auge blind. Das Lesen fiel ihm zunehmend schwer, aber die Kinder mochten ihn immer noch, weil er sie nie wie ein lästiges Übel behandelte.

An den Sommervormittagen, wenn es noch etwas kühler war, lief der Alte oft mit einem Lederbeutel über der Schulter durch Grado und bat Touristen und Einheimische, ihm alles Mögliche abzukaufen, und an den Nachmittagen, nach einer ausgiebigen Siesta, bemalte er Blechgeschirr und Kochlöffel aus Holz mit bunten Mustern.

Als Emmanuele, der kurz zuvor einen entsprechenden Zeitungsartikel gelesen hatte, ihn einmal fragte, ob die Farben denn nicht gesundheitsschädlich wären, immerhin würde von diesen Tellern gegessen und aus den Tassen getrunken, hatte Diego geantwortet: »In unserer Welt passiert so viel Schlimmes, da macht ein wenig Grün, Blau oder Rot im Magen nichts aus.«

Kurz bevor er den Trailerpark erreicht hatte, spürte er, dass er beobachtet wurde.

»So warte doch!«, hörte er jemanden rufen.

Aber Emmanuele wartete nicht.

Wie von Furien gehetzt, überquerte er den nahen Parkplatz und rannte auf das große Feld zu, auf dem sich die Wohnwagensiedlung befand.

So schreckliche Angst hatte er nie zuvor in seinem Leben verspürt.

Während er lief, hörte Emmanuele die Schritte des Verfolgers leiser werden. Die Erleichterung überfiel ihn so heftig, dass er in Tränen ausbrach. Er versteckte sich schniefend hinter einem der großen Lkws.

Ein schöner Feigling war er. Zornig wischte er die Nässe aus seinem Gesicht und blickte sich vorsichtig um.

Wie es schien, war er wieder allein.

Wie hatte der Fremde aus dem Supermarkt ihn wiedergefunden? Wusste er, wo er wohnte?

Erst nach geraumer Zeit entschloss er sich, aus der Deckung zu treten und die kurze Strecke zu Diegos Wohnwagen in Angriff zu nehmen. Immer wieder sah er sich um, konnte aber keine Menschenseele entdecken.

Im Inneren des Wohnwagens war es unordentlich. Überall stand mit Farbe angekleistertes Blechgeschirr, und in einem Topf auf der Herdplatte köchelte Essen. Es roch nach gebratenen Zwiebeln und Fisch und ein bisschen nach altem Mann. Emmanuele schüttelte sich.

»Was verziehst du das Gesicht? Fisch reinigt den Magen. Du isst doch mit mir?« Diego, der von draußen hereinkam, warf ihm einen aufmunternden Blick zu. »Gleich gibt es Suppe.«

»Danke«, murmelte Emmanuele und merkte erst jetzt, wie hungrig er war. Ohne sich noch länger zurückhalten zu können, legte er los. »Ich brauche deine Hilfe. Da war ein Mann im Supermarkt, der von Mord gesprochen hat. Er drohte, jemanden umzubringen, wenn der nicht tut, was er will. Ein Brief kam auch vor. Der meinte es ernst.«

»Ach was.« Der Alte winkte ab, er schien nicht beeindruckt. »Es wird viel Unsinn gesprochen, kümmere dich nicht um den Kram anderer Leute.«

»Aber ich habe Angst. Er hat mich gesehen, und er hat mich verfolgt. Zwei Mal, das letzte Mal fast bis hierher. Versteh doch, er weiß, wie ich aussehe. Diego, ich war sogar bei der Polizei, aber die glaubt mir auch nicht.« Wieder musste Emmanuele gegen aufsteigende Tränen ankämpfen.

Diego hatte kurz aufgeschaut. »Du sagst, er hat dich verfolgt? Und du bist sicher, dass das nicht irgendwelche Spaziergänger gewesen sind?«

Emmanueles Augen brannten, seine Glieder fühlten sich vor Erschöpfung schwer an. Immerhin, der Alte schien ihn nicht auslachen zu wollen, und doch blieb ihm jetzt selbst die Antwort im Hals stecken. Was hätte er auch noch tun können, als immerzu zu beteuern, dass er sich nicht irrte?

Resigniert legte er sein Gesicht in die Handflächen.

Als er schließlich den Kopf hob, reichte Diego ihm einen Becher mit Tee und schob auffordernd die Zuckerdose über den Tisch. Sein Gesicht mit den vielen Runzeln und Falten hatte einen ernsten Ausdruck angenommen, und das gesunde Auge blickte ihn forschend an.

»Trink und dann sag mir, wie ich dir helfen kann.«

Als er keine Antwort bekam, fuhr Diego fort: »Nehmen wir mal an, alles ist so, wie du es geschildert hast. Wenn da einer dicht hinter dir her war, dann weiß er jetzt ziemlich genau, wo du wohnst.« Er kratzte nachdenklich sein stoppeliges Kinn. »Vielleicht solltest du heute nicht zu Hause schlafen. Für eine Nacht könntest du bei mir unterkommen. Wenn es tatsächlich einer auf dich abgesehen hat, bist du allerdings auch bei mir nicht sicher. Und durch den Streit mit den anderen Jungs wegen dem Mädchen hast du hier auch keine anderweitige Unterstützung.«

Endlich fühlte Emmanuele sich verstanden.

»Meine Brüder kommen erst in ein paar Tagen von der Baustelle zurück«, sagte er leise, »bis dahin muss ich mich verstecken.«

»Ja. Mein Angebot steht.«

»Danke. Aber hier findet er mich. Einen Ort gäbe es schon, wo ich hinkönnte. Begleitest du mich zu den alten Badehäusern? Dort ist es sicher. Und bitte sag Mama, dass ich heute bei dir übernachte.«

Diego nickte. »Mit deiner Mutter werde ich reden, aber es gibt auch ein Morgen, Junge. Wie geht es weiter?«

Emmanuele zögerte nicht, darüber hatte er bereits nachgedacht. »Gleich morgen früh gehe ich noch mal zur Polizei. Und diesmal lasse ich mich nicht abwimmeln.«

Jetzt schüttelte der Alte den Kopf. »Ich weiß was Besseres.« Er kramte in einer Tischlade und reichte Emmanuele fünfzehn Euro in drei zerknitterten Scheinen. »Gleich nach dem Aufstehen, am besten noch bevor die Sonne aufgeht, nimmst du den ersten Bus hinauf in den Karst. In Prosecco steigst du aus. Und nicht vorher oder danach.«

Emmanuele sah ihn an, unfähig, etwas zu sagen.

»Eine alte Bekannte von mir, Pulcinella, hat da oben ein Haus. Bleib eine weitere Nacht bei ihr. Dann sehen wir weiter.«

»Aber wenn inzwischen etwas Schlimmes passiert? Ein Mord?«

»Zuerst bringen wir dich aus der Schusslinie. Wenn der Kerl meint, es gäbe einen Zeugen, wird er seinen Plan nicht gleich in die Tat umsetzen. Er wird dich suchen, aber nicht finden. Und damit hoffentlich das Interesse verlieren.«

Diego kritzelte etwas auf einen Zettel und reichte Emmanuele das zusammengefaltete Blatt. »Sag Pulcinella, Diego schickt dich. Übermorgen nimmst du bei Tagesanbruch den Bus zurück. Wie gesagt, ich spreche mit deiner Mutter.«

»Danke«, murmelte Emmanuele. »Und wenn ich zurück bin, gehe ich zur Polizei.«

Nachdem sie ihre Suppe gelöffelt hatten, traten sie vor den Wohnwagen. Die Schwüle war beinahe nicht zu ertragen und die Nacht viel zu dunkel. Nebeneinander stapften sie in Richtung Strand. Der Pfad wurde schmaler, schlängelte sich durch sich bewegendes Gestrüpp, der Wind trug den Geruch des Meeres herüber, das, vom Unwetter aufgewühlt, gegen den Strand donnerte.

Wie gern würde Emmanuele jetzt in seinem eigenen Bett liegen und seinen Kopf, in dem die Gedanken wild kreisten, in den weichen Kissen verbergen. Das aber durfte er nicht.

Dankbar umschloss seine Hand das Geld des Alten. Und den Schein für den Einkauf hatte er auch noch.

»Diego«, begann er, doch seine Stimme klang zittrig, deshalb behielt er für sich, was er sagen wollte.

Aber der Alte verstand ihn auch so. »Emmanuele, es kommt schon alles wieder in Ordnung.«

Vor der Hütte umarmten sie sich. Ein wenig verlegen strich Diego ihm über das Haar, drehte sich abrupt um und stapfte zurück. Einige Zeit noch schimmerte sein abgetragenes Hemd hell zwischen den Hütten, dann war Emmanuele allein.

Seltsam einsam fühlte er sich jetzt, wie von der ganzen Welt verlassen. Die Nacht schien noch dunkler geworden zu sein, der Mond hatte sich hinter dicken Wolkenbänken versteckt. Und das Tosen des Meeres hatte etwas Bedrohliches.

Nein, hier war er sicher.

Entschlossen drückte er die Klinke der Tür nach unten.

Als Emmanuele das Geräusch hörte, war es zu spät.

Zu spät, um sich zu ducken, zu spät, um zu schreien.

Etwas Hartes prallte auf seinen Kopf, aber den Schmerz spürte er glücklicherweise nicht mehr.

2

Nach den starken Regenfällen und Gewittern der letzten Tage sorgt ein Tiefdruckgebiet aus Westeuropa in vielen Gegenden Norditaliens weiterhin für Unwetter. Vor Starkregen, heftigen Windböen und Hagelstürmen wird gewarnt. Abkühlung ist nur kurzfristig zu erwarten, Hitze und hohe Luftfeuchtigkeit halten an.

Zufrieden las er, was er soeben durch den Äther geschickt hatte. Sollten die Burschen nur wieder die Stirn runzeln und hinter seinem Rücken die Augen verdrehen. Er jedenfalls nahm seine Aufgabe ernst.

Giuseppe, von jedermann Pepi genannt, fühlte sich zu Höherem berufen, und so nahm er in Kauf, dass seine Kollegen ihn ob dieses Anspruchs häufig belächelten. Früher, kurz nachdem er nach einem einjährigen Aufenthalt in Amerika zurück nach Grado, in seine Heimatstadt, gekommen war, hatte ihn ihr mitleidiges Getue gestört, aber inzwischen wusste er es weitgehend zu ignorieren.

Bis heute schwärmte er von der Arbeit beim Wetterdienst an der Ostküste der Vereinigten Staaten, am liebsten wäre er dortgeblieben, doch seine Tätigkeit war nun mal auf das eine Jahr beschränkt gewesen. Eines aber hatte er aus Übersee mitgenommen: sein spezielles Wissen über die Beschaffenheit und Unterschiedlichkeit des Windes in all seinen Erscheinungsformen.

Und hier, im Land der Bora, war er damit am richtigen Platz.

Die meteorologische Station in Palmanova, in der er seit seiner Rückkehr arbeitete, beschäftigte sich naturgemäß mit vielem mehr als nur mit dem Wind. Jede Wetterformation wurde genau berechnet, analysiert und ihre mögliche Auswirkung in passenden Verklausulierungen der Bevölkerung mitgeteilt.

Er aber hatte sich spezialisiert.

»Pepi, der Wind-Fan«, so nannten sie ihn, wenn sie annahmen, dass er sie nicht hören konnte, und grinsten dabei.

Nun, bis auf das Grinsen, das abschätzig war, hatte er nichts dagegen. Er war tatsächlich ein Wind-Fan.

Stürme faszinierten ihn.

In Amerika gab es viele Experten, was Wetterphänomene betraf, auch unter seinen Kollegen. Dort war das selbstverständlich. Hier aber wurde blöd gekichert, wenn er sein ganz spezielles Wissen zum Besten gab.

Nur Isabella war anfangs anders gewesen. Als er begonnen hatte, sich mit ihr zu treffen, zeigte sie sich ganz begeistert von seinen Ausführungen. Sie hatte ihm stundenlang zugehört. Inzwischen aber bat sie ihn immer häufiger, das Thema zu wechseln, wenn er Gefahr lief, sich in seinen Ausführungen zu verlieren. Selbstverständlich kam Giuseppe ihrem Wunsch dann sofort nach, doch insgeheim kränkte es ihn.

Die Einladung zu einem Vortrag in die Gradeser Bibliothek im vergangenen Sommer hatte ihn stolz gemacht, doch der Zeitpunkt war schlecht gewählt. Ausgerechnet das Wetter hatte nicht mitgespielt. Die Sonne brannte gnadenlos vom wolkenlosen Himmel, es war Ferragosto, und niemand interessierte sich für Stürme.

Die Ränge waren erschreckend verwaist geblieben. Bis auf die übliche Handvoll gelangweilter Pensionisten, einen Franziskanermönch, der extra von der Isola Barbana gekommen war, den rührigen Besitzer des kleinen Baumarktes auf der Colmata und Isabella, die aus Loyalität gekommen war, sprach er vor leerem Haus. Der Vortrag war nicht wiederholt worden.

Dabei hatte er viel zu erzählen. Was kaum jemand wusste: Giuseppe war aktives Mitglied des European Storm Forecast Experiment, des Europäischen Unwetter-Vorhersage-Experiments namens »Esotex«. Als einer der verantwortlichen

Meteorologen dieser Gruppe übermittelte er für seine Region Daten, die darüber Auskunft gaben, welche Unwetter zu erwarten waren. Ihm, der ungern etwas dem Zufall überließ, war es eine verbindliche Pflicht, die europäische Wetterkarte im Blick zu behalten.

Wie immer, so freute Giuseppe sich auch heute auf das Treffen mit Isabella, er fuhr schneller als sonst.

Der Lufterfrischer in Form eines Apfels spendete süßsauren Duft, sie mochte diesen Geruch, der ihrem Parfum ähnelte.

Was aber war gar so dringend?

So vehement bestand sie sonst selten auf einem Treffen mit ihm. Irgendetwas hatte sie auf dem Herzen, etwas, worüber sie unbedingt mit ihm sprechen wollte.

Vielleicht war sie schwanger? Giuseppe konnte dieser Vorstellung einiges abgewinnen.

Sie hatten vereinbart, sich gleich nach Dienstschluss in der »Casa Bianca« an der Autobahnabfahrt von Palmanova auf ein Feierabendgläschen zu treffen. Er hatte diesen Ort vorgeschlagen, weil er auf dem Rückweg nach Grado lag und sie in der rustikalen Trattoria sonntags manchmal zu Mittag aßen. Das Lokal war sozusagen vertrautes Terrain.

Er bog den Rückspiegel zu sich und kontrollierte kurz, was ihm entgegenblickte. Seine braunen Augen waren leicht mandelförmig, die Nase hatte genau die richtige Länge, und an seiner ovalen Gesichtsform gab es nichts auszusetzen. Einzig seine Lippen könnten etwas voller sein. Automatisch presste er sie zusammen, so lange, bis alle Farbe entwichen war, um den Mund dann zu öffnen. Nun waren die beiden dünnen Striche, die einmal jemand Ist-Zeichen genannt hatte, gut durchblutet und rot.

Zum Glück kann mich hier niemand sehen, dachte er und warf einen übermütigen Kussmund in die Luft. Schon spürte er Isabellas weiche Lippen auf seinen und wie ihr seidiges Haar seine Haut kitzelte. Ein Baby müsste die perfekte Mischung ihrer beider Gene sein. Ein Kind von Giuseppe und Isabella wäre sicher ein Volltreffer.

Fröhlich bog er auf den geräumigen Parkplatz und stellte seinen Fiat parallel zum Weingarten ab. Da er Isabellas kleinen Lancia nirgendwo entdecken konnte, blieb er sitzen. Die schwüle Hitze war auch abends noch unerträglich und nur mit Klimaanlage auszuhalten.

Längst schon war Giuseppe klar, dass die außergewöhnlich hohen Temperaturen der letzten Wochen, verbunden mit der extrem hohen Luftfeuchtigkeit, eindeutige Boten eines herannahenden Unwetters waren. Wann es allerdings Grado und Umgebung erreichen und wie stark es sich entladen würde, war schwer zu berechnen.

Giuseppe aber traute sich durchaus zu, exaktere Aussagen zu machen.

»Bitte«, hörte er in Gedanken den Chef der Meteorologischen Anstalt sagen, »kümmere dich darum, die Daten ordnungsgemäß an den Zivilschutz weiterzugeben. Alles andere ist Hokuspokus.« Nun, klar war jedenfalls, und dazu brauchte er nicht auf seine Erfahrungen aus Amerika zurückzugreifen, dass ein gewaltiger Sturm auf sie zukam.

»Pepi, träumst du wieder von Unwettern?«

Isabellas melodische Stimme riss ihn ins Hier und Jetzt zurück. Sie hatte an die Scheibe geklopft und starrte ihn nun vorwurfsvoll an.

»Aber nein«, er öffnete die Tür und stieg aus, »ich bin nur einige Zahlen der vertikalen Windscherung von heute Nachmittag in Relation zur Temperaturenverteilung durchgegangen, aber das hat mit Unwettern nur indirekt zu tun.«

Ihre Mundwinkel zuckten. Sie trat einen Schritt vom Auto weg und wandte sich ab. Lachte sie etwa?

Seine gute Laune war mit einem Schlag verflogen.

Gemeinsam gingen sie über den Parkplatz und setzten sich vor dem Eingang der Trattoria an einen der Holztische. Isabella kramte in ihrer Tasche.

»Du wirst doch nicht rauchen?«

Sie sah ihn verständnislos an. »Im Freien ist es erlaubt. Hol du uns schon mal ein Glas Malvasia.«

Giuseppe zuckte mit den Schultern. Er ekelte sich vor dem Zigarettengeschmack in Isabellas Mund. Sie wusste es und rauchte trotzdem.

Als er mit dem Weißwein zurückkam, klopfte sie auf die Bank neben sich.

»Pepi, ich halte die Hitze nicht länger aus, sie macht mich krank und hässlich.« Sie tupfte mit einer Serviette über ihre Stirn und nahm einen Schluck Wein.

Das Gegenteil war der Fall. Giuseppe fand, dass sie nicht krank, sondern ausgesprochen gut aussah, das Sommerkleid betonte zusätzlich ihre schlanke Figur.

»Du bist unglaublich attraktiv«, sagte er eifrig. »Warst du beim Friseur?«

»Was soll ich dort bitte schön?« Sie verstrubbelte ihr kurz geschnittenes schwarzes Haar und blitzte ihn zornig an. »Immer redest du irgendetwas daher, du nimmst mich gar nicht mehr wahr. In deinem Kopf schwirren nur Zahlen und Messdaten herum, da ist für nichts anderes Platz. Genau das ist der Grund, weshalb wir miteinander reden müssen, Pepi.«

Giuseppe wusste nicht, was sie meinte. Sie gefiel ihm doch, und er hatte es ihr eben gesagt.

Seine Mutter kam ihm in den Sinn, und ihm fiel ein, dass sie ihn vor ihr gewarnt hatte. »Eine verwöhnte Göre ist das«, hatte sie gesagt. »Überlege dir gut, ob du dich mit ihr einlässt. Das ist eine, die dir auf dem Kopf herumtanzt. Du bleibst in so einer Beziehung immer der Zweite.«

Giuseppe hatte damals gelacht. Die beiden Frauen hatten sich zuvor nicht länger als vier Minuten gesehen. Jetzt zog sich sein Magen schmerzhaft zusammen.

»Was willst du mir sagen?« Seine Stimme klang verzagt, denn langsam begriff er.

»Pepi. Ich mag dich sehr.« Sie nahm seine Hand und drückte

sie leicht. »Und eine ganze Weile habe ich mir vorstellen können, dass wir zusammenbleiben. Aber«, ihre dunklen Augen sahen ihn traurig an, »dir muss doch auch klar sein, dass wir zunehmend verschiedene Sprachen sprechen, unterschiedliche Werte und Ziele verfolgen.« Sie verstummte, leerte ihr Glas und sah betreten zu Boden.

Giuseppe registrierte die feuchten Flecken, die sich unter Isabellas Achseln auf dem Sommerkleid ausgebreitet hatten. Diese fürchterliche Hitze.

»Isabella«, sagte er liebevoll, um sie zu besänftigen, »ich bin nun mal ein Mann der Zahlen, so wie du eine Frau der Blumen und Pflanzen bist, aber das heißt doch noch lange nicht, dass es zwischen uns nicht funktionieren kann.«

Isabella arbeitete als Floristin in Grado, und er war stolz darauf, seine Gefühle so gut formuliert zu haben. Bittend sah er sie an.

Sie aber wandte sich ab. Stand auf und nahm ihre Tasche. »Pepi, ich brauche Abstand. Wir werden uns in nächster Zeit nicht sehen, lass mir ein wenig Raum.«

Bevor Giuseppe etwas erwidern konnte, war sie schon auf dem Weg durch den Innenhof hin zum Parkplatz. Zurück blieb ein Hauch ihres Apfelparfums – und ein verzweifelter Giuseppe.

3

Christopher Schumann war bester Laune.

Wieder einmal war es ihm gelungen, jemandem einen Gefallen zu erweisen. Noch dazu war dieser Jemand sein alter Schulfreund Johannes Schröder. Das stimmte ihn besonders fröhlich.

Vor zwei Jahren hatten die beiden sich bei einer Feier zum zwanzigjährigen Jubiläum ihres Abiturjahrgangs wiedergetroffen. Zuvor waren ihre Wege auseinandergedriftet und der Kontakt der einst besten Freunde allmählich eingeschlafen. Hin und wieder hatten sie sich noch eine Weihnachtskarte geschrieben, später sporadisch eine SMS zum Geburtstag. Bis sich auch das erübrigt hatte.

Christopher fand das schade. Ihm waren Freundschaften mit den Klassenkameraden immer wichtig gewesen. Auch nach der Beendigung der gemeinsamen Schulzeit versuchte er, Kontakte nicht abreißen zu lassen, und in den meisten Fällen war ihm das auch gelungen.

Gab es mal was zum Feiern, lud man sich gegenseitig ein. Aber erst seine Anwesenheit machte diese Feste zu etwas Besonderem. Sein mitgebrachtes Bier, seine Weine waren stets von ausgesuchter Qualität, und die von ihm georderten Blumensträuße waren prächtiger als alle anderen.

Christopher wusste, wie man Menschen zufriedenstellte.

Seine Frau Annemarie, mit der er seit der Abschlussklasse zusammen war, konnte das nur bestätigen.

Einen Wermutstropfen gab es jedoch in dieser harmonischen Beziehung. Sie bekamen keine Kinder, sosehr sie sich auch darum bemühten.

Dieses Glück blieb ihnen versagt.

Unzählige Ärzte hatten sie mit dem immer gleichen Ergebnis konsultiert. Christophers Spermien waren aktiv und schwirrten wie kleine lebhafte Würmchen im Pool herum, während Annemaries Uterus und Eileiter geradezu geschaffen zu sein schienen für die Produktion des ersehnten Nachwuchses. Trotzdem wurde sie auf normalem Wege einfach nicht schwanger.

Immer wieder sprachen sie über eine künstliche Befruchtung, auch über eine Adoption, aber immer wieder nahmen sie davon Abstand. Sie waren gesund, es konnte ja jederzeit klappen. Später wäre für diesen Schritt immer noch Zeit. Wie in den meisten Dingen ihres gemeinsamen Lebens waren sie sich auch hierbei einig.

Ja, Christopher und Annemarie waren ein glückliches Paar.

Während Annemarie sich nun mit ihrer Schwester in einer Therme eine Auszeit von ihrem Job als Apothekerin gönnte, verbrachte Christopher, der sich als Jurist in einer großen Kanzlei mit Wirtschaftsfragen beschäftigte, in Grado ein paar Tage mit seinem alten Schulfreund Johannes. Um die bewährte Freundschaft wieder so richtig aufleben zu lassen.

Er hatte das Meer und Grado deshalb gewählt, weil sie in der zehnten Klasse einen Ausflug zu den Ausgrabungen in Aquileia gemacht und in Grado übernachtet hatten. Von Schlaf war damals nicht groß die Rede gewesen, sie hatten sich die Nacht um die Ohren geschlagen und waren von einer Kneipe zur nächsten gezogen.

Christopher ahnte, dass das Leben Johannes einiges abverlangte. Nach dem plötzlichen Tod seines Vaters hatte er sich damals kein Studium leisten können. Als selbstständiger Versicherungsmakler war er, obwohl er nicht geheiratet hatte, ständig knapp bei Kasse.

Jetzt rekelte Christopher sich in einem Pool-Liegestuhl, einen Longdrink in der Hand, und betrachtete sinnend den Mond. Er war einige Zeit vor Johannes im Hotel angekommen, der Freund hatte es vorgezogen, umständlich die öffentlichen Verkehrsmittel zu benutzen. Christopher verstand diese Haltung nicht ganz. Ohne Weiteres hätte er Johannes in seinem Wagen mitgenommen und wäre selbstverständlich allein für Benzin und Maut aufgekommen. Die finanzielle Aufwendung für Eisenbahn und Bus war für eine schmale Brieftasche beträchtlich, also ging es wohl um eine Form von Stolz, und das musste er akzeptieren. Deshalb hatte er auch nicht nachdrücklich darauf bestanden.

Dass Johannes aber keinen früheren Zug ausgewählt hatte, konnte Christopher, der sich im Netz kundig gemacht hatte, gar nicht verstehen. Nun, er war schon in der Schulzeit ein Querkopf gewesen. Wenigstens hatte der Freund seine Einladung ins Hotel Savoy angenommen.

So saß er weiterhin allein am Swimmingpool, nippte an seinem Drink und starrte den Mond an.

Auch zu Abend hatte er allein gegessen, stumm, umgeben von heiter schwatzenden Hotelgästen. Die Speisenfolge entschädigte ihn für seine Einsamkeit, sie war, wie nicht anders zu erwarten, eine ausgeklügelte Verführung himmlischer Genüsse gewesen. Da ist Johannes etwas entgangen, stellte Christopher mit einer Spur Genugtuung fest.

Trotz der abendlichen Stunde war es immer noch schwül. Die unnatürlich hohen Temperaturen ließen die Luft flirren, und die Zikaden zirpten ihr Nachtlied noch lauter als sonst.

Einladend glitzerte das Wasser im Pool, und Christopher hatte nicht übel Lust, einen Sprung ins erfrischende Nass zu wagen. Aber er war zu träge, sich umzuziehen, der Koffer stand noch verschlossen im Zimmer, und er wollte die Ankunft seines Freundes nicht verpassen.

»Herr Schumann?« Eine Deutsch sprechende Stimme riss ihn aus seinen Betrachtungen. Neben ihm stand der Hotelbesitzer, ein sympathischer Österreicher, dessen Familie seit Generationen den Betrieb führte.

»Ja bitte?« Er richtete sich ein wenig auf.

»Sie baten meine Rezeptionistin, Sie über das Eintreffen eines Gastes zu informieren. Er checkt eben ein.«

»Johannes«, begrüßte er kurz darauf seinen Freund, der in der weitläufigen Hotelhalle etwas verloren wirkte.

»Christopher«, erwiderte der, so als wunderte er sich, ihn hier zu sehen.

Christopher klopfte Johannes auf die Schulter. »Ich war schon oben, es ist alles tipptopp.«

Ein überraschter Blick. »Du hast dir mein Zimmer angesehen?«

»Lieber Freund. Dein Zimmer ist auch mein Zimmer, aber keine Bange. Wir schlafen nicht im Doppelbett. Ich habe die Junior-Suite mit zwei Schlafzimmern gebucht.«

Johannes erwiderte nichts. Er schulterte seine in die Jahre gekommene Reisetasche und trottete zum Aufzug.

Ein wenig schämte Christopher sich für seinen Freund. Eine Spur mehr Herzlichkeit durfte er doch erwarten? Wahrscheinlich war Johannes nur müde.

Der geräumige Wohnraum der Suite bot für sie beide ausreichend Platz. Eine Obstschüssel, prall gefüllt, stand auf dem Tisch, und in den Schlafräumen wartete je eine Flasche Wasser auf dem Nachtkästchen.

»Hier lässt es sich leben.« Christopher rieb sich vergnügt die Hände.

»Ja, aber lass mich erst mal ankommen.«

Christopher nickte. Wie er den Freund einschätzte, hatte dieser den Speisewagen gemieden und im besten Fall ein Jausenbrot als Wegzehrung mitgenommen.

»Ein Menü ist für dich bereitgestellt, du musst es nur hier auf dem Zimmer konsumieren. Der Speisesaal ist um diese Zeit bereits geschlossen. Morgen, gleich nach dem Frühstück, fahren wir mit dem Shuttlebus zum Golfplatz. Ich liebe den Wettkampf im Grünen.«

Er drehte sich um. Geringschätzung schlug ihm aus Johannes' Blick entgegen.

Tag 2

1

Maddalena Degrassi streckte sich.

So wohl hatte sie sich lange nicht mehr gefühlt. Verschlafen tastete sie nach Franjo, um sanft seinen nackten Oberkörper zu streicheln. War das nicht eine gute Art aufzuwachen? Lächelnd drehte sie sich zu ihm.

Aber da war kein Franjo.

Auf dem Kissen konnte sie noch den Abdruck seines Kopfes ausmachen, und die Laken rochen nach ihm, er aber war weg.

Maddalena richtete sich auf.

»Franjo?« Ihre Stimme war gerade so laut, dass er sie im angrenzenden Badezimmer vernehmen konnte. Mateja, Franjos Mutter, und Miroslav, der Kellner, wohnten ebenfalls im Haus, die mussten sie nicht unbedingt hören.

Morgenlicht fiel zwischen den Vorhängen ins Zimmer, und jetzt erst bemerkte Maddalena die blau gestreifte Pyjamahose, die halb auf dem Bett, halb auf dem Boden lag.

»Franjo?«, rief sie noch mal, diesmal ein wenig lauter. Als wieder keine Antwort kam, schlang Maddalena das Laken um ihren Körper und stieg aus dem Bett.

Heute war ihr freier Tag. Sie wollten ihn gemeinsam im Karst verbringen und mit einem Abendessen in Grado ausklingen lassen.

Dieses Dinner allerdings – sie hatte lange gezögert, die Einladung überhaupt anzunehmen – bereitete ihr einiges Kopfzerbrechen, aber den Gedanken schob sie beiseite. Dafür war später noch Zeit genug.

Sie gähnte und öffnete die Tür zum Bad. Dunst schlug ihr entgegen. Franjo musste gerade erst geduscht haben, sein

Handtuch lag auf dem Korb für die Schmutzwäsche, Rasierer und Zahnbürste überkreuzt im Waschbecken.

Maddalena grinste und steckte ihre widerspenstigen Locken mit Klammern am Hinterkopf fest. Wie lange, fragte sie sich, dauert es, bis einen die Nachlässigkeiten eines geliebten Menschen zu stören beginnen? Wann werden sie zum Anlass für ewig gleiche, sinnlose Streitereien?

Angeblich gab es Paare, die sich wegen Zahnpaste im Waschbecken scheiden ließen. War das bloß ein lächerliches Klischee oder die pure Wirklichkeit?

Sie zog eine Grimasse und stieg in die Dusche.

Nachdem sie sich angezogen hatte, blickte sie sich noch einmal um. Es war gar nicht Franjos Art, einfach so zu verschwinden.

Nachdenklich öffnete sie die Fensterläden und ließ Morgenluft ins Schlafzimmer. Hier im Karst war es so früh am Tag um einiges kühler als in Grado, wo ihr die Hitze zunehmend zu schaffen machte. Draußen roch es nach dem Mist von Franjos Hühnern, aber der würzige Duft von Rosmarin und Thymian drängte sich wohltuend dazwischen.

Schmunzelnd betrachtete Maddalena die halb vollen Gläser und die leere Rotweinflasche auf dem Fußboden vor dem Bett. Wir entwerfen wohl immer das gleiche Szenario, dachte sie.

Als sie sich bückte, sah sie den Zettel auf dem Nachtkästchen.

Ein dick gemaltes Herz, darunter: *Treffe dich um zehn Uhr bei der Grotta delle Torri di Slivia. Miroslav nimmt dich mit bis Opicina, von dort fährst du mit dem Bus Nummer 42 und kommst nach zwanzig Minuten an. Ich warte an der Endhaltestelle. Kuss.*

Diesmal eine Höhle?

Davor war es ein Gedächtnisgarten aus dem Ersten Weltkrieg gewesen. Amüsiert schüttelte Maddalena den Kopf.

Aber mit Miroslav im Auto? Sie verzog das Gesicht. Da konnte sie sich Angenehmeres vorstellen.

Ihr wurde bewusst, dass sie ohne eigenes Fahrzeug immer noch sehr auf die Unterstützung anderer angewiesen war. Bei einem Verkehrsunfall im Spätherbst vergangenen Jahres hatte sie ihre heiß geliebte Moto Guzzi zu Schrott gefahren, sie selbst hatte sich dabei ernsthafte Verletzungen zugezogen und längere Zeit im Krankenhaus von Triest verbringen müssen. Bis heute quälten sie Kopf- und Rückenschmerzen, und ihr linker Unterarm machte ihr bei Schlechtwetter zu schaffen.

Sie vermisste die Ausfahrten mit ihrem Motorrad. Franjo hatte das Unfallfahrzeug wegen Totalschadens während ihres Krankenhausaufenthaltes entsorgt, ohne diese Entscheidung mit ihr abzusprechen.

Vielleicht doch keine schlechte Idee. Als sie die Treppe zur Küche hinunterging, fühlte ihre Wirbelsäule sich an wie eine Spirale, die jegliche Federung verloren hatte. Maddalena überlegte, sich demnächst ein paar weitere Einheiten Physiotherapie von ihrem Hausarzt bewilligen zu lassen.

Mateja saß schweigend am Küchentisch.

Versteckt hinter den raschelnden Seiten der Tageszeitung blickte sie nicht auf, als Maddalena grüßend den Raum betrat.

Maddalenas Beziehung zu Franjos Mutter war ambivalent. Einerseits bewunderte sie die Frau, die ihren Sohn nach dem Tod ihres Mannes ohne Unterstützung aufgezogen hatte und auch allein für das Gasthaus im Karst verantwortlich gewesen war. Von ihr hatte Franjo die Liebe zum Kochen geerbt, sie war seine erste Lehrmeisterin gewesen. Als kleiner Junge war er ständig in der Küche um sie herumscharwenzelt und hatte nichts lieber getan, als mit Lebensmitteln zu spielen und in die Töpfe mit köchelndem Inhalt zu schauen. Andererseits schreckte ihre Härte Maddalena ab.

Mateja war eine hagere Frau mit strengem Blick, die so schnell niemanden an sich heranließ und die Partnerinnen ihres Sohnes mit Argwohn betrachtete.

So war es auch bei Maddalena gewesen, doch ihr anfängliches Misstrauen hatte sich bald gelegt.

Aber eben als die ältere Frau begonnen hatte, sie ins Herz zu schließen, war es Maddalena mit einem Schlag gelungen, jegliche sich vorsichtig anbahnende Nähe zu zerstören. Ihre kurze Affäre mit Tomaso und die darauffolgende Auflösung ihrer Verlobung mit Franjo hatte einen Keil zwischen die beiden Frauen getrieben.

Dennoch war es letztendlich Mateja zu verdanken, dass Franjo und sie eine zweite Chance bekommen hatten. Ohne deren Einladung zu ihrem achtzigsten Geburtstag wäre Maddalena so schnell nicht mehr nach Dol pri Vogljah gekommen. Und trotzdem blieb eine Reserviertheit, die Maddalena nicht durchbrechen konnte. Hinzu kam, dass Mateja, die in diesem Landstrich verwurzelt war, Maddalena dafür verantwortlich machte, dass Franjo mit dem Gedanken spielte, sich zu verändern. Warum jemand Santa Croce, das malerische Dorf im Karst, hoch über dem Meer, verlassen sollte, um ausgerechnet in Grado zu arbeiten, erschloss sich ihr nicht.

Ausgiebig frühstücken war nicht Maddalenas Sache, also zog sie einen doppelten Espresso aus der Maschine und griff nur schnell zu einer Brioche. Die war allerdings köstlich. Franjo stellte den Teig selbst her und war zu Recht stolz auf seine Backmischung. Auch in ihrem Gefrierfach in Grado befanden sich bereits vorgefertigte Hörnchen, die sie nur noch in den Ofen schieben musste.

»Mateja«, sagte sie zögernd, »weißt du zufällig, was dein Sohn diesmal im Schilde führt?«

Die Seiten der Zeitung knisterten, als Mateja sie zusammenfaltete und auf den Tisch legte. Sie lächelte. »Miroslav soll dich im Auto mitnehmen, nur das hat Franjo mir verraten. Die Fahrt wird sicher unterhaltsam.« Sie zog die Zeitung wieder zu sich heran und wandte sich dem Kreuzworträtsel auf der letzten Seite zu.

Maddalena hob belustigt eine Braue. Miroslav war wohl der griesgrämigste Mensch, den sie kannte.

Die Stimmung während der Autofahrt mit Miroslav war

entsprechend bescheiden. Stumm und mit verkniffenem Gesicht lenkte der Kellner den Wagen, wortlos ließ er sie an der Haltestelle aussteigen. Die zwanzig Minuten im Bus waren dagegen beinahe eine Erholung.

Als Maddalena ausstieg, schlug ihr Hitze entgegen.

Franjo nahm sie in die Arme und küsste sie. »Schön, dass du da bist, lass uns den Tag genießen.«

Sein Dreitagebart stupfte, und der Geruch von Küchenkräutern vermischte sich nahtlos mit seinem holzigen Aftershave. Franjos Berührungen brachten Maddalenas Sinne wie immer in heftige Turbulenzen.

»Mhm«, murmelte sie, »du hast doch deinen Picknickkoffer dabei?«

Franjo verschloss ihr den Mund mit einem Kuss. Dann lachte er. »Zu essen gibt's erst am Abend. Du wolltest die Einladung des Elben unbedingt annehmen, und wir wollen ihm doch nicht das Vergnügen der ausgiebigen Vorbereitung nehmen. Ich will dir etwas zeigen.«

Hoffentlich nicht die Grotte. So etwas stand nicht unbedingt auf der Liste ihrer Lieblingsorte. Aber sie wollte sich ihm zuliebe auf alles einlassen. Immer wieder nahm Franjo sie zu abenteuerlichen Unternehmungen mit, die er so koordinierte, dass er nebenbei Geschäftliches erledigen konnte.

»Wie viele Winzer stehen heute auf deinem Plan?« Amüsiert schnupperte sie an ihm.

»*Eine* Weinverkostung, mehr nicht. Ich möchte doch für heute Abend fit sein.«

Tatsächlich, es sollte in die Unterwelt gehen. Wie nicht anders zu erwarten war, kannte Franjo den Bauern, dem Le Torri di Slivia gehörte und der über die Schlüssel zur Grotte wie ein Höllenhund wachte. Die Höhle erstreckte sich unterhalb seines landwirtschaftlichen Betriebs.

Während ein junger Guide sie mit seinem Traktor über trockene Wiesen und braune Felder zum Eingang brachte, klärte er sie über die Gefahren auf. Franjo wollte den Burschen überreden, sie die Höhle allein erkunden zu lassen, aber der Guide blieb stur. Niemand durfte ohne Führung hinein, und Maddalena war ihm von Herzen dankbar. Nicht nur die Fledermäuse an den Höhlenwänden bedurften schließlich des Schutzes, sondern auch sie.

Die erste schwache Ahnung von Klaustrophobie befiel sie, als sie Hand in Hand mit Franjo die unzähligen Stufen in die Tiefe stieg. Sich etwa hundert Meter unter dem Erdboden zu befinden bescherte Maddalena nicht eben Glücksgefühle, auch Franjos begeisterte Ausrufe konnten daran nichts ändern.

Freilich, ganz konnte auch sie sich dem besonderen Reiz dieses Naturschauspiels nicht entziehen, sie hörte jedoch nur mit halbem Ohr zu, als der Guide sie über den Unterschied zwischen Stalagmiten und Stalaktiten aufklärte. Sie war viel zu sehr damit beschäftigt, ihren Atem unter Kontrolle zu bringen und darauf zu achten, auf dem vor Feuchtigkeit rutschigen Boden nicht auszugleiten.

Die unterschiedlichsten Horrorszenarien kamen ihr in den Sinn – von mächtigen Zapfen erschlagen zu werden war dabei noch die harmloseste Variante.

Nichtsdestotrotz wanderten sie durch mehrere Säle mit verschieden geformten Skulpturen.

Endlich durchbrach Franjos von den Höhlenwänden widerhallende Stimme Maddalenas Betrachtungen. Er wies sie und ihren Führer durch die Unterwelt an, stehen zu bleiben. Aus seiner Umhängtasche kramte er Gläser und eine Flasche Frizzante. »Ist von der Ribolla-Gialla-Traube«, sagte er und lächelte so stolz, als hätte er sie selbst gekeltert. »Den Tropfen mochten schon die alten Römer.«

Etwas Ähnliches hatte Maddalena, die Franjos Überraschungen inzwischen gut einschätzen konnte, erwartet. Sie standen in einem saalähnlichen Gewölbe, das sie an eine prunkvolle Kathedrale erinnerte. Eine Gruppe aus Tropfsteintürmen lenkte ihre Aufmerksamkeit auf sich.

»Wo sind die viel gepriesenen Fledermäuse geblieben?«, fragte sie und drehte mit den Fingern ihre langen Locken ineinander.

»Ausgeflogen.« Der Guide lächelte. »Die kommen erst für den Winterschlaf zurück. Nur wenige bleiben während des Sommers hier. Aber sie tun einem nichts.«

Maddalena nahm das Glas in die Hand und schaute Franjo erwartungsvoll an. »Wenn du mich schon an so einen finsteren Ort verschleppst, dann sag bitte wenigstens etwas Erhellendes.«

»Gefällt es dir nicht, meine Schöne? So ein Grottenerlebnis ist doch durch nichts zu toppen.«

Maddalena fiel einiges ein, was sie stattdessen lieber täte, und zwar eine ganze Reihe an Unternehmungen, alle im Licht, alle an der Oberfläche der Erde, aber sie nickte artig.

»Wenn du allerdings auf etwas Erhellendem bestehst«, Franjo lächelte und bat den Guide, etwas beiseitezutreten, »dann hör mir gut zu.« Er nahm Maddalenas Hand und fuhr fort: »Meine Schöne, ich wollte dir mitteilen, dass ich mich endlich entschlossen habe, ein Restaurant in Grado zu übernehmen, damit ich immer in deiner Nähe bin.«

Maddalena starrte ihn an. »Was ist mit deinem Gasthaus?«

»Vielleicht verpachte ich es. Du wirkst nicht so, als freutest du dich.«

»Doch, ich freue mich sehr. Es ist schön, dich in meiner Nähe zu wissen. Aber deine Entscheidung kommt, auch wenn wir oft darüber gesprochen haben, sehr plötzlich.«

Tatsächlich begann sie erst auf der Fahrt nach Grado, die Überraschung zu verdauen.

Das hieß, er würde bei ihr einziehen.

Wollte sie ihn wirklich *immer* um sich haben?

Doch die Vorstellung war auch verlockend, so mussten sie nicht mehr ständig zwischen Grado und dem Karst pendeln. Langsam kam Freude auf.

In einträchtiger Stille saßen sie im Wagen. Als Franjo am Radioknopf drehte, legte Maddalena ihre Hand auf seine und schüttelte leicht den Kopf. Immer wieder verlor sie sich in den miteinander verschmelzenden Farben der vorbeiziehenden kargen, von der stechenden Sonne ausgedörrten Landschaft.

Die schwüle Hitze des Tages blieb ausgesperrt, das sanfte Gebläse aus der Klimaanlage strich über Maddalenas nackte Arme und Beine. Sie spürte, dass sie Hunger bekam.

»Hereinspaziert«, empfing ihr Gastgeber sie gut gelaunt, und Maddalena überlegte wieder, ob es ein Fehler gewesen war, die Einladung anzunehmen. Arturo Fanetti war ihr Mitarbeiter und Untergebener, und obwohl sie ihm seine Bitte, für sie und Franjo kochen zu dürfen, unmöglich hatte abschlagen können, widerstrebte es ihr, allzu freundschaftlichen Umgang mit ihm zu pflegen.

Franjo, der Maddalenas Zweifel nicht teilte, strahlte über das ganze Gesicht. »Es bereitet mir großes Vergnügen, einmal nicht der Koch zu sein.«

Arturo Fanetti lächelte. »Ich habe mein Bestes gegeben. Die Herausforderung, für einen Spitzenkoch den Herd anzuwerfen und etwas Akzeptables zu zaubern, war keine einfache Aufgabe.«

Was für ein Schmeichler, dachte Maddalena amüsiert.

Sie mochte Fanetti, der als eineiiger Zwilling des Elbenprinzen Legolas durchgehen konnte. Trotz seiner selbstverliebten Art verströmte er neben sprühendem Charme auch echte Herzenswärme. Vor einiger Zeit hatte er allerdings ordentlich Mist gebaut, mit einer unverantwortlichen Aktion einen Menschen in Gefahr gebracht und sogar Commandante Scaramuzza, ihren Chef und Fanettis Gönner, gegen sich aufgebracht. Es gelang ihm nur langsam, sich zu rehabilitieren und in seinem Beruf wieder Fuß zu fassen.

Fanetti führte Franjo und sie stolz auf die Terrasse seiner Wohnung im obersten Stock eines schicken Wohnhauses auf der Colmata. Maddalena liebte dieses ruhige Wohngebiet, das sich, weitgehend befreit von lärmenden Touristen, zwischen Strand und Kanal ausdehnte. Der Stadtteil war erst am Ende des Weltkrieges, nachdem Italien Istrien verloren hatte, für italienische Exilanten aus dem Sand der Lagune aufgeschüttet worden.

Natürlich hatte man von Fanettis Terrasse einen herrlichen Blick auf die Umgebung. Wie sich nach Legolas' Einstellung schnell herumgesprochen hatte, war es der Verbindung seines Vaters, eines Kaffeeproduzenten, zu Fulvio Benedetti geschuldet, dass ihr Kollege hier untergekommen war. Der einflussreiche Gradeser war ein langjähriger Freund und ehemaliger Studienkollege von Maddalenas verstorbenem Vater. Ihre Gefühle dem listigen, undurchschaubaren Fuchs gegenüber waren jedoch zwiespältig.

»Ginevra!«, hörte Maddalena Fanetti rufen. »Unsere Gäste sind eingetroffen.«

Mit ihr hatte Maddalena ohnehin gerechnet. Ginevra Missoni, in früheren Fällen Opfer und Zeugin, war seit gut einem halben Jahr Arturo Fanettis Freundin.

»Hallo«, begrüßte die junge Frau sie schüchtern. Ihr goldblondes Haar fiel ihr gelockt bis knapp über die Schultern. Das Blau ihrer Augen strahlte, und einmal mehr dachte Maddalena, dass Arturo Fanetti und Ginevra Missoni wie füreinander geschaffen waren.

Zurück im Wohnzimmer deutete Fanetti auf seinen gut befüllten Getränkeschrank und auf die Flasche Prosecco im Weinkühler, aber ehe sie ihre Wünsche äußern konnten, läutete es an der Tür.

Fanetti öffnete lächelnd.

Maddalena sah über seine Schulter und spürte augenblicklich, wie sich die Ordnung der Dinge veränderte.

Arm in Arm standen Commandante Scaramuzza und ihre Mutter Sibilla vor der Tür.

»Mama?« Maddalena spürte den Druck von Franjos Hand

auf ihrer Schulter. Sie warf ihm einen bösen Blick zu, den er unschuldig erwiderte. Wenn er davon gewusst hatte, würde sie ihm das nicht durchgehen lassen.

Commandante Scaramuzza nickte jovial in die Runde und wandte sich dann Maddalena zu. »Commissaria«, gönnerhaft streckte er ihr die Hand entgegen, »keine Sorge. Sibilla und ich nehmen hier nur einen Aperitif. Wir werden Ihr Abendessen nicht stören.« Leise, nur für sie hörbar, fügte er hinzu: »Ihre Mutter sehnte sich danach, Sie zu sehen.«

Maddalena ließ seine Hand los und hauchte ihrer Mutter einen Kuss auf die Wange. Sie würde hier keinen Wirbel machen. »Mama«, sagte sie unterkühlt.

Seit Maddalena vom Verhältnis zwischen ihrer Mutter und Scaramuzza wusste, stand es um die familiäre Beziehung nicht mehr allzu gut. Besonders nicht, seit ihre Mutter nach Maddalenas Unfall bei ihr eingezogen war, um ihr unter die Arme zu greifen, wie sie es nannte. Wovon Maddalena, die echte Hilfe gebraucht hätte, nicht viel gemerkt hatte. Dabei war es dann zum Zerwürfnis gekommen.

Scaramuzza klopfte inzwischen Fanetti auf die Schulter. »Junge, köpf jetzt endlich den Sprudel.«

Der Commandante hielt Wort. Schon nach kurzem Zuprosten auf der Terrasse, bei dem kein Gespräch aufkam, verabschiedeten sie sich. Und wieder einmal fragte sich Maddalena, was ihre feinsinnige Mutter bloß an diesem überheblichen, überlauten Menschen fand.

Kaum dass die beiden gegangen waren, rief Fanetti sie zu Tisch.

»Haben Sie die beiden eingeladen?«, wollte Maddalena von ihm wissen.

»Wo denken Sie hin, Commissaria? Onkel Muzzi kommt und geht, wann er will.« Er sah sie treuherzig an.

»Franjo?«

Franjo schüttelte nur den Kopf. Aber umspielte nicht ein leichtes Grinsen seine Lippen?

Ach, egal. Maddalena beschloss, den Abend zu genießen.

Erst jetzt begann sie, ihre Umgebung genauer wahrzunehmen. Das Geschirr, feinstes englisches Porzellan und glänzendes Tafelsilber, stand in krassem Kontrast zu Ginevras Kleidung, stellte sie befremdet fest. Zur kampfgrünen Cargohose, die so zerrissen war, dass sie glatt als Shorts durchgehen konnte, trug die junge Frau ein Camouflage-T-Shirt, unter dem, einem Brustpanzer ähnlich, ein pinkfarbenes Bustier hervorblitzte. Ihre Füße steckten in klobigen, abgetragenen Doc Martens. Im Unterschied zu Arturo Fanetti, der stets großen Wert darauf legte, sich wie aus dem Ei gepellt zu präsentieren, bevorzugte Ginevra Missoni einen Stil, der Maddalena an eine Amazone erinnerte. Fanetti aber schien sich daran nicht zu stoßen.

Franjo, der sie beobachtete, grinste schon wieder.

Fanettis Wohnung war wunderschön, hell und teuer eingerichtet. Maddalena registrierte erstaunt die vielen Bücher, die eine ganze Wand einnahmen. Ginevra, die ihrem Blick gefolgt war, sagte: »Ja, er liest. Besonders in den Wochen der Suspendierung hat er ein Buch nach dem anderen verschlungen.«

»Können Elben denn lesen?« Franjo sah mit leichtem Spott zu Fanetti.

Das gemeinsame Lachen löste den Rest der Spannung, die der Besuch hinterlassen hatte. Maddalena war zudem froh, dass sich Franjos anfängliche Eifersucht ihrem hübschen Kollegen gegenüber gelegt hatte.

Beim Blick auf die handgeschriebene Speisekarte lief ihr das Wasser im Mund zusammen. Hummus auf getoastetem Weißbrot, danach Wolfsbarsch mit Selleriepüree und kross angebratener Wassermelone sowie als Nachspeise eine Pfirsichtarte mit Vanilleeis.

Irgendwann während des Essens befiel sie Übermut.

»Fanetti, sollten Sie jemals wieder Mist bauen, dann sind Sie bei uns endgültig draußen. Fast möchte ich darauf hoffen, denn dann müssen Sie unbedingt Koch werden.« Frech grinste sie dabei in Franjos Richtung. »Gute Köche kann es bekanntlich nie genug geben.«

»Commissaria«, entgegnete Fanetti in vergleichbarem Tonfall, »fast bin ich versucht, Ihrem Vorschlag zu folgen, doch der erste Schritt, mich wieder danebenzubenehmen, wäre einfach zu groß.« Er lächelte schelmisch, wurde aber gleich wieder ernst. »Ich habe aus meinen Fehlern gelernt. Wie ein Anfänger habe ich damals reagiert und, schlimmer noch, Ginevra in Gefahr gebracht. Glauben Sie mir, das passiert mir nie wieder.«

»Amen«, rief Franjo und schlug unter allgemeinem Gelächter ein Kreuz.

2

»Wie lange dauert es noch?«

Leonie war wach, ihre Stimme klang ausgeruht.

Henriette hatte nicht damit gerechnet, dass die Kinder bis zum Ziel schlafen würden, aber nun war der Campingplatz zum Glück nicht mehr weit entfernt.

»Wir sind gleich da.« Lächelnd drehte sie sich zu ihrer Tochter um und spürte den inzwischen vertrauten schmerzhaften Stich, der ihren steifen Nacken hinaufraste.

Wie die Kleine dasaß, die hellen Locken um das hitzefeuchte Gesicht gelegt, die blauen Augen erwartungsvoll geöffnet, erkannte Henriette sich selbst, wie sie früher war.

»Mama, wie lange genau?«

»Schätzchen, nicht mehr als fünfzehn Minuten.«

Henriette wandte sich wieder Frederick zu. »Wird zumindest auf dem Navi so angegeben. Wir halten die Ankunftszeit doch ein?«

»Wenn wir nicht noch mal im Stau stehen, müsste es hinhauen.«

Frederick sprach ruhig, doch Henriette, die nach zehn Jahren Ehe die Stimmungen ihres Mannes einzuschätzen wusste, sah, dass seine Hände das Lenkrad eine Spur fester hielten als sonst. Er schaute auch nicht zu ihr, während er redete. Nicht eine Sekunde lang. Er starrte stur in die hereinbrechende Dämmerung.

»Wann gibt es endlich etwas zum Essen? Und aufs Klo muss ich auch.«

Das war Katharinas Stimme.

Frederick beschleunigte.

Henriette spürte, wie der Gurt gegen ihre Brust drückte und sie an die Lehne presste. »Bitte fahr vorsichtig.«

»Was glaubst du, was ich mache?« Er drehte, ohne hinzusehen, am Radio. Vermutlich suchte er einen Sender mit deutschsprachigen Nachrichten.

»Mama, ich habe Hunger und Leonie auch. Und es ist heiß.«

Obwohl Katharina die jüngere der beiden war, sprach sie häufig für ihre große Schwester. Im Aussehen unterschieden sich die Mädchen komplett. Katharina ähnelte mit ihren dunklen Haaren und den braunen Augen mehr ihrem Vater. Sie war auch die schlankere der beiden. Leonie war dagegen in vielem ein Abbild ihrer Mutter und hatte Henriettes mollige Figur geerbt.

»Lass deine Schwester für sich selbst sprechen.« Frederick klang jetzt gereizt.

»Aber ich habe wirklich Hunger, Papa, und aufs Klo muss ich auch.« Leonie öffnete das Fenster einen Spalt.

»Mach das sofort wieder zu. Davon wird es nicht besser. Die Hitze kommt bekanntlich von draußen.«

Mit ihren Füßen klopfte Katharina einen aggressiven Rhythmus gegen Henriettes Rückenlehne.

»Lass das bitte.« Sie seufzte. »Kinder, nur noch ein paar Minuten.«

Ihre Idee war diese Reise nicht gewesen. Im Freien zu übernachten konnte sie nicht begeistern, und das nicht nur wegen der Insekten, die einen heimsuchten. In engen Räumen, in Zelten sowieso, litt sie unter Platzangst. Außerdem war es nicht nur unbequem, sondern geradezu schmerzhaft, die Nacht auf den harten Unterlagen zu verbringen, vor allem nach dem Autounfall. Ihr Schleudertrauma und der angebrochene Rückenwirbel schrien förmlich nach einer weichen Matratze.

Deshalb hatte Frederick sich kompromissbereit gezeigt. Aufs Zelten wurde ihretwegen verzichtet, stattdessen hatte er einen kleinen Pavillon mit Wohnküche, zwei Schlafzimmern und Terrasse für sie auf dem Campingplatz gebucht.

Dafür war sie ihm von ganzem Herzen dankbar.

Fredericks Einschätzung nach war er ja beim Unfall weitaus schwerer verletzt worden als sie. Zwar hatte er keine körperlichen Schäden davongetragen, laut seinem Hausarzt litt er seither aber unter einer posttraumatischen Belastungsstörung samt einer damit einhergehenden depressiven Reaktion. Was mehr oder weniger bedeutete, dass sich seine Laune zunehmend verschlechtert hatte.

Er hatte sich eine Zeit lang vom Büro abmelden müssen. Den Krankenstand verbrachte er mit Zeitunglesen und vor dem Fernseher, angeblich vom Arzt so verordnet. Henriettes Bitte, einen Psychotherapeuten aufzusuchen, hatte er müde abgewehrt: »Ich will nicht über das reden, was passiert ist, ich will es vergessen.«

Schließlich hatte er wieder zu arbeiten begonnen und war seither missgestimmter denn je. Wie hätte sie da zum Vorschlag eines gemeinsamen Urlaubs Nein sagen können?

Sie wollte unbedingt, dass es gut lief und alle zufrieden waren. Dafür war sie auch bereit, ihre Trauer um die nach dem Unfall erlittene Fehlgeburt hintanzustellen.

Diese spezielle Reise war ebenso der Wunsch der Mädchen wie der von Frederick gewesen. Und ihren Töchtern konnte sie einfach nichts abschlagen. Ihre Ärztin hatte zwar gemeint, sie solle die drei allein die weite Fahrt von Hamburg nach Grado machen lassen und sich in der Zwischenzeit in einer Reha-Klinik bei Massagen und Physiotherapie richtig erholen, aber davon wollten weder die Kinder noch Frederick etwas wissen. Sie selbst ja auch nicht, sie wäre sich egoistisch vorgekommen.

»Wir müssen pinkeln. Papa, bleib endlich stehen. Hört mich hier keiner? Hallo! Mond an Erde!« Katharinas Stimme duldete keinen weiteren Aufschub.

Gottergeben hielt Frederick in einer kleinen Parkbucht. »Geht hinter die Büsche, aber beeilt euch.«

Henriette stieg mit aus, streckte sich ächzend und stellte sich schützend vor ihre Töchter.

Die Hitze war trotz der späten Abendstunde kaum auszuhalten. Sie, die sich vor Unwettern fürchtete, sehnte unter diesen Umständen geradezu eines herbei.

Endlich saßen alle wieder im Auto. Die Mädchen tippten auf ihren Smartphones herum, und Henriette betrachtete den abblätternden blauen Nagellack auf ihren Zehen in den offenen Sandalen. Ich werde mir eine Pediküre gönnen, beschloss sie, und ein hübsches Sommerkleid kaufe ich auch.

Mit spitzen Fingern versuchte Frederick, die Disc eines Hörbuchs in die schmale CD-Öffnung zu schieben, verpasste jedoch den Schlitz.

»Lass mich das machen.« Henriette griff nach der CD, aber Frederick stieß ihre Hand grob beiseite.

»Papa, das haben wir gesehen. Mama will doch nur helfen.«

Ja, helfen, dachte Henriette, und einen weiteren Unfall verhindern.

»Hunger«, ertönte es zweistimmig von hinten.

»Mädchen, wir sind gleich da«, versprach sie betont heiter, »und weil wir von der langen Fahrt und der Hitze alle ziemlich durch den Wind sind, setzen wir uns in die erste Trattoria und essen Pizza, bevor wir den Pavillon einräumen.«

Frederick nickte. »Wenn ihr vor Hunger umkommt, suchen wir eben jetzt schon eine. Ich bin kein Unmensch.«

Täuschte sie sich, oder war da wirklich die Andeutung eines Lächelns in seinem Gesicht?

Die Mädchen klatschten in die Hände und begannen zu singen.

»Ruhe dahinten. Ihr bringt mich mit eurem Geschrei völlig aus dem Konzept. So ein Mist! Jetzt bin ich auch noch falsch abgebogen.«

»Da wird wohl das Navi einen Fehler gemacht haben, du sicher nicht, Papa.«

Henriette konnte ein hysterisches Kichern bei Katharinas Worten gerade noch verhindern. Ganz schön frech, die Kleine. Nun, die Kinder waren inzwischen neun und zehn Jahre alt und durchschauten einiges. Meistens hielten sie den Mund, wenn Frederick wieder mal überreagierte, aber gelegentlich ging es mit ihnen durch.

»Schau mal, Frederick. Da vorn, das Schild. Da steht: ›Campingplatz‹.«

»Gut. Dann war das jetzt kein Umweg, sondern eine Abkürzung. Ich schlage vor, wir räumen doch zuerst ein und essen danach.«

»Dann ist es sicher zu spät«, kam es maulend von der Rückbank. »Ich habe Hunger und Leonie auch.«

»Stimmt«, pflichtete Leonie ihrer Schwester bei.

»Frederick, ich finde, die Kinder haben recht. Zum Einräumen ist später immer noch Zeit.«

Kaum dass Henriette das gesagt hatte, hätte sie die Worte am liebsten zurückgenommen. Denn wenn Frederick eines auf den Tod nicht ausstehen konnte, war das, einem anderen recht zu geben. Er schnaubte verächtlich und chauffierte sie kommentarlos an einem Landgasthaus vorbei – vorbei an den einladenden Laternen, die entlang des Kanals den Weg zum Eingangstor wiesen.

Der Urlaub fing ja gut an.

Die Landstraße war holprig, rechts dehnten sich weitläufige Felder aus, begrenzt durch Steinmäuerchen und Kanäle, in denen das Wasser dunkel schimmerte. Nicht sehr verheißungsvoll, fand Henriette, aber dafür erhaschte sie links einen Blick auf das Meer, in dem sich das Licht unzähliger Laternen spiegelte.

Die Zweige der Pinien am Straßenrand bildeten eine Art Tunnel, durch den sie fuhren.

Dann erreichten sie eine breite Toreinfahrt, über der auf einem Schild der Name des Campingplatzes prangte.

»Da seht ihr's, Leute, wir sind da.« Frederick bremste scharf ab. »Holst du an der Rezeption die Schlüssel, Henriette? Für heute habe ich wahrlich genug geleistet.«

Gleichmütig öffnete sie die Autotür. Die Hitze nahm ihr einen Moment lang den Atem.

Der Weg zur Anmeldestelle war staubig und dunkel. Von den Zelten, Wohnwagen und Pavillons hinter den Pinien und Zypressen drangen fröhliche Stimmen und Musik zu ihr herüber. Es roch nach Gegrilltem, Harz und Thymian.

Urlaubsstimmung pur.

»Endlich angekommen.« Henriette lächelte dem Mann in der Rezeption zu, und auf einmal freute sie sich, dass sie am Meer waren.

Geübt scannte der Campingplatzmitarbeiter ihre Pässe ein. »Und schon sind wir fertig. Hier ist die Nummer Ihres Platzes. Wir hoffen, Sie genießen den Aufenthalt. Unser Campingplatz ist einer der schönsten hier, mit direktem Zugang zur Lagune.«

Als er ihren überraschten Blick bemerkte, fügte er schnell hinzu: »Ein Schwimmbecken haben wir auch, mit Riesenrutsche für die Kinder. Und hier, das ist eine Broschüre von Grado und Umgebung. Es gibt einiges Sehenswertes.«

Er trat mit ihr vor die Tür und deutete vage nach links. »In diese Richtung, Sie können es nicht verfehlen.«

»Vielen Dank.« Sie nahm die Zettel und Pässe entgegen und überlegte, was der Rezeptionist mit Lagune gemeint hatte, aber bevor sie nachfragen konnte, war er schon wieder verschwunden.

Beschwingt ging Henriette zum Auto.

Die Spannung dort war zum Greifen. Sie warf ihren Töchtern einen fragenden Blick zu, die aber sahen zu Boden. Katharina hatte ihre Fußsohlen trotzig gegen den Vordersitz gestemmt, und Leonies Finger waren fest ineinander verschränkt.

»Das hat lange gedauert.« Frederick warf ihr einen bösen Blick zu.

Henriette lächelte begütigend. »Wir haben einen Stadtplan von Grado bekommen, eine Infobroschüre und einen Gutschein für Getränke.«

Jetzt entspannten sich seine Züge. »Du bist ja doch die

Beste.« Unbeholfen strich er über ihren Unterarm und nahm dann ihre Hand in seine. So etwas hatte er seit dem Unfall nicht mehr gemacht.

Langsam fuhren sie an den anderen Platzbewohnern vorbei, von denen viele vor ihren Wohnwagen und Zelten saßen. Henriette lächelnd, Frederick konzentriert vor sich hin starrend.

Ihr Pavillon schien etwas abseits zu liegen, das war vielleicht gar nicht schlecht.

»Hier ist die Platznummer. Parken wir erst mal und räumen ein, bevor wir das Auto wegstellen.«

Von der Rückbank drangen unterdrückte Geräusche nach vorn.

Henriette stieg aus und atmete den würzigen Duft der Pinien ein. Vor ihr breitete sich eine leere abgezirkelte Fläche aus, umgeben von trockener, abgemähter Wiese. Suchend schaute sie in alle Richtungen.

Die anderen hatten sich inzwischen zu ihr gesellt. Leonie schmiegte sich an ihr Bein, und Katharina legte ihren Arm um Henriettes Taille.

»Wo ist jetzt unser Pavillon?«

»Es heißt Bungalow.«

»Dann eben Bungalow. Aber wo ist er? Hat der Mann uns die falsche Nummer gegeben?« Henriette, der Böses schwante, drehte sich zu Frederick um.

»Henri, ich muss mich bei dir entschuldigen.«

Henri? So nannte er sie nur, wenn er ein schlechtes Gewissen hatte, so wie damals nach dem Unfall. Oder früher, als er frisch verliebt in sie war.

»Was jetzt?« Ihr flaues Gefühl verstärkte sich.

»Sie hatten keinen Bungalow mehr, es war alles besetzt. Wir kamen nur auf die Warteliste. Ich dachte, das wird schon, und habe es bis gestern versucht, aber es wollte keiner stornieren.«

Zu spät gekümmert hatte er sich. Das war offensichtlich, und nun versuchte er, sich herauszureden. Henriette schluckte, bohrte die Schuhspitze in den von der Sonne verbrannten, mit Nadeln übersäten Boden und war kurz vor dem Überkochen. Nur die Nähe ihrer beiden Töchter hielt sie davon ab, ihrem Mann die Meinung zu sagen.

»Das heißt, jetzt steht Zeltaufbau auf dem Programm«, fügte sie sich ins Unvermeidliche.

»Gut beobachtet«, scherzte Frederick, um die Situation zu entspannen. Als er ihrem Blick begegnete, drehte er sich schnell weg und trat zur Box auf dem Dach des Wagens. »Das große Wohnzelt zuerst, dann das kleine für die Kinder. Und danke, Henri. Du hast etwas gut bei mir.« Er wischte sich den Schweiß von der Stirn. »Meine Damen«, sagte er sodann betont vergnügt, »jetzt bauen wir unser eigenes Ferienhaus.«

Henriette lächelte süß. Das hellblaue Sommerkleid, zerknittert von der langen Fahrt, klebte an ihrem Rücken. »Fang du schon mal an. Wir gehen essen, und vielleicht bringen wir dir danach etwas mit. Aber das musst du dir erst verdienen.«

Resolut hakte sie sich bei ihren kichernden Töchtern unter und ließ den verdatterten Frederick samt den Zelten zurück.

Tag 3

1

»Polizei!«

War das eben Alonsos Stimme gewesen oder bloß Teil eines quälenden Alptraums?

Benommen setzte Loredana sich im Bett auf und wischte den Schlaf aus ihren Augen. Wahrlich, aus einem tiefen Traum zu schrecken war nicht die beste Art aufzuwachen.

Sie schlüpfte in ihre Pantoffeln. Noch bevor sie den Morgenrock überwerfen konnte, erklang ein weiterer Ruf.

»Mach schon, die Polizei ist da.«

Bestürzt zog Loredana den Gürtel des Morgenrocks zu und lief die Treppe hinunter. Fast wäre sie über den dicken Kater gestolpert, der auf der untersten Stufe lungerte. Blödes Vieh.

Alonso, ihr Bruder, stand regungslos in der Küche und starrte auf die verschlossene Eingangstür.

»Was ist denn los?«

Abrupt drehte er sich um. »Zwei Uniformierte sind draußen und wollen herein.« Seine dunklen Augen bohrten sich in ihre.

Loredana strich ihren vom Schlaf platt gedrückten Pony zurück. »Warum öffnest du ihnen nicht?«

Die beiden schwarzen Katzen auf der Fensterbank nickten im Gleichtakt mit ihren Köpfen zu Loredanas atemlos hervorgestoßenen Worten.

Es war furchtbar heiß, obwohl der Tag eben erst begonnen hatte. Loredana wischte sich über die Stirn. Alonso war rasiert und frisch geduscht. Sein hellblaues Hemd trug eine Bügelfalte.

»Weiß ich denn, ob es dir recht ist?«

Irrte sie sich, oder sah ihr Bruder sie herausfordernd an?
»Deine Reaktion ist äußerst merkwürdig«, entgegnete sie. »Du lässt die Polizisten da draußen stehen, als hättest du etwas zu verbergen.«

Die graue Katze stolzierte an ihr vorbei, setzte zum Sprung an und landete auf dem Küchentisch. Alonso strich ihr zärtlich über das zottelige Fell, so als wollte er das dumme Vieh für die Unverschämtheit auch noch loben.

»*Ich* soll was zu verbergen haben?« Ein ironisches Lächeln kräuselte seine Lippen.

»Mach schon auf. Es kommt nicht gut an, wenn wir sie schmoren lassen. Die haben sicher längst mitbekommen, dass wir wie Verbrecher hinter der verschlossenen Tür lauern.«

Was kam da für Blödsinn aus ihrem Mund? Magensäure schwappte Loredanas Speiseröhre hoch und ließ einen unangenehmen Geschmack zurück. Machte sich ihr altes Magengeschwür wieder bemerkbar, oder entstand gerade ein neues? Wundern würde es sie nicht, bei all dem, was sie in letzter Zeit durchgemacht hatte. Am besten, sie dachte nicht mehr daran, beamte sich einfach weg. Weg vom Haus, weg von Alonso, weg von den widerlichen Katzen, weg von den Erinnerungen und vor allem weg von dem Schrecklichen, das geschehen war.

»Guten Morgen.«

Eine forsche Stimme riss sie aus ihrer inneren Betrachtung. Zwei Männer standen im Eingang und schüttelten Alonso die Hand.

Das waren gar keine Polizisten. Irgendwelche Arbeiter waren das. Grenzenlose Erleichterung machte sich in ihr breit. Was war bloß mit ihr los? Sie verhielt sich irrational.

»Wir müssen den Wasserzähler kontrollieren. Haben Sie unser Schreiben nicht erhalten?«

Hatten sie? Sie wusste es nicht.

Alonso hob die zimtfarbene Maine-Coon-Katze hoch und bettete sie auf seinen angewinkelten Arm. Dabei grinste er gehässig in Loredanas Richtung. »Machen Sie nur«, sagte er.

»Meine Schwester zeigt Ihnen den Weg zu den Zählerkästen. Und falls Sie durstig sind, finden Sie auf der Anrichte eine Kanne Eistee.« Mit einer eleganten Bewegung drehte er sich um und trug die Katze ins Wohnzimmer. Einer der älteren Kater folgte ihm wie ein Hund. Er schloss die Tür eine Spur zu laut hinter sich.

Nachdem die Männer gegangen waren, trank Loredana selbst ein Glas Eistee. Die Luft stand flirrend im Raum, die Küchenkräuter, obwohl gegossen, begannen zu verdorren, ebenso das Katzengras.

Sie brühte sich einen Espresso auf und stellte sich mit der Tasse ans Fenster.

Die beiden schwarzen Katzen strichen um ihre Beine und miauten erwartungsvoll. Auf ihrer erhitzten Haut ertrug Loredana ihr weiches Fell noch weniger als sonst.

Es war so schwül, dass sie den Tag am liebsten unter der Dusche verbracht hätte. Eine Klimaanlage gab es in diesem Haus nicht.

In Grado setzte ihr die Hitze schlimmer zu als anderswo. Das lag vermutlich am Inselklima des Städtchens. Mitunter war zu beobachten, dass sich die Wolken um Grado herum kreisförmig schlossen und dadurch jede Luftbewegung von außen zu verhindern schienen.

Schon früher, als ihr Bruder Alonso und sie die Sommer hier bei ihrer Tante verbringen mussten, war das so gewesen. Fünf lange Wochen waren sie Jahr um Jahr an dieses Haus, großspurig »Villa Esperanza« genannt, gefesselt gewesen.

Natürlich hatten sie tagsüber zum Strand und am Abend manchmal sogar zu den Eissalons in der Fußgängerzone gedurft. Aber wenn es regnete oder sie sich Tante Dolores' Ärger zugezogen hatten, blieb ihnen nur das unheimliche Haus mit all seinen Zeitgenossen. Damals lebten vierzehn Katzen hier. Alle waren der Tante von irgendwoher zugelaufen, und eine war lästiger als die andere.

Loredana hatte schon sehr früh eine Allergie entwickelt,

aber keiner glaubte ihr. Dabei rötete sich ihre Haut, und sie bekam Juckanfälle, sobald eines der Tiere sie streifte.

»Bloße Einbildung«, hatte Tante Dolores behauptet. »Mädchen, reiß dich zusammen.«

Loredana hatte sich nie überwinden können, an diesen felligen Ungeheuern Gefallen zu finden, und sie verachtete ihren Bruder für seine zur Schau gestellte Zuneigung zu den unappetitlichen Viechern.

»Alonso wird mal Tierarzt. Und ein guter dazu«, hieß es ein ums andere Mal, »und irgendwann fühlst auch du dich hier wohl und wirst die Katzen mögen.«

Ein Tierarzt war keiner aus ihrem Bruder geworden. Er war Buchhalter in einer Maschinenfabrik, und richtig wohlgefühlt hatte Loredana sich im Haus nie. Von einer Zuneigung den Katzen gegenüber ganz zu schweigen. Urlaubsgefühle waren nur aufgekommen, wenn sie zur Siesta im Bett gelegen hatte, beide Hände unters Kopfkissen geschoben, um die Kühle des Lakens zu spüren, und vor sich hin träumen konnte, während Alonso die Mittagsruhe in einer Hängematte verbrachte, die er zwischen zwei alte Palmen gespannt hatte.

Der Garten war damals schon ein verwahrloster Dschungel gewesen, um den sich niemand kümmerte, von Tante Dolores wurde er jedoch als Oase für ihre flauschigen Freunde angesehen. Aus Loredana und Alonso unbekannten Gründen verließen die kleinen Biester das ihnen zugewiesene Areal nie.

Vielleicht ahnen sie instinktiv, welche Strafe ihnen, gesetzt den Fall, sie wagen es, drohen wird, phantasierte Loredana manchmal insgeheim und stellte sich die unmöglichsten Dinge vor, die ihre Tante zu diesem Zweck ersonnen haben könnte.

Palmen mit falschen Datteln, die nur selten kleine gelbe Früchte trugen, bargen unter sich, überwuchert von dürrem Steppengras, die Grabsteine verstorbener Katzen. Eine sehr berühmte Frau, eine Kunstmäzenin, sei dafür ihr Vorbild gewesen, hatte Tante Dolores prahlerisch erklärt.

Loredana gruselte sich als Kind bei der Vorstellung, dass unter ihren Füßen unzählige Tierleichen vergraben lagen, und vermied es deshalb beharrlich, in den Garten zu gehen.

Oft waren sie und Alonso während ihrer Aufenthalte hier ohne Aufsicht sich selbst überlassen geblieben. Tante Dolores arbeitete damals in einem Tierheim, das zwischen den Kanälen in der Lagune mitten auf einem Feld stand, und manchmal übernahm sie am Abend noch zusätzlich den Dienst im Vorzimmer des örtlichen Tierarztes. Sie war eine respektierte Person, die jeder in Grado kannte und schätzte. Wenn sie Besuch bekam, durften sie beide nicht mit am Tisch sitzen. Ihr Benehmen ließe zu wünschen übrig, hatte die Tante erklärt.

»Immer noch im Morgenrock, wieder mal am Träumen?« Alonso war in die Küche zurückgekehrt und starrte sie an. »Wollten die Burschen Bargeld, oder schicken sie uns eine Rechnung?«

»Keine Ahnung. Sie haben ihre Arbeit gemacht und sind dann gegangen.« Mürrisch stellte sie die leere Kaffeetasse in die Spüle und stieg die Treppe hinauf. Oben ging sie ins kleine Badezimmer. Um das große, das mit der altmodischen Wanne auf den gedrechselten Füßen, machte sie weiterhin einen Bogen.

In den Ecken des schmalen Raumes hatten Spinnweben bizarre Muster gebildet, und ein alles durchdringender Geruch nach Schimmel erfüllte die Luft. Das Wasser schoss aus dem Duschkopf und brannte einen heißen Strahl auf Loredanas Rücken. Die Temperatur ließ sich nur schwer regulieren. Obwohl sie es wusste, vergaß sie das immer wieder. Mit Spüle und Waschmaschine ging es ihr ähnlich. Häufig verwechselte sie auch die Schalter fürs Deckenlicht mit denen für die Ventilation.

Es war fast so, als fände das Haus Vergnügen daran, sie beim alltäglichen Kleinkram zu foppen.

Loredana trocknete sich nur nachlässig ab, damit die auf ihrer Haut verbliebene Feuchtigkeit ihr ein wenig Abkühlung verschaffte. Entrückt malte sie ein Osterei auf die beschlagene Scheibe.

Durch das kleine Badezimmerfenster sah die Welt aus wie in einen ovalen Rahmen gepresst. Ein Stück Autodach glänzte silbern in der Sonne, und ein paar Spitzen des Zauns stachen rostig in die flirrende Luft.

Mit einem nassen Lappen wischte sie sich nochmals über Stirn, Arme und Beine und schlüpfte dann in ein leichtes Leinenkleid. Der Stoff nahm die Feuchtigkeit ihrer Haut auf und legte sich sanft an ihren Körper.

Leise verließ sie das Badezimmer.

Seit Jahren versetzte das Haus sie in Angst und Schrecken. Schon damals war das so gewesen, als angeblich noch alles in Ordnung war. Nachdenklich ging Loredana von Zimmer zu Zimmer.

Genau wie in ihren Jugendjahren versuchte sie, die Geheimnisse der Villa zu ergründen. Kaum hatte sie eine Tür geöffnet, erlag sie dem Bann des jeweiligen Raumes. Eine Weile stand sie still, nahm die Atmosphäre in sich auf. Es war, als hätte der Ort seine Geschichten konserviert. Die Zeit verschwamm, floss an ihr vorüber und ließ Gestalten entstehen, die in einer ihr fremdartigen Weise agierten. Loredana verstand sie nicht.

Und unweigerlich stand sie schließlich aufs Neue vor jener Tür, die, damals fest verschlossen, Dolores' Geheimnisse vor ihren und Alonsos Kinderaugen geschützt hatte.

Tante Dolores erzählte gern Geistergeschichten, die sie erschreckten. Doch was sie in diesem Haus als Kinder mehr erahnt als erlebt hatten, stellte jedes so entstandene Grauen in den Schatten.

Unversehens fand Loredana sich vierzig Jahre in der Zeit zurückversetzt. Wieder war es Sommer, wieder waren sie in Grado und verbrachten die Ferien bei Tante Dolores. Und die Sonne stach vom Himmel.

»Das Meer ist so blau wie die Trikots unserer Nationalmannschaft. Azzurri, Azzurri!«, rief Alonso und warf Sand nach ihr.

Genervt klappte sie ihr Comic-Heft zu, sprang auf und stapfte ins Wasser. Angenehm kühl umspielte es ihre Beine, doch der Boden unter ihren Füßen war schlammig.

Was sich wohl darunter verbarg? Tote Tiere? Krebse und Fischleichen? Ekel stieg in ihr hoch, und Gänsehaut legte sich auf ihre Arme und Beine.

»Du bist zu feig, um hinauszuschwimmen. Hast wohl Angst vor den Haien.«

Ihr Bruder nervte mal wieder. Hier gab es keine Raubfische, das wusste jeder. Ein einziges Mal, vor Jahren, hatte ein Fischer einen Hai in der Bucht von Triest gesehen, aber das war auch schon alles.

Loredana hob die Beine vom glitschigen Boden und ließ mit kräftigen Schwimmzügen den Strand hinter sich. Weit draußen tauchte sie unter.

Erst als das Salz nicht mehr in ihren Augen brannte, sah sie die kleinen Fische. Unzählige waren es, sie umkreisten Loredana in Schwärmen und lockten sie, noch tiefer zu tauchen. Willig folgte sie ihnen und vergaß dabei, dass sie sich in einer fremden, feindlichen Umgebung befand. Sie öffnete ihren Mund, schluckte das grüne Meer und ergab sich dem Element.

Danach konnte sie nicht genau sagen, wie lange sie unter Wasser gewesen war, bis eine kräftige Hand sie nach oben riss und in ein Boot zerrte.

Als sie die Augen aufschlug, war die Sonne hinter Schleiern verborgen.

Alonso stand über sie gebeugt, sein Blick war besorgt.

»Lore, wenn der Fischer dich nicht bemerkt hätte, wärst du jetzt tot«, sagte er ehrfürchtig.

Loredanas Augen suchten nach Halt. Dann musste sie husten. Sie hustete und hustete, bekam kaum Luft, und Sand und Wasser kratzten in ihrer Kehle.

Schließlich half Alonso ihr hoch.

»Los, komm!«

Schwummrig torkelte sie an seiner Seite durch den heißen Sand, sie kamen viel früher als gedacht bei Tante Dolores an.

Die Haustür war versperrt, aber weil sie Stimmen hörten, klopften sie laut.

Und dann stand die Tante vor ihnen.

Sie trug einen weißen Kittel, besprenkelt mit Tomatensoße, ihre Hände steckten in Gummihandschuhen, und ihr Gesicht war verzerrt vor Wut.

»Ihr wolltet erst in zwei Stunden zurück sein!«

Alonso entschuldigte sich und nahm Loredanas Hand. »Wir gehen in unser Zimmer und stören dich nicht.«

Tante Dolores warf ihm einen seltsamen Blick zu, nickte aber und ließ sie eintreten. Vorbei an den Katzen schlichen sie die Treppe hinauf.

Von irgendwo im Haus erklangen gedämpfte Geräusche. Wieder hörten sie Stimmen – und dann einen Schrei, der abrupt abbrach.

Alonso schlich zur Tür und drückte die Klinke nach unten. »Stell dir vor, sie hat uns hier eingeschlossen.« Seine ängstliche Stimme hatte einen empörten Ton angenommen.

Loredana wäre gern unter die Decke geschlüpft, aber das Salz klebte an ihrer Haut, und das Bad befand sich am anderen Ende des Ganges.

Vor einiger Zeit hatte sie in den großen Wäscheschränken gestöbert und sich gewundert, wie viele weiße Laken, Stoff- und Handtücher, Bettüberzüge und Gummiunterlagen sie fand. Will die Tante eine Wäscherei aufmachen, hatte sie sich erstaunt gefragt. Jetzt wünschte sie, sich in eines dieser Laken einwickeln zu können.

»Schau mal.« Alonso winkte sie zu sich ans Fenster.

Im Garten stand eine Frau. Sie war blond und sehr jung, fast noch ein Mädchen. Ihr Haar war ganz lang und floss weit über ihre Schultern.

Loredana winkte ihr zu, aber das Mädchen weinte und wandte sich ab.

Loredana bekam Angst.

Mit einem Mal war sie wieder im Wasser und spürte, wie sie versank, aber als sie diesmal die Augen öffnete, war sie allein im Zimmer, die Tür stand weit offen, und von unten rief Tante Dolores nach ihr.

Der Blick der Tante war verschleiert, als Loredana in die Küche trat, und sie trug eine saubere Kochschürze. »Ich muss euch eine traurige Mitteilung machen, Kinder«, sagte sie. »Ricco, mein uralter Kater, ist heute von uns gegangen. Später werde ich ihn neben seinen Geschwistern begraben.«

Vielleicht hat das Mädchen wegen der Katze geweint, überlegte Loredana, hütete sich aber zu fragen. Ein Schauer lief über ihren Rücken, als sie an die vielen kleinen Grabsteine unter den Bäumen und Sträuchern dachte.

An diesem Abend aß Loredana beinahe nichts, und in der Nacht wachte sie mit Bauchschmerzen auf. Leise öffnete sie das Fenster, um kühlende Nachtluft hereinzulassen, erstarrte jedoch mitten in der Bewegung.

Deutlich hörte sie ein Stöhnen, das vom Garten zu ihr heraufdrang.

Sie beugte sich vorsichtig vor. Tante Dolores stand vor einer ausgehobenen Grube und rieb sich die schmerzenden Hände. Neben ihr lehnte das Mädchen mit den langen blonden Haaren am Baumstamm und verbarg sein Gesicht in den Händen.

Am nächsten Morgen lagen unten im Garten Rosenblätter auf frisch aufgehäufter Erde, und der Wind brachte Regen. Loredana stieg in ihre Gummistiefel und ging zu dem neuen Grab.

»Bist du traurig wegen der Katze?«, fragte sie ihre Tante, die Werkzeug in den Schuppen räumte.

»Nein, Mädchen. So ist nun mal der Lauf der Dinge. Leben entsteht und vergeht.«

Hatte sie den letzten Satz laut gesagt?

Die Erinnerungen waren manchmal so stark, dass sie nur schwer in die Wirklichkeit zurückfand.

Irgendetwas musste sie jedenfalls gesagt haben, denn Alonso hatte seinen fragenden Gesichtsausdruck aufgesetzt. Als sie mit den Achseln zuckte, stellte er sich mit auf dem Rücken verschränkten Händen ans Fenster und starrte auf den Regenbogen, der sich durch den Wasserstrahl des Rasensprengers in seinen sieben Farben brach.

Katzen strichen um seine Beine.

Loredana spürte, wie sich ein Asthmaanfall ankündigte.

Eine Atempause, dachte sie, ich brauche buchstäblich eine Atempause. So ging es ihr seit Wochen. Auf den Punkt gebracht, seit Alonso von Tante Dolores' Tod erfahren hatte und wegen der Testamentsangelegenheit mit ihr im Haus wohnte.

Jetzt ein Gespräch zu beginnen war Irrsinn. Doch sie konnte nicht anders.

»Du musst nicht glauben, dass ich nicht weiß, was damals wirklich geschah.«

Schweigend beobachtete Alonso weiter, was immer er sah, dann drehte er sich langsam zu ihr um.

»Wage es nicht, daran auch nur zu denken«, sagte er kalt und verließ den Raum.

2

Vor dem Fenster von Maddalenas Büro spannte sich ein wolkenlos blauer Himmel über ein spiegelglattes Meer. Keine Möwe war zu sehen, und die Äste der Pinien bewegten sich nicht.

Die Luft stand still.

Obwohl erst Vormittag war, hatte Maddalena den Deckenventilator auf die höchste Stufe gedreht.

»So«, sagte sie, stand auf und öffnete die Tür zum Nebenbüro. »Fanetti, Lippi, herein mit euch. Wenn die Mutter des vermissten Jungen kommt, möchte ich, dass Sie beim Gespräch anwesend sind. Beide.«

Lippi setzte ein verkniffenes Lächeln auf. Das angespannte Verhältnis zwischen ihnen hatte sich in den letzten Monaten etwas gelockert. Guido Lippi hatte ihr zwar seine Loyalität versichert, dennoch war sie vor ihrem unberechenbaren Kollegen weiterhin auf der Hut.

»Vorgestern Abend«, ergänzte Maddalena an ihn gewandt, »war doch ein Bursche hier, der eine Aussage machen wollte.«

»Nein.« Lippis Antwort klang giftig. »Ein Büblein wollte sich wichtigmachen, das war schon alles. Sie kennen das ja, Commissaria, in einem gewissen Alter schwillt denen der Kamm.«

Sie nickte. »Dann sind Sie sicher, dass es sich dabei nicht um unseren heutigen Vermisstenfall handelt?«

»Natürlich bin ich mir nicht sicher, aber ich weiß, dass an dem Burschen nichts dran war.« Er hob die Schultern und strich sich über den Bauch. »Außer vielleicht die Sportschuhe, die er trug. Die waren nagelneu, und wenn Sie mich fragen, Commissaria, hat er sie beim Stromausfall mitgehen lassen. Jedenfalls verschwand er gleich wieder, ohne noch einen

Mucks zu machen. Der Kleine hatte wohl Schiss, dass ich ihn auf der Stelle festnehme.«

Maddalena schüttelte unwillig den Kopf. »Lippi, der Junge, was hat er Ihnen genau gesagt? Und warum gibt es darüber nicht mal den kleinsten Aktenvermerk?«

»Noch mal: Wichtigmachen wollte der Knabe sich. Hat etwas vom Stromausfall während des Gewitters gefaselt und sich verdrückt, bevor ich an ein Protokoll überhaupt denken konnte.«

»Und jetzt wird ein Jugendlicher in seinem Alter vermisst. Lippi, hoffentlich liegen Sie richtig, sonst kann es sein, dass wir ein Problem haben.«

»Die Mutter des Jungen ist da.« Beltrame, eine ihrer wenigen weiblichen Kollegen, hatte den Kopf ins Büro gesteckt. Auf Maddalenas Nicken hin führte sie eine ältere Frau herein.

»Signora Mieli.« Maddalena nickte ihr freundlich zu und bat sie, Platz zu nehmen. »Mein Name ist Maddalena Degrassi, das sind meine Kollegen Fanetti und Lippi. Signora, gibt es Neuigkeiten, ist Ihr Sohn vielleicht wohlbehalten zurückgekehrt?«

Im selben Moment, da sie die Frage stellte und in das zerfurchte Gesicht der Frau sah, erkannte Maddalena ihre eigene Unverfrorenheit.

Die Frau wischte sich über ihre Augen und senkte stumm den Kopf. Sie zog ein Foto aus ihrer Tasche. »Das hier ist er, mein Emmanuele. Er ist mein Jüngster.«

Maddalena wusste mit ihren Gefühlen umzugehen, aber in bestimmten Situationen fiel es ihr schwer, ihr Mitleid zu unterdrücken. Sie fächerte sich mit der Hand Luft zu, während Fanetti Wasser aus einem Krug in ein Glas goss und es der Frau hinschob.

Maddalena betrachtete den Jungen auf dem Foto eingehend. Durch die vorspringende Nase und die schiefen Schneidezähne erinnerte er ein wenig an eine der hoffnungslosen Kindergestalten aus den Geschichten von Charles Dickens. Dann reichte sie das Foto weiter.

Lippi nahm die Fotografie mit spitzen Fingern entgegen. Maddalena sah, dass er die Lippen zusammenpresste, und ihr wurde klar, dass sie in Schwierigkeiten steckten.

Die Frau sah erbarmenswert aus. Falten schnitten tiefe Kerben in ihr Gesicht, das von früherer Schönheit sprach. Insgesamt ging sie eher als Emmanueles Großmutter durch denn als die Mutter eines Vierzehnjährigen. Alles an ihr zeugte von einem Leben in Armut und großer Entbehrung. Ihr Haar war ausgedünnt, das Weiß überwog. Sie trug ein einfaches, abgenutztes Kleid, jenen Kleiderschürzen, die anno dazumal von den Bäuerinnen in der Umgebung getragen wurden, nicht unähnlich. Aufrecht saß sie vor ihnen und presste ihren Rücken haltsuchend an die Lehne des harten Besucherstuhls.

»Signora«, begann Maddalena sanft, »hatte Ihr Jüngster Probleme? Gibt es etwas, das wir wissen sollten, um bei der Suche nach ihm an der richtigen Stelle ansetzen zu können?«

»Emmanuele ist nie mit dem Gesetz in Konflikt geraten, er nicht.« Sie stockte. »Meine Jungen hatten es von Geburt an schwer. Wir sind, nachdem ein Erdbeben unser Heimatdorf zerstört hatte, nirgends mehr sesshaft geworden, standen vor dem Nichts und waren nie lange an einem bestimmten Ort. Daher war es immer schwierig, eine geregelte Arbeit zu finden und die Jungen zur Schule zu schicken.« Verlegen nestelte sie an einem Papiertaschentuch.

»Signora Mieli, bitte versuchen Sie sich zu erinnern, wann genau Sie Ihren Sohn zum letzten Mal gesehen haben, und erzählen Sie uns bitte alles, was Ihnen dazu einfällt, egal, wie unwichtig es Ihnen erscheinen mag.«

»Vorgestern Abend schickte ich Emmanuele zum Supermarkt. Er war froh wegzukommen. Es gibt da ein paar Unstimmigkeiten zwischen ihm und anderen Jungs aus der Siedlung. Nichts Ernsthaftes, es geht um ein Mädchen. Susanna.«

Maddalena nickte ihr aufmunternd zu.

»Als mein Kleiner nicht zurückkam und der Sturm endlich nachließ, ging ich ihn suchen, und da kam mir Diego entgegen.«

»Diego? Ist das einer der Jungs?« Lippi beugte sich über einen Notizblock.

»Nein, Diego ist schon sehr alt, aber die Kinder gehen manchmal zu ihm, wenn sie Probleme haben. Jedenfalls beruhigte er mich und meinte, Emmanuele würde heute bei ihm übernachten. Ich war erst mal erleichtert, denn das kommt gelegentlich vor. Dann fielen mir die Einkäufe ein, aber Diego wusste nichts davon. Also nahm ich an, Emmanuele hätte sie wegen des Unwetters vergessen. Jedenfalls schien es ihm wohl wichtiger, den Alten um Rat zu fragen, wegen der Sache mit dem Mädchen. Vielleicht gab es vorher auch wieder Streit mit den Jungs.«

»Und dann, am nächsten Morgen?« Fanetti schob sich schwitzend eine Haarsträhne aus dem Gesicht. Verwunderlich, fand Maddalena, die noch nie davon gehört hatte, dass Elben transpirierten.

»Da machte ich mir zuerst keine Sorgen, denn Emmanuele schläft gern lang, und ich wusste ja, wo er ist. Auch am Nachmittag war ich noch nicht beunruhigt. Manchmal begleitet er Diego in die Pineta oder in die Stadt.«

»Irgendwann sorgten Sie sich aber doch?«

»Ja. Meine Cousine war zu Besuch, sie kann den Kaffeesatz lesen. Wir hatten Zeit, uns ausführlich auszutauschen, und dabei sagte sie mir, dass einer meiner Jungen in großer Gefahr schwebt.«

Lippi schnaubte verächtlich durch die Nase, und Maddalena war versucht, ihm unter dem Tisch gegen das Schienbein zu treten. Sie bat die Frau mit einem entschuldigenden Blick fortzufahren.

Signora Mieli sprach leise weiter. »Der Rest ist schnell gesagt. Ich lief zu Diego, aber der war nicht da, also wartete ich daheim auf Emmanuele, der wieder nicht auftauchte. Ich habe die ganze Nacht kein Auge zugetan. Am Morgen kam ich sofort hierher. Weil man mir an der Pforte sagte, Sie bräuchten ein Foto von ihm, Commissaria, bin ich noch mal zurück und habe es geholt.« Sie blickte auf das Bild ihres Sohnes und sah Maddalena dann flehentlich an. »Bitte finden Sie meinen Buben.«

»Signora, wir tun unser Möglichstes. Bitte bleiben Sie noch einen Moment, meine Kollegin wird ein Protokoll aufnehmen und fährt Sie danach nach Hause.«

Entschieden griff Maddalena zum Telefon. Sie informierte Beltrame, die kurz darauf erschien, um Signora Mieli abzuholen, verabschiedete sich von Emmanueles Mutter und drückte die Tür des Büros hinter den beiden ins Schloss. Langsam ging sie zu ihrem Schreibtisch zurück.

»Lippi, es ist der Junge von vorgestern Abend. Habe ich recht?«

»Ich fürchte, so ist es.« Lippi schnäuzte sich ausgiebig. »Aber so wie das Bürschchen auftrat, hätten Sie ihn auch weggeschickt.«

Jetzt war es an Maddalena, durch die Nase zu schnauben, doch Lippi redete einfach weiter.

»Eigentlich tat er mir sogar etwas leid, wie er da so vor mir saß, und ich versuchte, ihm die Angst zu nehmen, fragte, worum es denn ginge und ob er denn Durst habe und ein Glas Wasser wolle.«

Maddalena nahm ihm diese Fürsorglichkeit nicht ab. »Erinnern Sie sich lieber daran, was er sagte.«

Lippi sah sie beleidigt an. »Er hat vom Stromausfall im Supermarkt geredet.«

»Vom Stromausfall? Er wollte doch eine Aussage machen. Das hat er mir jedenfalls erzählt«, fuhr Fanetti dazwischen.

Lippi schnappte nach Luft. »Commissaria, muss ich mir das von einem bieten lassen, der gerade erst suspendiert war wegen unverantwortlichen Verhaltens?«

»Lippi, ja. Sie müssen.« Maddalenas Gesicht war ausdruckslos. »Und jetzt fahren Sie fort, sonst schlage ich einen anderen Ton an. Hat der Junge sonst nichts gesagt?« Ihr Hinterkopf machte sich schmerzhaft bemerkbar und ebenso die Bruchstelle ihres Unterarms. »Das wird doch kaum alles gewesen sein?«

»Na ja, er behauptete, Zeuge eines Gesprächs geworden zu sein, in dem einer gesagt habe, er wolle die andere Person umbringen. Gerede, nichts weiter. Auch wenn er jetzt verschwunden ist, der kleine Stinker, war er doch nur ein Wichtigtuer. Einer von vielen. Als ich ihm sagte, er solle verschwinden, war er schneller durch die Tür, als Sie gucken können.«

Maddalena achtete sorgsam auf ihren Ton. »Wie war das mit dem Umbringen, haben Sie da wenigstens nachgefragt?«

»Mehr hat er nicht gesagt.« Lippi lehnte sich zurück und verschränkte die Hände vor seinem Bauch. »Mag sein, dass das jetzt nicht gut aussieht, aber Sie wissen selbst, mit wie vielen Spinnern wir es täglich zu tun haben.«

Maddalena seufzte. »Lippi und Sie, Fanetti, veranlassen jetzt alles Notwendige. Suchmeldung an die Medien, Vernetzung mit den Kollegen der umliegenden Polizeidezernate, das Übliche eben.« Sie sah auf den Dienstplan. »Sobald Zoli kommt, fahre ich mit ihm in die Wohnwagensiedlung, sehe mich dort um und spreche mit diesem Diego.«

Als sie wenig später gemeinsam über den Parkplatz gingen, deutete Zoli fast anklagend zum Himmel, an dem eine einzelne Wolke zu sehen war. »Commissaria, glauben Sie, wir bekommen endlich Regen?«

Maddalena schüttelte den Kopf. »Nein. Die Hitze bleibt, und dann kommt ein Sturm.«

Zolis erstauntem Blick begegnete sie mit einem verschmitzten Lächeln. »Wir aus dem Karst sind seit jeher Wetterpropheten.«

Ihr Kollege nickte, als würde er sich in Gedanken eine Notiz machen. Schnell wechselte Maddalena das Thema: »Sagen Sie mal, wann kommt sie denn nun endlich, Ihre Verlobte?«

Seit Wochen hielt Zoli alle über die immer neuen Reisepläne seiner geheimnisvollen Verlobten auf dem Laufenden – Reisepläne, die aus den unterschiedlichsten Gründen nie umgesetzt wurden. Langsam glaubte in der Dienststelle keiner mehr an die Existenz dieser Sizilianerin, die Zoli zufolge zu allem Überfluss auch noch Maddalena hieß und ihr, Zolis Chefin, auf dem Foto, das er mit sich herumtrug, zum Verwechseln ähnlich sah.

Stattdessen wurde mittlerweile mehr oder weniger ernsthaft behauptet, Zoli wäre in seine Vorgesetzte verliebt und rücke sich die Wirklichkeit dementsprechend ein wenig zurecht.

»Maddalena wird sehr bald hier sein. Genaueres erfahren meine Mutter und ich demnächst. Die Hitze in Sizilien setzt ihr sehr zu.«

Na, dachte Maddalena und nahm auf dem Beifahrersitz Platz, dann wird sie sich hier in Grado so richtig wohlfühlen. Sie schenkte Zoli ein unbestimmtes Lächeln, das er schüchtern erwiderte.

Nach einer kurzen Fahrt im klimatisierten Dienstwagen hielt Zoli vor der Wohnwagensiedlung. Der Trailerpark erinnerte Maddalena an ein unübersichtliches, verwinkeltes Dorf. Schwitzend erkundigte sie sich nach Diego, unwillig wurde ihr der Weg durch die zufällig entstandenen Gassen der vielen Wohnwagen gewiesen.

Auf ihr Klopfen hin öffnete ihnen ein Greis. Aus dem Inneren seiner Behausung drang ein Sammelsurium an Gerüchen, das Maddalenas Magen zum Schlingern brachte.

»Signor Diego, guten Tag. Polizei. Ich bin Commissaria Degrassi, und das hier ist mein Kollege Piero Zoli«, hob sie an. »Signora Mieli hat uns heute Morgen aufgesucht. Es geht um Emmanuele. Wir würden Ihnen gern ein paar Fragen stellen.«

Der Alte nickte zögernd. Maddalena hatte ihn sofort wiedererkannt, ebenso Zoli. Unauffällig tauschten sie einen Blick. Vor ihnen stand eines der Faktoten Grados: der Mann mit den Kochlöffeln und den Blechbechern, den nahezu jeder in der Stadt kannte. Sie hatten beide schon Utensilien von ihm erstanden.

Routinemäßig wurde er von den Beamten ermahnt, es in den Sommermonaten nicht zu bunt mit den Touristen zu treiben, aber es war meistens ein Augenzwinkern dabei. Viele ihrer Kollegen mochten den Alten oder hatten zumindest Mitleid mit ihm.

Er winkte sie in das winzige schattige Gärtchen hinter dem Wohnwagen, umgeben von verdorrtem Strauchwerk, verrottendem Trödelkram und einer offenen Feuerstelle, und forderte sie auf, Platz zu nehmen.

»Der Jüngste der Familie Mieli, Emmanuele, ist anders«, begann er übergangslos. »Viele der Kinder und Jugendlichen hier und nicht zuletzt seine Brüder …«, er stockte, so als suchte er nach Worten, und fuhr dann unsicher fort: »… sind härter.«

Maddalena verstand, was der Alte meinte.

»Der Kleine hat sich in ein Mädchen verguckt, in Susanna. Hinter der sind hier alle her, aber Emmanuele hat es besonders schwer erwischt, und darüber ist er mit den älteren Jungs in Streit geraten. Sie sind gerade nicht gut auf ihn zu sprechen, und er geht ihnen lieber aus dem Weg. Er ist ja fast noch ein Kind und fürchtet sich manchmal mehr vor ihnen, als ihm guttut.«

»Sprechen wir von vorgestern. Seine Mutter sagt, er hätte bei Ihnen übernachtet?«

Diego kratzte über die verschrumpelte Haut an seinem Unterarm. »Die Kinder kommen gern zu mir. Sie mögen meine Geschichten. Emmanuele hat am Abend bei mir geklopft, und wir haben Suppe gegessen und ein wenig geplaudert.«

»Hat er die Nacht bei Ihnen verbracht?«

»Wo soll er denn sonst geschlafen haben?« Er zuckte verlegen mit den Schultern und verstummte.

Maddalena und Zoli starrten ihn an.

»Signore, der Junge ist verschwunden. Bitte erschweren Sie nicht unsere Arbeit.«

Der Alte mied ihren Blick.

»Emmanuele wird gesucht«, sagte Maddalena scharf. »Er war vorgestern Abend auf der Polizeistation, weil im Supermarkt etwas passiert sein muss. Wissen Sie etwas darüber?«

Diego blickte stumm zu Boden, betrachtete ausgiebig die Kieselsteine.

»Signor Diego.« Zolis bläulich schimmernde Ader trat auf seiner Stirn hervor. »Nun reden Sie endlich.«

»Im Supermarkt«, begann der Alte vorsichtig, »hat er etwas gehört, das ihm Angst machte.«

Maddalena beugte sich vor.

»Wegen des Sturms ging das Licht aus, und er war eine Zeit lang mit den anderen Kunden im Dunkeln eingesperrt. Da kann man schon mal die Nerven verlieren. Wenn Sie mich fragen, taucht er von ganz allein wieder auf, wenn er sich beruhigt hat.« Er zog an seinem Ohrläppchen und blickte sie unsicher an.

Maddalena und Zoli tauschten einen weiteren Blick. Es war klar, dass Diego ihnen nicht alles erzählte, sie jetzt aber nichts mehr von ihm zu hören bekommen würden. Offensichtlich hatte er ein schlechtes Gewissen.

»Signor Diego. Falls der Junge in den nächsten Stunden nicht auftaucht, erwarte ich Sie heute Nachmittag bei uns im Präsidium. Sie wissen doch, wo das ist?«

Diego nickte und murmelte etwas, das sie nicht verstand. Zoli hingegen schien verstanden zu haben, denn er entgegnete leise und mit gefährlichem Unterton: »Richtig. Genau dort befinden wir uns. Und wenn Sie nicht kommen, holen wir Sie.«

3

»Hast du gut geschlafen und schön von deiner Liebsten geträumt, Pepi?«

Giuseppe störte es schon lange nicht mehr, auf diese Weise am Arbeitsplatz empfangen zu werden. »Alles bestens«, antwortete er gelassen.

Tatsächlich hatte er schlecht geschlafen, so wie auch die Nacht zuvor.

»Pepi, sag mal. Hast du dich nicht gefreut? Endlich ist eine deiner Vorhersagen eingetroffen. Nur ist das Unwetter gleich weitergezogen. Es hatte wohl noch woanders zu tun.«

Einzig Antonio sprach so mit ihm. Die anderen hielten sich etwas mehr zurück, sie hatten bei der Verteilung der Charaktereigenschaften einfach eine größere Portion Anstand abbekommen.

Antonio hingegen, ein kleiner Neidhammel aus dem Süden, den es der Arbeit wegen hierher verschlagen hatte, war richtig übel, er hielt mit nichts hinter dem Berg, außerdem war er vom Kopf bis zu den Zehen behaart. Vielleicht glaubte er ja, seine geringe Körpergröße durch Überheblichkeit ausgleichen zu müssen.

Giuseppe antwortete, so ruhig er konnte: »Nichts anderes habe ich prognostiziert. Beim nächsten Mal wird sich das Unwetter aber nicht so schnell verziehen. Wir bekommen einen gewaltigen Sturm.«

»Leute, ich brauche frei, ich muss einen Bunker graben!« Antonio warf die Arme theatralisch in die Höhe und lachte schallend.

Auch Ernesto, Giuseppes Chef, und Matilda, die sich zu ihnen gesellt hatte, grinsten.

»Wieso bist du als Einziger von uns so überzeugt davon, dass ein gewaltiger Sturm über uns hereinbrechen wird?«, fragte sie. »Hast du eine Glaskugel zu Hause, mit der du die Zukunft sehen kannst?«

»Nein, meine Liebe, ich bin beim Kartenlesen geblieben.«

Am liebsten hätte Giuseppe sich wegen des gelungenen Wortspiels auf die Schenkel geklatscht, es gelang ihm nur mühsam, ernst zu bleiben.

»Pepi, der Wind-Fan.« Matilda ging achselzuckend zu ihrem Schreibtisch zurück.

Wie langweilig sie doch sind, dachte Giuseppe und wandte sich Ernesto zu, der abwiegelnd die Hände gehoben hatte.

»Immer mit der Ruhe, Herrschaften. Beflegeln könnt ihr euch in der Pause.«

Giuseppe setzte sich. Auf seinem Monitor schien eine Horde Außerirdischer gelandet zu sein, mitten im schönen Friaul-Julisch Venetien. Wenn die Stadträte wüssten, wen sie hier neben dem Zivilschutzzentrum beherbergten. Grinsend klickte er den originellen Bildschirmschoner weg.

Er würde es sich nicht nehmen lassen, weiterhin durch den Äther zu schicken, was er errechnete. Das war sein Job. Auch wenn die Kollegen zu anderen Ergebnissen kamen, er würde mit seiner Kenntnis nicht hinter dem Berg halten. Harte Arbeit und Faszination hatten ihn schließlich zu dem gemacht, was er jetzt war, ein Experte in der Beschaffenheit, dem Aufbau, den Eigenschaften und der Unterschiedlichkeit von Stürmen.

Das konnte ihm niemand nehmen. Trotzdem, er war ehrlich genug, sich einzugestehen, dass ihn die Geringschätzung seiner Kollegen störte.

Isabella fiel ihm ein und wie sie seinen Worten anfangs andächtig gelauscht hatte. Nach ihrem letzten Gespräch fragte er sich allerdings, ob ihr Interesse vielleicht nur gespielt gewesen war.

Grübeln brachte nichts. Giuseppe vertiefte sich bei Esotex in die europäische Großwetterlage. Weitläufige Unwetter mit mächtigen Stürmen wurden hier an der Küste aufgrund der lang anhaltenden außergewöhnlichen Hitze, verbunden mit der hohen Luftfeuchtigkeit, immer wahrscheinlicher. Das Gewitter vorgestern Abend war nur ein harmloser Vorbote weiterer Wettereskapaden gewesen.

Akribisch gab er die letzten Messdaten ein und rechnete ein Wettermodell durch. Danach hielt er es nicht nur für möglich, sondern für höchst wahrscheinlich, dass innerhalb der nächsten Tage ein verheerender Sturm die nähere Umgebung heimsuchen könnte.

Nachdenklich schob er eine Locke aus seiner Stirn. Er musste Ernesto, seinem Vorgesetzten, Bescheid geben. Ohne hinzuschauen, langte er nach dem Lunchpaket, das seine Mutter ihm täglich einpackte, und zuckte zurück. Der grüne Apfel verströmte den gleichen Duft wie Isabellas Parfum.

Himmel. Die Sehnsucht nach ihr tat so weh.

Er sah auf sein Handy.

Kein Anruf, keine Nachricht.

Unsicher blickte er sich um. Niemand hatte seinen Schmerz mitbekommen. Zum Glück waren aller Augen auf die Monitore gerichtet.

Giuseppe stand auf und verließ das Büro. Im Waschraum der Toilettenanlage holte er sein Handy erneut aus der Tasche.

Neben einem Kollegen von Esotex und seiner Mutter war Isabella die einzige Person, die er in seiner Favoritenliste abgespeichert hatte. Er drückte auf ihren Namen und registrierte geistesabwesend den leichten Film, den seine Fingerkuppe auf dem Display zurückließ. Mehr als die Hitze brachte ihn Isabellas Bitte, eine Auszeit zu nehmen, ins Schwitzen.

Vielleicht sollte er Blumen für sie bestellen. Am besten dort, wo sie arbeitete.

Es läutete nur wenige Male, dann meldete sich die Mailbox. Giuseppe war es inzwischen gewohnt. Er spürte aufsteigenden Kopfschmerz und begann, seine Schläfen zu massieren. Schwarze Punkte geisterten über die Ränder seines Gesichtsfeldes, begleitet von aufzuckenden Lichtblitzen. Eine

Migräneattacke. Das Massieren von Nacken und Schläfen half in diesem Zustand nicht mehr. Er musste ein Schmerzmittel nehmen.

Abermals wählte er. Er riss sich zusammen.

Wie immer, wenn er tief in Gedanken war, leierte er halblaut die neuesten Zahlenreihen und Messdaten herunter.

Was brabbelte er da vor sich hin?

»Verdammter Idiot!«, schrie er sein Spiegelbild an – leider gerade in dem Moment, als Isabella abhob.

4

Christopher zog Johannes durch die belebte Fußgängerzone der Innenstadt.

»Wir wollten doch an den Strand«, wehrte Johannes ab und löste seinen Oberarm aus Christophers Griff.

»Nun, bevor es ans Baden geht, haben wir noch etwas anderes vor.«

Es bereitete Christopher großes Vergnügen, Johannes zu überraschen, der alte Kumpel brauchte ein wenig Aufmunterung. Gestern, nach einigen Gläsern Wein, war die Wahrheit seiner Misserfolge ans Licht gekommen. Es hatte eine Weile gedauert, aber schließlich hatte Johannes sich ihm bedingungslos anvertraut. Früher war er in einem gut gehenden Möbelgeschäft angestellt gewesen, aber die Wirtschaftskrise hatte das Unternehmen in die Insolvenz getrieben, und er bekam die Kündigung. Die Kunden kämpften selbst ums Überleben, und sich neu einzurichten rutschte auf der Wunschliste ganz nach unten. Johannes wiederum hatte keine Rücklagen und stand mit einem Mal vor dem Nichts.

Christopher vermutete, dass auch ein gewisser Hang zum Glücksspiel mit verantwortlich für das finanzielle Desaster seines ehemaligen Schulkameraden gewesen war. Mit sechzehn jedenfalls hatte Johannes viel Zeit in Spielhöllen verbracht, manchmal ganze Vormittage, anstatt die Schulbank zu drücken. Dieses Schulschwänzen war auch ein Grund, weshalb er schlechte Noten bekam, ja sogar längere Zeit auf der Abschussliste ihrer Lehrer gestanden hatte.

Christopher sprach seine Mutmaßung freilich nicht aus, sondern hörte, wie es sich für einen guten Freund geziemte, aufmerksam zu und bekundete an den richtigen Stellen sein Mitgefühl. Schließlich war es Johannes doch gelungen, sich zum Versicherungskaufmann umschulen zu lassen. Er hatte wieder einen Job, war aber weiterhin knapp bei Kasse.

Als sie in der Fußgängerzone einen Spielsalon passierten, warf Christopher einen prüfenden Blick auf Johannes, doch der ging achtlos daran vorbei.

Es war auch heute wieder drückend heiß, Christopher schwitzte trotz kurzer Hosen und Poloshirt. Johannes hingegen schien die Hitze nichts anzuhaben, er marschierte unbeeindruckt in seinen langen Jeans und dem Hemd mit den hochgestreiften Ärmeln neben ihm her. Seine blonden, frisch gewaschenen Haare lagen in lockeren Wellen, und seine Augen waren hinter einer Sonnenbrille verborgen.

»Dir ist nicht so leicht in die Karten zu schauen, was?« Christopher lachte über seinen gelungenen Witz.

»Wie meinst du das?«

»Na, wegen der Sonnenbrille.«

»Sind nur getönte Gläser, ich habe empfindliche Augen.« Johannes tat so, als bemerkte er die Anspielung auf seine frühere Spielsucht nicht. Also würde Christopher deutlicher werden müssen.

»Gehst du noch ab und an ins Casino? Oder erledigt man das jetzt am Computer?«

Johannes blieb stehen und runzelte die Stirn. Er nahm die Brille ab und sah Christopher merkwürdig an.

»Du denkst, ich wäre ein Spieler? Weil ich vor Jahrzehnten eine Phase hatte, nachdem mein Vater gestorben war?« Er lachte böse.

»Ich mache mir eben meine Gedanken.«

»Gute Idee, sicher nett gemeint, aber beschränke dich dabei auf dein eigenes Leben. Oder gibt es dort nicht genug, was bedacht werden sollte?«

»Lass uns nicht streiten.« Christopher reichte ihm versöhnlich die Hand.

»Ja, schon gut. Gehen wir endlich zum Strand?« Ungeduldig schulterte Johannes seine Badetasche und kam

Christopher einen Moment lang vor wie der Sohn, den er nie gehabt hatte.

»Vorher schauen wir hier noch rein«, sagte er sanft.

Er schob Johannes in einen Laden, der sich im Erdgeschoss eines eigenartig geschwungenen Hochhauses befand.

»Was soll ich hier? Tut mir leid, aber ich bin derzeit nicht wirklich flüssig.«

»Aber ich. Lass dich ein wenig verwöhnen, um der alten Zeiten willen. Ich dachte, wir suchen ein paar Klamotten aus und genießen dadurch umso mehr unsere freien Tage.« Er grinste. »Gehört mit zur Einladung.«

Johannes warf ihm einen gequälten Blick zu. »Danke. Das ist sehr aufmerksam von dir, ich weiß das zu schätzen. Aber ich habe genug eingepackt und brauche nichts Neues. Du tust ohnehin schon genug für mich.«

»Nimm doch wenigstens diesen Pullover mit den maritimen Motiven. Mach dir mal keinen Kopf.«

Seufzend probierte Johannes den blau-weiß gestreiften Baumwollpulli mit dem aufgestickten Segelboot an und trottete danach mit ihm zur Kasse.

»Auf unsere Freundschaft.« Christopher hielt seine Kreditkarte über den Laser. »Platin«, sagte er nicht ohne Stolz.

Am Strand waren die meisten Liegebetten und Sonnenschirme bereits besetzt.

»Eine Sekunde.« Christopher tippte eine Nummer in sein Handy. »Das haben wir gleich.« Von Johannes abgewandt, sprach er kurz ins Telefon und drehte sich dann triumphierend zu ihm um. »Ich habe mit dem Hotel telefoniert. Es gibt eigene Plätze für Gäste.«

Gemeinsam wateten sie durch den heißen Sand.

»Bevor ich es vergesse, meine Frau lässt dich herzlich grüßen«, sagte Christopher und beschattete seine Augen. »Da vorn müssen wir hin.«

Johannes blieb ruckartig stehen.

»Annemarie lässt mich grüßen?«, fragte er und machte dabei ein fast dümmliches Gesicht.

»Ja. Wer denn sonst? Einen Harem kann ich leider nicht vorweisen, und so ist die Auswahl beschränkt.«

Johannes ging nicht weiter auf Christophers Worte ein. »Schau mal«, er zeigte in eine bestimmte Richtung, »da ist Polizei. Die scheinen auf der Suche zu sein.«

»Na, uns können sie kaum meinen, wir sind unbescholtene Bürger. Wahrscheinlich hat sich wieder mal ein Kleinkind am Strand verlaufen. Die Leute flippen bei so etwas immer gleich aus. Und eine halbe Stunde später steht das Gör dann mit Eis bekleckert vor den hysterischen Eltern.«

Johannes lachte humorlos auf. »Dann sei mal froh, dass ihr keine Kinder habt.«

Christopher gab darauf keine Antwort. Er marschierte nur etwas schneller zu den reservierten Badeliegen.

Manchmal war Johannes ein richtiger Arsch.

»Da«, er zeigte mürrisch auf die Nummer, die an einem Kettchen am Sonnenschirm hing, »wir haben sogar eines der Badehäuser bekommen.«

»Klingt doch gut. Ich zieh mich mal um.« Johannes stieg aus seinen Jeans. Darunter trug er eine Art Boxershorts mit Obstmotiven.

Er setzte sich, ohne vorher das Badetuch ausgebreitet zu haben, auf den Liegestuhl und gähnte ausgiebig. Dann fischte er sein Handy aus der Hosentasche seiner Jeans, die er achtlos in den Sand neben seinem Sonnenstuhl geworfen hatte, und begann mit der Unterlippe zwischen seinen Zähnen, auf die Tasten zu klopfen. Christopher beachtete er nicht mehr.

5

Beatrice saß in der Kantine.

Gleich nach der Mahlzeit konnte sie nach Hause gehen. Die Nacht war lang gewesen und hatte sie erschöpft.

Lustlos starrte sie auf den Teller mit überbackenem Blumenkohl, der vor ihr auf dem Tablett stand.

Wie um alles in der Welt kam jemand auf die Idee, den Angestellten und Besuchern eines Krankenhauses so ein Gericht zu empfehlen? Und wie um alles in der Welt war sie auf die Idee gekommen, dieser Empfehlung zu folgen? Wahrscheinlich machte die Hitze den Koch zum Mörder und die Besucher zu Opfern. Mörderhitze, vermaledeite.

Beatrice grinste.

Säuberlich löste sie die zarten grünen Blätter von den weißen Röschen und schob die gelbliche Kruste zur Seite.

»Du lächelst Gemüse an?« Filippo Durante, einer der Fachärzte auf der Gynäkologie, sah sie fragend an. Ohne ihre Aufforderung abzuwarten, setzte er sich ihr gegenüber auf einen der Plastikstühle. »Ich hoffte immer, dein Lächeln wäre allein mir vorbehalten.«

Wieder lächelte Beatrice. Filippo gelang es jedes Mal, sie aus einer düsteren Stimmung zu reißen. »Nun, Gemüse versteht mein Lächeln nie falsch«, sagte sie leichthin und betrachtete amüsiert die Speisenauswahl auf seinem Tablett. »Würstchen mit Kartoffelbrei? Der Koch scheint nicht nur ein Serientäter zu sein, er scheint auch aus England zu kommen.«

»Großbritannien«, korrigierte er automatisch.

»Du kennst den Burschen? Daher also bist du ihm noch nicht mit deinem Skalpell an die Gurgel gegangen.«

Jetzt war es an Filippo zu grinsen. »So schlecht, wie du tust, ist das Essen hier auch wieder nicht.«

Beatrice mochte den Arzt. Sehr. Vielleicht nicht so sehr, wie er es gern hätte, aber sie genoss die kurze Aufwallung in ihrem Inneren, wenn sie einander begegneten.

»Bea, wann lässt du dich endlich von mir ausführen?«

Diese Frage stellte er ihr nicht zum ersten Mal, und nicht zum ersten Mal schüttelte Beatrice energisch den Kopf. »Belassen wir es dabei, uns im Dienst zu treffen.«

Nachdenklich betrachtete sie Filippo, der mit der Gabel in seinem Püree stocherte. Sein Haar war ergraut, aber das Gesicht immer noch jung. Die Augen, dachte sie, es sind die Augen. Und dieses Glänzen würde er sich wohl bis ins hohe Alter bewahren können. Genau das war es gewesen, was sie bei ihrer ersten Begegnung zu ihm hatte aufblicken lassen. Damals, als sie als junge Schwester in dieses Krankenhaus gekommen war, in dem er fast zeitgleich mit ihr zu arbeiten begonnen hatte.

Schon in wenigen Jahren, dachte sie melancholisch, wird er den Ruhestand antreten und mich hier zurücklassen. Dabei lag es an ihr, das zu ändern. Das wusste sie. Aber sie wollte es so und nicht anders.

Filippo war ein besonderer Mann, daher hatte sie ihn nicht verdient. Er kannte sie nicht, keiner hier kannte sie wirklich, dafür hatte sie gesorgt. Niemandem war es bisher auch nur ansatzweise gelungen, ihre Schutzschicht zu durchdringen. Und das würde auch so bleiben.

»Wieder ein Nein, Bea?« Er wirkte enttäuscht, obwohl ihre Antwort nicht neu für ihn war.

Verlegen musterte sie das Stück Blumenkohl auf ihrer Gabel. Sie wollte ihn nicht unnötig verletzen.

»Filippo«, begann sie sanft, aber er ließ sie nicht zu Wort kommen.

»Ich habe dich auch noch aus einem anderen Grund gesucht.«

Erstaunt sah sie auf.

»Annalisa ist krank und Dorina auf Urlaub. Der neue

Pfleger kommt erst in einer Woche, und von den anderen Abteilungen steht niemand zur Verfügung.« Bedauernd sah er sie an.

Sie seufzte. Das hieß, sie konnte ihren Feierabend vergessen, durfte sich nicht in ihrer Garçonnière einigeln und mit hochgelagerten Beinen ihren Roman weiterlesen.

»Tut mir leid, wir haben nun mal einen Engpass. Vielleicht hilft es, zu wissen, dass du gemeinsam mit deinem Lieblingsarzt arbeiten darfst.«

»Ja, natürlich. Das ändert alles.« Sie konnte sich den Sarkasmus nicht verkneifen.

»Danke.« Er grinste. »Ich werde Buße tun und deinen Blumenkohl aufessen.«

Kurz darauf gingen sie gemeinsam auf die Station. Was für ein hübsches Paar wir doch sind, stellte sie traurig fest, als sie sich in den Glastüren spiegelten.

Beatrice arbeitete hauptsächlich als Diplom-Krankenschwester auf der Gynäkologie, aber auch auf der angrenzenden Geburtenstation tat sie des Öfteren Dienst. Allerdings zog sich, wenn sie so wie jetzt bei den Hebammen einsprang, jedes Mal wenn ein Kind zur Welt kam, ein Knoten in ihrem Magen zusammen.

Ergeben schlüpfte sie abermals in den weißen Mantel, den sie bereits in ihren Spind gehängt hatte, und strich behutsam einen Fussel vom Plexiglasschild mit ihrem Namen.

Trotz allem, was geschehen war, hatte sie ihr Schicksal gemeistert. Beatrice könnte stolz auf sich sein. Aber das schaffte sie nicht. Nicht mehr in diesem Leben.

Auf der Station empfing sie das gewohnte geschäftige Treiben. Sie nickte in Richtung Dienstkanzel und holte sich erst mal einen Kaffee aus dem Automaten in der Ecke des Flurs.

Allzu hektisch ging es hier am Nachmittag nicht zu. Anscheinend zogen die kleinen Würmer es mehrheitlich vor, in der Nacht das Licht der Welt zu erblicken.

Gelassen verrichtete Beatrice ihre Arbeit.

Viele der jungen Mütter strahlten, von einem Babyblues war nichts zu bemerken. Darauf wurde hier besonders geachtet. Gerade mal zwei der Frauen taten sich mit dem Stillen noch etwas schwer, und Beatrice klärte sie einfühlsam und geduldig auf.

Nach etwa einer Stunde setzte sie sich auf einen Schwatz zu ihren Kolleginnen.

»Was hast du gestern Abend gemacht?« Fragen dieser Art wich sie schon so lange derart gekonnt aus, dass sie kaum noch gestellt wurden.

Heute ging es ohnehin um den Geburtstag einer der Ärztinnen – und um den Kuchen, den Loretta, eine der Schwestern, gebacken hatte. Beatrice nahm nur einen kleinen Löffel von der süßen Creme und schob den Teller dann entschlossen beiseite.

Auch daran schien niemand mehr Anstoß zu nehmen. Längst hatten sie aufgehört, sie zum Essen zu ermutigen.

Beatrice betrachtete die Nahrungsaufnahme als lästige Pflicht, nicht als Genuss. Sie wusste, dass sie unter einer Essstörung litt, kannte die Ursache und hatte genug Therapiestunden hinter sich, um sich das Recht herauszunehmen, ihr Problem als unlösbar zu betrachten.

Aber Kaffee genoss sie.

Eben als sie die Tasse zum Mund führen wollte, wurde es draußen unruhig.

»Da will wohl jemand nicht warten.« Die Ärztin nickte, aber sie hatte sich geirrt.

Eine der Schwestern steckte ihren Kopf durch die Tür. »Bea! Schnell. Du wirst auf der Gyn gebraucht.«

Während sie neben ihrer Kollegin herlief, hörte sie zu.

»Ein Blutsturz nach einer verpfuschten Abtreibung. Beeilen wir uns.«

Ausgerechnet.

Beatrice spürte, wie sie blass wurde und ihre Knie zu zittern begannen. Jetzt war nicht die Zeit, ihre Neurosen zu pflegen. Sie atmete durch. Aber die leise Stimme in ihrem Inneren fragte beharrlich, wie lange sie das alles noch durchhalten konnte.

6

»Herein.« Maddalena sah auf.

»So früh hätte ich Signor Diego nicht erwartet«, sagte Zoli und sah ebenfalls zur Tür, an der es geklopft hatte, während er seine Nasenwurzel mit Zeigefinger und Daumen massierte. »Toto Merluzzi«, entfuhr es ihm gleich darauf.

»Commissaria.« Ein dicklicher Mann lächelte Maddalena an und marschierte ins Büro. »Und der Polizist mit dem Raubvogelgesicht«, sagte er grüßend zu Zoli. Mitten im Raum blieb er stehen.

Maddalena und ihr Kollege wechselten einen erstaunten Blick und baten ihn, Platz zu nehmen.

»Was führt Sie zu uns?«

Toto kramte umständlich in seiner Hosentasche, endlich zog er einen gefalteten Zeitungsausschnitt hervor.

»Ich weiß, was in Grado und Umgebung passiert. Ich halte mich auf dem Laufenden.«

»Das ist gut«, lobte Maddalena und betrachtete ihn aufmerksam.

Der Weg von Toto Merluzzi hatte den ihren schon mehrmals gekreuzt. Mit seiner unverblümten, kindlichen Art hatte der körperlich und geistig beeinträchtigte junge Mann ihre Sympathie erworben. Maddalena war klar, dass vor ihr ein Mensch saß, der uneigennützig bemüht war zu helfen. Immer noch wohnte er mit seiner Schwester, einer Lehrerin, zusammen und wurde von seiner Tante verköstigt. Seiner Arbeit im Lager eines Baumarkts ging er mit großer Freude nach und war für seine Kollegen zu einer Art Maskottchen geworden.

»Der verschwundene Junge«, er wischte mit dem Zeitungsblatt über den Tisch, »Sie müssen ihn unbedingt suchen!«

Augenblicklich verstand Maddalena. Er übertrug Teile seiner eigenen Geschichte auf Emmanuele Mieli.

Auch Zoli war das wohl klar geworden, denn er erwiderte behutsam: »Wir geben unser Bestes.«

»Aber was ist, wenn es bereits zu spät ist?«

»Dann wäre er wahrscheinlich schon irgendwo aufgetaucht.«

Zoli, dachte sie, das war nun wieder wenig einfühlsam. Schnell schaltete sie sich in das Gespräch ein: »Ich werde Sie bei Gelegenheit informieren, Toto.«

Natürlich war das nur so dahingesagt, aber ein allzu engagierter Toto Merluzzi konnte ihre Suche empfindlich stören.

»Vielleicht muss der Junge irgendwo als Knecht arbeiten?« Wieder vermischte er das Schicksal des Gesuchten mit eigenen Erlebnissen. »Vielleicht sogar bei den alten Frauen im Karst. Sie haben sie nie gefunden.«

»Wir nehmen Ihre Vermutung ernst, Toto, und gehen jedem Hinweis nach. Wenn es sich ergibt, fahre ich mal mit Ihnen herum, und wir suchen gemeinsam nach diesem Bauernhof. Aber bis dahin müssen Sie ein wenig Vertrauen in unsere Arbeit aufbringen.«

Toto Merluzzi strahlte über das ganze Gesicht. »Das habe ich doch. Besonders wenn Sie dabei sind, Commissaria.«

Maddalena nickte ernsthaft und erntete dafür von Zoli einen erstaunten Blick. Eines Kommentars enthielt er sich aber.

Kaum dass Toto sich verabschiedet hatte, stand Signor Diego in der Tür. Aber er kam nicht allein. Signora Mieli zerrte ihn regelrecht ins Zimmer.

»Hören Sie sich das an.« Emmanueles Mutter stampfte zornig mit dem Fuß auf und zeigte auf den alten Mann, der noch schmächtiger wirkte, als Maddalena ihn in Erinnerung hatte.

Sie bat das ungleiche Paar, sich zu setzen, und schaute die beiden ruhig an. Der Ausbruch von Signora Mieli irritierte sie nicht die Spur. Maddalena wusste, dass der Alte ihnen etwas vorenthalten hatte, und war nun neugierig, was das war.

»Fang an«, zischte Signora Mieli.

Rock und Bluse, beides wohl selten getragen, standen ihr besser als der Arbeitskittel von heute Vormittag, allerdings sprach ihre Aufmachung auch dafür, wie außerordentlich bedeutsam dieser neuerliche Besuch für sie war. Frauen ihres Schlages zogen sich nur zu besonderen Anlässen ihr Sonntagsgewand an.

Der Alte räusperte sich und bat um ein Glas Wasser. Erst als das Gewünschte vor ihm stand, begann er zögernd zu reden. »Ja, es stimmt. Ich habe Ihnen nicht alles erzählt. Aber es war zum Schutz des Jungen. Heute Vormittag dachte ich noch, er würde schon bald wieder auftauchen und die ganze Aufregung hätte sich damit erledigt. Aufgebauschte Sorgen um nichts. Als er aber nicht kam, begann ich mir Sorgen zu machen. Wir hatten schließlich etwas ganz anderes vereinbart.« Der Alte verstummte und nahm einen Schluck aus dem Glas.

Maddalena klopfte mit dem Kugelschreiber auf ihren Schreibtisch. »Bitte fahren Sie fort.«

»Emmanuele hat vorgestern nicht bei mir übernachtet.«

Damit hatte sie nicht gerechnet und Zoli wohl auch nicht, denn ihr Kollege sog zischend die Luft ein.

»In einer der alten Badehütten am Strand wollte er schlafen und gleich am nächsten Morgen mit dem Bus in den Karst hinauffahren. Zu einer guten Bekannten von mir. Sie heißt Pulcinella und wohnt mit ihrer Familie auf einem kleinen Bauernhof in der Nähe von Prosecco.«

Maddalena, die selbst im Karst aufgewachsen war, kannte den Ort gut.

»Ist der Junge in das Badehaus eingebrochen?«

»Nicht dass ich wüsste. Er meinte, es stünde leer und würde Ende des Sommers abgerissen, weil es baufällig ist.«

Trotzdem, so ganz konnte die Geschichte nicht stimmen. Ihrer Erfahrung nach waren die unbenutzten Hütten versperrt. Die Strandverwaltung wollte keinen ungebetenen Gästen die Möglichkeit geben, sich dort einzunisten.

»Weshalb überhaupt diese Heimlichtuerei?«, knurrte Emmanueles Mutter.

Maddalena konnte Signora Mielis Unmut nur allzu gut verstehen.

Es war heiß, so heiß, dass nicht einmal der Ventilator ein wenig Kühlung verschaffte. Alle schwitzten, und Zolis Uniform sah aus wie an ihm festgeklebt. Signora Mieli war aufgestanden und fächerte sich mit einem Blatt Papier, das sie aus dem Drucker genommen hatte, Luft zu.

Diego seufzte. »Ich dachte, etwas Abstand würde dem Jungen guttun. Er wirkte verschreckt, also sollte er eine Nacht oben bleiben und heute Morgen wieder zurückkommen. So hatten wir es vereinbart. Es war eine Abmachung mit Handschlag.«

Signora Mieli begann zu weinen, und Zoli reichte ihr, unangenehm berührt, ein Papiertaschentuch. Sie schnäuzte sich ausgiebig.

»Aber er ist nicht gekommen. Mein Sohn ist verschwunden. Und du bist daran beteiligt.«

Bevor Maddalena und Zoli es verhindern konnten, schlug sie ihre Nägel in Diegos Gesicht. Hellrote Kratzspuren zeichneten sich auf der faltigen Haut seiner Wange ab.

Zoli war aufgestanden und hielt die Frau fest. »Beruhigen Sie sich. Sofort.«

»Es war ein Fehler, ihm zu erlauben, die Nacht in der Badehütte zu verbringen.« Diego hob abwehrend die Hände. »Ich hätte mich nicht darauf einlassen dürfen. Er ist noch ein Kind, und ich bin erwachsen. Doch ich habe keinen Moment daran gezweifelt, dass Emmanuele in den Karst gefahren ist und heute aus dem ersten Bus steigen wird.«

Seine Hände zitterten. »Ich weiß, in welcher Hütte er die Nacht verbracht hat. Ich habe ihn dorthin begleitet. Ich kann sie Ihnen zeigen.«

Maddalena blickte ihn durchdringend an. Der Kauz begann ihr gehörig auf die Nerven zu gehen.

»Und haben Sie in besagter Badehütte nachgesehen, Signor Diego?«

»Ja. Natürlich. Aber da war er nicht.«

»Haben Sie bei Ihrer Bekannten im Karst angerufen?«, warf Zoli ein.

»Nein, ich besitze kein Telefon.«

»Aber Ihre Bekannte hat eines?« Sie mussten so rasch wie möglich diese Landwirtin erreichen. Vielleicht löste sich der Fall mit einem einzigen Anruf, und der Junge aß heute schon wieder bei seiner Mutter sein Abendbrot. »Geben Sie mir die Nummer, Signor Diego. Wir erledigen den Anruf für Sie.«

»Commissaria, so leid es mir tut«, er hielt inne und sah Signora Mieli verzweifelt an, »aber es gibt weder eine Telefonnummer, noch weiß ich den Familiennamen. Ich kenne nur den Weg zu Pulcinellas Haus, und den habe ich Emmanuele beschrieben.«

Sie atmete durch. »Falls Emmanuele nicht bei dieser Pulcinella ist, werden wir zur Badehütte fahren müssen und dabei das Spurensicherungsteam benötigen. Lippi, ich fahre mit Zoli nach Prosecco. Zoli, lassen Sie sich die genaue Wegbeschreibung von Signor Diego geben, danach befragen wir die Jugendlichen im Trailerpark.«

Maddalena arbeitete gern mit Zoli zusammen. Freilich, er war ein wenig umständlich, aber sie wusste, sie konnte sich auf ihn verlassen. Viele belächelten ihn abschätzig als »Degrassis kleinen Privatchauffeur«, und wie jede Häme enthielt auch diese ein Körnchen Wahrheit, aber Zoli hatte unzweifelhaft seine Vorzüge. Er war ehrlich und betrachtete die Dinge aus einem eigenen Blickwinkel.

Nun, auf der Fahrt in den Karst, fragte sie ihn: »Was meinen Sie, hat der Junge etwas gehört?«

»Wenn Sie meine Einschätzung der Situation wirklich hören wollen …« Zoli zögerte und verstummte.

Maddalena versuchte, sich in Geduld zu üben, aber Zoli

nahm sich diesmal besonders viel Zeit. Also verpasste sie ihm einen kameradschaftlichen Stups mit dem Ellbogen, der ihn erschrocken das Lenkrad verreißen ließ.

»Also, wenn ich jemanden bedrohen und danach bemerken würde, dass so ein Lümmel das mitbekommen hat …: Ich wäre ihm auch gefolgt. Dass der Junge verschwunden ist, spricht leider dafür, dass an der Sache was dran ist.«

Zufrieden nahm Zoli Maddalenas Nicken zur Kenntnis.

Trotz Klimaanlage war es schwül im Wagen. Maddalena konnte sich an keinen Sommer erinnern, in dem die Sonne über einen längeren Zeitraum so gnadenlos vom Himmel gebrannt hatte. Auch die Luftfeuchtigkeit war außergewöhnlich. Sie schwenkte das Blatt Papier, auf dem sie die Wegbeschreibung notiert hatte, vor ihrem Gesicht auf und ab.

Hier irgendwo in der Nähe musste die Höhle mit den Fledermäusen sein. Wenn diese Ermittlung vorbei war, beschloss sie, würde sie der Grotte mit Franjo einen weiteren Besuch abstatten. Die geheimnisvolle Welt unter der Erde übte eine immer stärkere Faszination auf sie aus. Es war eine gute Möglichkeit, sich ihren Ängsten zu stellen.

»Wir sind da.« Zoli sah zuerst nach links, dann nach rechts und hielt an. »Das mit der Wiese und den Bäumen am Waldrand kommt hin. So hat es der Alte zumindest beschrieben.«

Das Gebäude wirkte verlassen, weshalb Maddalena schon befürchtete, die Strecke umsonst gefahren zu sein, doch dann begann irgendwo in der Nähe ein Hund zu bellen.

Auf ihr Klopfen hin öffnete ihnen eine dunkle Gestalt.

»Haben Sie sich verfahren?« Der Mann trat aus der Tür und bemerkte erst jetzt das Polizeifahrzeug.

»Mein Name ist Zoli. Und das ist Commissaria Maddalena Degrassi.« Um seinen Worten noch mehr Ausdruck zu verleihen, machte Zoli eine leichte Verbeugung in ihre Richtung, und Maddalena verkniff sich ein Grinsen.

Der Mann beäugte sie eingehend. Er schien abzuwägen, ob es sich lohnte, sie zu verscheuchen, und kam wohl zu dem

Schluss, dass das nichts brachte. Auf seinem Gesicht erschien ein ergebenes Lächeln.

»Jakov, wer ist da?«

Eine ältere Frau erschien hinter ihm.

»Signora Esposito?« Zoli hatte den Namen laut vom Türschild abgelesen. »Pulcinella Esposito? Sie sind eine Bekannte von Diego aus Grado, richtig? Dürfen wir eintreten?«

»Ja, kommen Sie nur. Es ist ihm doch nichts passiert?«

Im Bauernhaus empfing sie ein wohlgeordnetes Durcheinander. Auf der Anrichte standen sauber beschriftete Marmeladengläser, und auf dem Herd köchelte eine Suppe. Es roch nach Brühwürfeln und Kräutern aus dem Garten.

»Nein, Diego geht es gut«, sagte Maddalena. »Wir suchen nach einem Jungen, den er zu Ihnen geschickt haben will.«

Die beiden sahen sie erstaunt an, und Maddalena erklärte ihnen die Zusammenhänge.

»Nein, hier ist niemand. Wann, sagten Sie, wollte der Junge zu uns kommen?«

»Gestern Morgen.«

»Also das wäre uns inzwischen wohl aufgefallen.« Die Alte kicherte.

»Diego ist ein seltsamer Kauz«, nahm ihr Mann den Faden auf. »Er ist verbittert und findet kaum Anschluss. Wenn er sich überhaupt öffnen kann, dann bei den Kindern und Jugendlichen aus der Siedlung, in der er lebt. Für manche würde er alles tun.«

Signora Esposito nickte und sah ihren Mann liebevoll an. »Ich kann mir schon vorstellen, dass er dem Jungen auf diese Art helfen wollte, aber wie schon gesagt, bei uns ist er leider nicht aufgetaucht.«

Maddalena glaubte ihr. Nichts im Haus sprach für die Anwesenheit einer dritten Person, und die große Schauspielkunst, die notwendig gewesen wäre, sie und Zoli zu täuschen, traute sie den beiden nicht zu. Zumal sie keinen Grund hatten, sie anzulügen.

Dennoch fragte sie: »Haben Sie etwas dagegen, wenn wir uns hier etwas umsehen?«

»Wie im Kino?« Die beiden gackerten, und zu ihrer Verwunderung stimmte Zoli in ihr Lachen mit ein. Maddalena musste schmunzeln.

Gemeinsam warfen sie einen raschen Blick in die unterschiedlichsten Räume und besuchten auch kurz Scheune und Stall.

Als sie wieder in die Küche kamen, deutete Jakov vage in Richtung Herd. »Hätten Sie gern einen Schluck?«

Einen Moment lang befürchtete Maddalena, er meinte die Suppe im großen verschmierten Topf, aber er holte eine unbeschriftete Flasche mit einer hellen Flüssigkeit darin aus dem Küchenschrank. »Selbst gebrannt«, sagte er mit einem verschämten Grinsen, und Maddalena und Zoli grinsten aufmunternd zurück.

Als sie wieder im Auto saßen, meinte Zoli im Brustton der Überzeugung: »Ich glaube, etwas Besseres habe ich noch nie in meinem Leben getrunken.«

»Das scheint mir auch so«, pflichtete sie ihm kopfnickend bei. Dann seufzte sie. »Es wäre zu schön gewesen, Emmanuele Mieli unbeschadet zwischen zwei Heuballen schlafend vorzufinden. Aber, Zoli, uns bleibt leider nicht erspart, uns mit der Meute im Trailerpark auseinanderzusetzen.«

Entspannt lehnte sie sich zurück – und verschlief die ganze Strecke nach Grado.

7

Wenn ihre Wut sie vorher nicht erledigte, die glühende Hitze brachte sie sicher um.

Henriette betrachtete die Speckröllchen, die sie nach der Geburt ihrer beiden Töchter nicht mehr losgeworden war und die ihrem Badeanzug Rundungen verliehen, auf die sie gern verzichtet hätte. Auch zum Nachlackieren ihrer Zehennägel war sie schon länger nicht mehr gekommen.

»Zieh dir doch ein Strandkleid über«, hatte Frederick am Morgen vorgeschlagen, nachdem er sie eine Weile gemustert hatte. »Damit kannst du das gut kaschieren.«

»Was kaschieren?«, fragte sie scharf.

Gleichzeitig überlegte sie, ob sie masochistisch veranlagt war. Sie lechzte ja geradezu nach weiteren Beleidigungen.

War Frederick früher auch so gewesen? Oder hatte es erst nach dem Unfall begonnen?

»Na, was wohl? Die Fettpölsterchen und die Cellulite.« Er hatte aufmunternd gelächelt und den Rauch seiner Zigarette besonders höflich an ihr vorbeigeblasen.

Seit dem Crash rauchte er wieder, inzwischen hatte er sich auf ein Päckchen am Tag gesteigert. Aber er achtete wenigstens darauf, weder im Zelt noch in Gegenwart der Mädchen zu paffen. Dennoch, ihre Laune war eindeutig im Keller.

Dabei war sie sich gestern Abend, als sie vor dem noch geöffneten Kiosk ihre Tramezzini verzehrt hatten, sicher gewesen, dass alles funktionieren würde. Dann aber hatten sie, als sie mit einem Schinkenbrot und einigen Flaschen Wasser zu Frederick zurückkamen, feststellen müssen, dass er in der Zwischenzeit erst das kleinere der beiden Zelte aufgebaut hatte.

»Jetzt packt mal alle mit an, sonst schlaft ihr heute Nacht im Freien«, hatte er geknurrt.

Als sie endlich in ihren Zelten gelegen hatten, hielt das Zirpen der Grillen sie lange vom Einschlafen ab.

Oder war es doch die innere Unruhe, einer Vorahnung kommenden Unheils nicht unähnlich, die den Schlaf vertrieb?

Weit nach Mitternacht war sie von einem Schrei aufgeschreckt. Er hatte sich grauenvoll angehört, schmerzvoll und angstverzerrt, und es dauerte eine Weile, bis sie begriff, dass sie selbst es gewesen war, die im Traum geschrien hatte.

Besorgt hatte Frederick sich über sie gebeugt und ihr die verschwitzten Haarsträhnen aus dem Gesicht gestrichen.

In solchen Augenblicken fand sie manchmal – jedoch viel zu selten – den einst geliebten Mann in ihm wieder.

»War es der Unfall?«

»Ich kann mich nicht erinnern«, hatte sie gemurmelt, darum bemüht, die aufsteigenden Bilder aus ihren Gedanken zu drängen.

Jetzt ließ Henriette ihre Zehen vom lauwarmen Wasser der Lagune umspülen. Vielleicht beruhigte sie das.

Wann genau sie den grenzenlosen Zorn zum ersten Mal in sich gespürt hatte, konnte sie nicht mehr genau sagen. Auf einmal war er da gewesen, und wenn er sie in seinen Klauen hielt, musste sie sich zwingen, freundlich zu sein.

Sie kannte noch nicht mal die Ursache. Oft reichten Kleinigkeiten, um sie innerlich ausrasten zu lassen. Die Lagune, die sich statt des Meeres vor ihnen ausbreitete, die Zelte, in denen sie anstelle des Pavillons schlafen mussten, oder die hungrigen Stechmücken, die zu jeder Tageszeit an ihrer Haut klebten und ihr Blut saugten.

Katharina und Leonie waren ebenfalls gereizt. Aber die hatten wenigstens einen konkreten Grund. Die eine hatte ihr Ladekabel fürs Handy zu Hause liegen lassen, die andere ihren E-Book-Reader.

Einzig Frederick war gut gelaunt. Seit seiner Kindheit war er versessen aufs Zelten, vorzugsweise mit seiner Schwester Brigitta, von Henriette insgeheim »Schwägerin des Grauens«

genannt. Fredericks Schwester hatte noch nie ein gutes Haar an ihr gelassen.

Frederick und Brigitta waren seit jeher unzertrennlich. Henriette vermutete, wenn sie und die Kinder sich nicht so vehement dagegen gewehrt hätten, würde die Lagune jetzt auch Brigittas Füße umspülen.

In düsterer Stimmung sammelte sie die nassen Bikinis der Mädchen ein und verstaute das restliche Badezeug im Korb.

Leonie begleitete sie, als sie durch den heißen Sand zu ihren Zelten stapfte.

»Ich finde, der Baum da«, ihre Tochter zeigte auf eine der mächtigen alten Pinien neben ihrem Platz, »sieht morsch aus. So als würde er beim geringsten Windstoß auf unsere Zelte krachen.«

»Leonie«, Henriette lachte, »bevor der umfällt, ist unser Zelt mit uns allen darin längst weggeweht.«

8

Obwohl der Nachmittag bereits fortgeschritten war, brannte die Sonne erbarmungslos auf den Asphalt. Kein Lüftchen regte sich. Selbst die Brandung vom nahen Meer klang nur schwach zu ihnen herüber. Es roch nach Abfällen, Gummi und Staub.

Maddalena zog ihre Bluse im Nacken von der feuchten Haut und verfluchte einmal mehr die Wettergötter des diesjährigen Sommers. Sie ging auf vier Jungen und zwei Mädchen zu, die im Schatten eines Wohnwagens hockten. Vor ihnen, auf dem bräunlichen Wiesenstück, lagen Tüten mit Chips und Getränke in Plastikflaschen. Maddalena registrierte, dass es sich um Limonaden und nicht um Alkopops handelte.

Entschlossen trat sie zu den Halbwüchsigen, die betont gelangweilt ihr Näherkommen beobachtet hatten. Ihre einheitliche Kleidung – schwarze Jeans, die Mädchen trugen sie als eingerissene Shorts, dunkle T-Shirts, bei den Mädchen reichten sie knapp unter die BHs, und klobige Turnschuhe mit dicken Plateausohlen – sagte ihr, dass sie einer Gruppe gegenüberstand, die sich selbst als Gang ansah und sich durch ihre Aufmachung vom Rest der Gesellschaft abheben wollte.

Maddalena spürte ihre Abwehrhaltung fast körperlich.

»Ihr steht hier nicht vor Gericht. Wir brauchen nur eure Mithilfe«, sagte sie gleich zu Beginn, und Zoli ergänzte: »Es geht um euren Freund Emmanuele.«

Eines der Mädchen räusperte sich. Das ist bestimmt diese Susanna, dachte Maddalena und betrachtete die kleine Schönheit eingehend. Sie konnte verstehen, warum die Jungs verrückt nach ihr waren. Nicht nur die alabasterfarbene Haut und der schön gezeichnete Mund, die strahlenden Augen unter langen Wimpern, nein, es war ihre gesamte Ausstrahlung, die einen sofort für sie einnahm.

»Was ist mit Emmanuele?« Sie blickte besorgt zu Maddalena, und ihre hellblauen Augen stellten weitere Fragen.

»Er ist seit zwei Nächten verschwunden. Habt ihr ihn bedroht?« Zoli schien die Stimmung der Jugendlichen nicht wahrzunehmen, denn er sprach in forderndem Ton, ließ den Polizisten eine Spur zu heftig durchscheinen.

Ein untersetzter dunkelhaariger Junge, anscheinend der Wortführer, streckte sich. »Hier wird keiner bedroht. Und mit Emmanuele treffen wir uns nicht, der gehört nicht zu uns.«

Maddalenas Handy klingelte.

Sie wandte sich ab, sprach kurz und zog dann Zoli zur Seite. Leise berichtete sie: »Fanetti hat das Spurensicherungsteam verständigt und lässt sich von Diego die Hütte zeigen. Wir treffen ihn dort. Die da nehmen wir uns später einzeln vor, in der Gruppe erfahren wir nichts.«

Angestarrt von den Badegästen marschierte sie wenig später durch den Pinienwald, hin zu den Badehäuschen, die, aufgereiht wie Perlen auf einer Schnur, eines neben dem anderen aus dem Sand stachen. Sie waren weiß gekalkt und hellgrün eingefasst. Auf den meisten der Miniterrassen hing nasses Badezeug zum Trocknen, und in den Ecken warteten aufblasbare Ungeheuer aus Plastik auf einen Einsatz im Meer.

Maddalena ging abends manchmal zum Strand. Sie schwamm gern im Dunkeln. Meistens jedoch nahm sie den Weg über die Diga, Grados schöne Promenade, die unter ihrer Villa entlangführte, und stieg über die Felsen ins Meer. Da war das Wasser ohne Übergang tief, und sie ersparte sich, durch schlackigen Sand endlos in Richtung Horizont zu waten.

»Das da muss es sein.« Zoli zeigte auf Diego, der vor einem verwitterten Badehäuschen stand. Die Kollegen waren schon drinnen und sicherten etwaige Spuren.

»Hier wollte Emmanuele sich verstecken?«, vergewisserte sich Maddalena.

Diego nickte. »Für eine Nacht. Kann ich jetzt gehen? Ich

bin schließlich Unternehmer und habe Auftragsarbeiten zu erledigen.«

»Verschwinden Sie, aber halten Sie sich zu unserer Verfügung.«

Maddalena, Zoli und Fanetti stellten sich abseits und betrachteten stumm die Arbeit ihrer Kollegen, die sich in Schutzanzügen ans Werk gemacht hatten.

Luisa, eine der Frauen des Teams, trat schließlich zu ihnen. »Wir haben am Boden Blutspuren und einige Hautfetzen gefunden«, berichtete sie.

Fast war Maddalena erleichtert, und sogleich schämte sie sich dafür. Aber der Aufwand, der hier getrieben wurde, musste schließlich legitimiert werden.

Sie ließ die Badehütte sichern und die Beweisstücke ins Labor bringen. Schweigend fuhren sie zurück ins Präsidium.

Telefonisch bat sie Signora Miele, ihr die Blutgruppe ihres Sohnes mitzuteilen. »Nein«, sagte sie beruhigend, »wir gleichen nur Ergebnisse ab.«

Aber sie wusste es besser.

9

Toto stand vor dem Haus seiner Tante.

Jeden Abend war er hier zum Essen eingeladen, heute aber würde es anders sein als sonst. Seine Cousine Caterina war mit ihrem Mann Enzo und dem kleinen Francesco aus Florenz zu Besuch gekommen. Das war schon lange nicht mehr geschehen, und in Totos Bauch rumorte die Freude. Er konnte es nicht erwarten, sie wiederzusehen.

Auch seine jüngere Cousine Emilia und ihr Freund Davide wollten kommen. Emilia, fand Toto, war so schön, dass sie jeden Raum durch ihre Anwesenheit schmückte. Sie sah besser aus als die Lampen, besser als die Bilder an den Wänden und viel besser als die Zierfiguren auf den Regalen im Wohnzimmer. Und an Davide hatte er sich gewöhnt.

»Hallo, altes Haus«, begrüßte der ihn als Erster.

Caterina umarmte ihn, Enzo schüttelte seine Hand, und Francesco versuchte, an ihm hochzuklettern, wurde aber von seinem Vater daran gehindert. Zerstreut, weil er in Gedanken immer noch über Davides Worte nachgrübelte, nickte er allen zu.

»So alt bin ich auch wieder nicht«, sagte er schließlich, »und in mir kann keiner wohnen.«

Alle lachten. Das machten sie oft, wenn er einem Wort oder einem Satz nachforschte und zu verstehen versuchte, was dahinter verborgen lag. Aber dieses Lachen störte ihn nicht.

Es war nicht böse gemeint.

Gerade blickte Tante Antonella mit hochgezogenen Augenbrauen um sich und zog eines ihrer Clowngesichter. Früher hatte sie Toto damit oft zum Kichern gebracht, aber Olivia, seine Schwester, mochte das nicht. Sie wollte, dass jeder Toto wie einen Erwachsenen behandelte. Das hatte er nicht verstanden, denn er war längst erwachsen. Und schließlich war es nicht verboten, auch in seinem Alter über Späße zu lachen.

Jetzt schnitt Tante Antonella ihre Grimassen eben für den kleinen Francesco, und niemand hatte etwas dagegen.

»Tante«, sagte Toto, der sich von dem Thema nicht trennen wollte, »du lebst auch in einem alten Haus. Wir können es neu machen. Soll ich dir beim Ausmalen helfen? Wir könnten auch einen neuen Kühlschrank kaufen und eine Wand wegmachen. Und einen neuen Teppich auf die Treppe legen. Dann ist dein Haus wieder neu.«

Oft kamen Leute zu ihm in den Baumarkt und kauften alles Mögliche, um ihr Zuhause aufzufrischen. Er wusste daher, was man dazu brauchte, und bekam sogar Rabatt auf die Waren.

Aber die Tante schüttelte ihren Kopf. »Nein. Das ist lieb von dir, Toto. Ich fühle mich sehr wohl so, wie es ist.«

Schade, dennoch war Toto zufrieden. Es gefiel ihm, sich nützlich zu machen, und es war gut, dass alle ihm das auch zutrauten.

Alle?

Jetzt erst fiel Toto auf, dass Davide seit der Begrüßung kein Wort mehr von sich gegeben hatte und stumm vor sich hin starrte. Um ihn aufzuheitern, erzählte er, dass er nach der Arbeit bei der Commissaria vorbeigeschaut hatte.

»Was?«, entfuhr es Tante Antonella. »Weiß Olivia davon?«

»Nein. Das kann sie gar nicht wissen. Mir selbst ist es auch erst beim Werkzeugsortieren eingefallen, dass ich dort hinfahre.«

»Und was wolltest du bei der Polizei?« Enzo, der sonst selten das Wort an ihn richtete, sah ihn neugierig an.

»Helfen natürlich.«

»Toto, du machst uns neugierig.« Caterina lächelte.

»Die Commissaria fährt mit mir in den Karst, um die alten Hexen zu suchen, die mich damals festgehalten haben.«

»Findest du die Idee gut, Toto?« Jetzt war es Emilia, die

fragte. »Ich denke, du solltest langsam beginnen zu vergessen, was dir vor Monaten zugestoßen ist.«

Toto wusste, dass sie es gut mit ihm meinte, und er sah Tränen in ihren Augen schimmern. Sie alle hatten damals viel mitgemacht und wären vor Sorge um ihn fast gestorben.

»Es geht nicht um mich. Ich will helfen, den verloren gegangenen Jungen zu finden. Deshalb war ich dort.«

Caterina flüsterte mit Tante Antonella und schüttelte den Kopf dabei. Als sich ihre Blicke trafen, nickte sie Toto anerkennend zu. Er hatte es also richtig gemacht.

»Zeit zum Abendessen.« Tante Antonella wies auf seinen gefüllten Teller.

Toto sah, dass Emilia schnell auf ihrem Handy schrieb, sie verwendete beide Daumen dabei, wischte ständig über den Bildschirm und lächelte glücklich, aber Toto bemerkte auch, wie angespannt Davide sie bei ihrem Treiben beobachtete.

Jetzt hielt sie das Handy vor ihr Gesicht, strich die langen Haare zurück und machte ein Foto von sich selbst, um sogleich wieder das Tippen aufzunehmen.

Davide saß weiterhin nur so da, mit schlaff herabhängenden Schultern, und sah aus wie eine Gummiwasserente, aus der man die Luft rausgelassen hatte.

»Davide«, flüsterte Toto, »es wird schon wieder, was immer es ist.« Das sagte Olivia manchmal zu ihm, und es half.

Er erkannte, dass Tante Antonella zornig wurde. Niemand lobte ihr Essen, dabei hatte sie zur Feier des Tages extra die Spaghetti mit Ragù alla bolognese gekocht, die sie alle gern mochten, und Totos Lieblings-Mandeltarte gebacken.

Emilia legte endlich ihr Handy zur Seite, aber wenn Toto gedacht hatte, sie würde jetzt essen, dann hatte er sich geirrt.

»Ich muss mal schnell weg.«

Davide erhob sich ebenfalls, aber Emilia winkte rasch ab. »Bleib noch. Gleich gibt's die Mandeltorte. Und bis die aus dem Ofen kommt, bin ich längst wieder zurück.«

Davide ließ sich auf seinen Stuhl fallen und senkte den

Kopf, daher stand Toto auf und setzte sich zu ihm. Vorsichtig legte er seine Hand auf Davides Arm und stellte erstaunt fest, dass sich dessen Haut ganz kalt anfühlte.

Davide zog weder seinen Arm weg, noch rührte er sich.

»Ist dir schlecht?« Toto hatte keine Ahnung, was er sonst fragen sollte.

»Nein, es geht mir gut.«

Toto war vielleicht nicht so schlau wie andere, aber eines wusste er. Eben hatte Davide nicht die Wahrheit gesagt.

Nachdenklich strich er über sein glattes Kinn. Ein Bart war ihm noch immer nicht gewachsen. Jeder hatte also sein Päckchen zu tragen, aber jetzt galt es, sich um Davide zu kümmern.

»Komm mal mit raus«, bat er, und Davide stand wirklich auf. »Ruf uns, wenn die Torte auf dem Tisch steht«, sagte Toto forsch zu seiner erstaunten Tante und ergänzte, als er ihr Gesicht sah, hastig: »Bitte und danke.«

Mit Caterinas Lachen im Nacken verließen die beiden das Haus. Die Hitze empfing sie wie eine gestreckte Faust.

Gemeinsam überquerten sie die Straße, stiegen über die schmale Steinmauer und gingen zum Strand.

Das Meer war himmelblau und schäumte sanft ans Ufer. Die Möwen kreisten weit draußen umeinander, ihr schrilles Gezänk klang bis hierher.

Unter einem der Sonnenschirme fanden sie eine leere Liege und setzten sich. Die Bademeister direkt vor ihrem Haus kannten Toto gut, sie ließen ihm allerhand durchgehen. Er hatte noch nie auch nur einen einzigen Cent zahlen müssen.

»Jetzt spuck's schon aus.« Diesen Satz hatte Toto erst kürzlich neu in seinen Sprachschatz aufgenommen, er gefiel ihm außergewöhnlich gut.

Davide sagte jedoch eine Weile gar nichts. Erst als Toto ihn in die Seite knuffte, rückte er mit der Sprache raus.

»Emilia. Ich glaube, sie will sich von mir trennen.«

»Das will sie nicht«, behauptete Toto automatisch.

»Doch. Sie quatscht dauernd mit einem der Jungs aus dem Hotel dort.« Er zeigte zum kleinen Leuchtturm am Ende des Strandes. »Da wohnen ein paar Österreicher, die ein kleines Boot im Yachthafen liegen haben.«

»Ein eigenes?« Toto staunte.

»Ja. Die Eltern haben viel Geld, und die Jungs dürfen das Boot benutzen, wann immer sie wollen. Emilia ist mit ihnen schon mitgefahren.«

So schlecht war das eigentlich nicht, fand Toto.

»Meinst du, sie würden mich auch einmal mitnehmen?«

»Toto. Es geht nicht um dich, sondern darum, dass Emilia mit andern Jungs herumhängt.«

Verwirrt zupfte Toto am Saum seiner kurzen Hose. Welchen Rat sollte er dem armen Davide bloß geben? Wie konnte er ihn ein wenig aufheitern?

»Ich frage die Commissaria, ob du mit dem Polizeiauto in den Karst mitfahren darfst.«

»Lieb von dir, aber das ist leider keine Lösung für mein Problem.«

»Dann rede ich mit Emi. Abgemacht?« Er hielt Davide die Hand hin, aber der schlug nicht ein.

»Nein, Toto, das will ich nicht.«

Unglücklich dachte Toto über das Problem nach. Davide gehörte zur Familie. Er durfte Emilia nicht an einen Österreicher mit Motoryacht verlieren.

Und so beschloss er, etwas zu unternehmen.

10

Obwohl sie am Nachmittag im Auto geschlafen hatte, war Maddalena müde.

Das Verschwinden des Jungen bereitete ihr Kopfzerbrechen, die Hitze setzte ihr zu, und auch das anhaltende Zerwürfnis mit ihrer Mutter, das ständig in ihrem Hinterkopf rumorte, trug nicht dazu bei, dass sie sich entspannte.

Signora Mieli hatte ihnen Emmanueles Blutgruppe mitgeteilt: AB, die war eher selten. Nur fünf Prozent der Weltbevölkerung hatten diese Blutgruppe.

Jetzt hieß es auf die Ergebnisse aus dem forensischen Labor warten.

Wie bestellt klopfte Fanetti in diesem Moment an die Zwischentür und betrat das Büro. »Commissaria, die Blutgruppe stimmt mit dem Blut, das in der Hütte gefunden wurde, überein.«

Maddalena hatte mit dieser Nachricht gerechnet, aber die Bestätigung ihrer Befürchtung machte sie dennoch traurig. Ein vierzehnjähriger Junge wurde vermisst, nachdem er der Polizei von einer Morddrohung, deren Zeuge er gewesen war, berichten wollte und vom diensthabenden Beamten nicht ernst genommen worden war.

Fanetti fuhr fort: »Außerdem sind im Außenbereich der Hütte Teile von Fußabdrücken unterschiedlicher Schuhe gesichert worden, aber die lassen sich nicht wirklich zuordnen.«

»Okay. Das heißt, wir holen uns die Sneakers der Jugendlichen aus dem Trailerpark und versuchen, sie mit dem wenigen, das wir haben, abzugleichen. Ich möchte ohnehin noch mal mit denen sprechen.«

Fanetti verzog zustimmend das Gesicht und sah einmal mehr wie ein Faun aus. Besorgt fragte er: »Was sagt Onkel Muzzi zu der ganzen Geschichte?«

»Hören Sie endlich mit der albernen Bezeichnung für den Commandante auf, schließlich sind wir hier nicht im Kindergarten.«

Er sah sie treuherzig an und goss Wasser aus dem Krug in ihr leeres Glas. »Sie nehmen bei dieser Hitze zu wenig Flüssigkeit zu sich, Commissaria, wenn ich das anmerken darf.«

»Sie dürfen nicht, Fanetti, oder sind Sie neuerdings Arzt?«

Er zuckte die Achseln und wandte sich ab. Wieder einmal konnte Maddalena sich des Eindrucks nicht erwehren, dass er sich über sie lustig machte.

Sie klemmte ihr Handy ans Ohr, rief Franjo an und sagte ihm ab. Eigentlich hatte sie nach der Arbeit bei ihm übernachten wollen, aber jetzt blieb sie lieber vor Ort. Vielleicht käme er sie später besuchen, meinte er enttäuscht.

Als Nächstes wählte sie die Nummer ihres Chefs.

Scaramuzza hob unmittelbar ab.

»Commandante«, sagte sie mit belegter Stimme. »Wir haben ein Problem.«

»Degrassi, bis jetzt haben nur Sie ein Problem, schauen Sie zu, dass es so bleibt«, klang es so selbstgefällig aus dem Hörer, dass Maddalena sich beherrschen musste.

Sie räusperte sich. »Der Junge aus der Wohnwagensiedlung wird weiterhin vermisst«, begann sie in Erwartung einer neuerlichen überheblichen Reaktion und wurde von seinen nächsten Worten überrascht.

»Sie sind meine fähigste Commissaria. Da werden Sie einen Jungen, der Reißaus genommen hat, doch finden. Berichten Sie mal der Reihe nach.«

Maddalena setzte sich auf ihren ergonomischen Stuhl und legte ihre Beine überkreuzt auf den Schreibtisch. Höchstmöglicher Komfort half ihr bei Gesprächen mit ihrem Chef.

Scaramuzza hörte zu, ohne sie ein einziges Mal zu unterbrechen. »Sie haben alles Notwendige veranlasst?«, fragte er schließlich.

»Ja. Wir arbeiten durchgehend an der Sache, haben ihr oberste Priorität gegeben.«

»Gut, halten Sie mich weiterhin auf dem Laufenden. Und Lippi, diesen Idioten, knöpfe ich mir persönlich vor, sobald die Geschichte beendet ist.«

Langsam steigerte sich der Commandante zu seiner üblichen Lautstärke. Maddalena hatte den Eindruck, dass ihm erst jetzt bewusst wurde, dass der vermisste Junge möglicherweise wirklich Zeuge eines angedrohten Verbrechens und dadurch zum Opfer geworden war. Sie wollte das Gespräch eben beenden, als sie im Hintergrund die helle Stimme ihrer Mutter vernahm.

»Achille«, fragte sie, »hast du Maddalena schon zum Essen auf die Dachterrasse eingeladen?«

Augenblicklich unterbrach Maddalena die Verbindung.

Soso, ich bin also seine fähigste Commissaria, dachte sie zynisch. Kunststück, ich bin auch die einzige.

11

Beatrice war erschöpft von der Doppelschicht. Müde quälte sie sich aus ihrem Cinquecento.

Da es schon spät war, hatte sie einen der begehrten Parkplätze auf der Isola della Schiusa bekommen. In den Hochsommermonaten war das ansonsten fast aussichtslos, denn die meisten Touristen wussten um diese gebührenfreien Parkmöglichkeiten.

Beatrice wohnte zwar auf der Colmata, einem der ruhigeren Viertel, und hätte damit Anspruch auf einen Parkplatz in der gelben, für Einwohner reservierten Zone gehabt, aber sie war immer noch in Fiumicello bei ihren Eltern gemeldet.

Es lag auch nicht allein am Fehlen der Parkberechtigung, dass sie hier auf der Isola parkte. Vielmehr brauchte sie die Viertelstunde Gehzeit bis zu ihrem Appartement, um vom anstrengenden Dienst abschalten zu können.

Beatrice spürte den Muskelkater, als sie die leichte Erhöhung zur Brücke über den Kanal hinaufging, der die kleine Insel mit der Stadt verband. Das gehörte mitunter zu den Folgen einer anstrengenden Geburt, denn neben Können war dabei auch körperliche Kraft gefragt. Einfach machten es einem die wenigsten Babys.

Die Laternen warfen glitzernde Lichter auf das schwarze Wasser des Kanals. Beatrice blieb stehen und umfasste die schmiedeeiserne Brüstung. Es roch nach Seetang und den Pfahlmuscheln, die sich an den Pfosten der Brücke angesiedelt hatten. Das Holz der in der leichten Dünung zusammenstoßenden Boote gab dumpfe Geräusche von sich, und die Zypressen, die das Ufer säumten, standen unbeweglich da wie Wächter des dunklen Wassers. Es war heiß und stickig, die Luftfeuchtigkeit hatte noch mal zugenommen. Beatrices T-Shirt fühlte sich an wie ein Tauchanzug, der ihren Oberkörper nahtlos umschloss.

Ausnahmsweise hatte sie gestern, vor Dienstantritt, einen bauschigen Rock statt der üblichen Hose gewählt. Jetzt zahlte sich das aus, denn das feste Denim der Bluejeans hätte noch weniger Luft durchgelassen als der leichte Baumwollstoff des Rockes.

Mit Bedacht löste sie das Band, das ihr Haar zusammenhielt. Käme jetzt Wind auf, würden die Strähnen ihrer grauen Haare um ihr Gesicht flattern. Beatrice mochte dieses Gefühl, es hatte etwas von Freiheit an sich.

Freiheit.

Nachdenklich starrte sie auf die Wasseroberfläche, die kaum Wellen warf.

Mit dem Abschluss von Schule und Schwesternausbildung sowie dem unmittelbaren Finden eines Arbeitsplatzes hatte sie sich schon vor vielen Jahren unabhängig gemacht. Ihre innere Freiheit jedoch würde sie wohl nie erreichen. Da machte Beatrice sich nichts vor.

Die Arbeit im Krankenhaus war heute besonders mühsam gewesen, der extrem lange Dienst hatte sie geschlaucht. Und damit nicht genug, neben zwei Geburten, einer jungen Frau mit vorzeitigen Wehen und einer Eileiterschwangerschaft war auch noch die Patientin mit starken Blutungen nach einer verpfuschten Abtreibung eingeliefert worden.

Beatrice wunderte sich, dass so etwas heutzutage überhaupt noch vorkam. Seit den achtziger Jahren gab es auch in Italien die sogenannte Fristenlösung. Und war eine Frau über der Zeit, fanden sich Lösungen, die klinisch sauber und rechtlich abgesichert waren.

Die Patientin hätte verbluten können, ja, sie war nahe dran gewesen.

Beatrice atmete durch.

Wie man so unvernünftig sein konnte, sich auf eine illegale Behandlung einzulassen, erschloss sich ihr nicht. Nur mit Glück und der schnellen Hilfe des Krankenhauspersonals hatte die junge Frau den Blutsturz überlebt.

Beatrice war versucht gewesen, die Krankenakte zu lesen, hatte es dann aber bleiben lassen. Je weniger sie über die Geschichte von jemandem, der eine solche Fehlentscheidung getroffen hatte, wusste, desto besser.

Manchmal litt sie regelrecht mit ihren Patientinnen, ein Umstand, der unter ihren Kolleginnen bekannt war.

Übertriebene Empathie, lautete der Vorwurf. Sie würde unter einem Helfersyndrom leiden. Nicht nur einmal war sie von der Stationsschwester darauf angesprochen und auf Supervisonsstunden für Krankenhausangestellte hingewiesen worden.

»Wenn Sie sich zu sehr auf unsere Patienten einlassen«, hatte die Schwester gesagt, »brennen Sie schneller aus. Die Arbeit in einem sozialen Beruf fordert alles von uns. Das heißt, Sie laufen Gefahr, an Depressionen, Angstzuständen oder gar einem Burn-out zu erkranken, Beatrice.«

»Das kann ich mir nicht vorstellen. Was soll falsch daran sein, mitzufühlen?«

»Es geht um das richtige Maß.«

Beatrice hatte den Kopf geschüttelt, aber die Stationsschwester beachtete ihre Einwände nicht weiter, sie fuhr unbeeindruckt fort: »Der Grund für übersteigerte Aufopferung liegt häufig in einem geringen Selbstwertgefühl. Oft kümmern Menschen sich besonders um Bedürftige, damit sie nicht auf ihre eigenen Verletzungen blicken müssen.«

Sie hatte ihr einen Schein in die Hand gedrückt und aufmunternd gelächelt. Es war ein freundliches Lächeln gewesen, eines, das Beatrice bewogen hatte, das Angebot anzunehmen. Die Stunden, fünf waren es, hatten Beatrice Kraft für die Arbeit gegeben, das Reden tat ihr gut, war Balsam für ihre Seele. Bezüglich des Helfersyndroms hatten die Gespräche jedoch wenig verändern können.

Der Flügelschlag einer Möwe riss sie aus ihren Gedanken. Aber, dachte sie, es war immerhin schon ein Fortschritt, dass ich die Krankenakte der jungen Frau nicht gelesen habe.

Zögernd ließ Beatrice die Brüstung los und ging die Stufen der Brücke hinunter. Ohne nach rechts und links zu sehen, überquerte sie die Straße.

Von den Bars um den Innenstadthafen, der von den Gradesern liebevoll »Mandracchio« genannt wurde, klangen trotz der späten Stunde Stimmengewirr und Musik zu ihr herüber.

Beatrice, die allein sein wollte, entschloss sich, einen Umweg zu machen. Sie ging nicht wie üblich geradeaus, sondern bog vor dem ersten Lokal rechts ab.

Dunkel lag die Straße vor ihr, und ihr war sehr bewusst, dass es nicht irgendeine, sondern *die* Straße war.

Lange schon war es ihr gelungen, sich andere Wege zu suchen, lange schon vermied sie es, dem bewussten Haus nahe zu kommen. Jedenfalls lange genug, um sich vorzumachen, dass es ihr nichts mehr ausmachen würde, hier zu sein.

Doch jetzt begannen ihre Knie und Finger zu zittern, und unter dem Haar bildete sich Schweiß.

Was für ein jämmerlicher Schwächling sie doch immer noch war. Da erlebte sie im Krankenhaus tagtäglich wahrlich Schlimmes, wurde mit Schicksalen konfrontiert, die einem das Herz zerrissen, und sie? Sie konnte sich nicht überwinden, an einem Haus vorüberzugehen?

All ihren Mut nahm sie zusammen und setzte einen Fuß vor den anderen. Neben ihr schimmerte das dunkle Grün der Bäume durch einen Gitterzaun, der an einigen Stellen von einem Steinmäuerchen durchbrochen wurde. Bananenstauden. Oleander. Palmen.

Beatrice erschauerte.

Sich ausgerechnet in diese Straße zu wagen war so ziemlich die dümmste Idee, die sie in letzter Zeit gehabt hatte.

Ein Schatten sprang vor ihr auf den Weg und rieb sich an einer Laterne.

Beatrice sog scharf die Luft ein.

Eine Katze, schwarz, mit gelb blitzenden Augen, starrte sie an.

Und Beatrice begann zu laufen.

Sie rannte, so schnell sie konnte, rannte, als wären wilde Furien hinter ihr her.

Und blieb kurz darauf abrupt stehen, so als hätte ein Blitz sie gestreift.

Langsam ging sie ein paar Schritte rückwärts und stand vor dem Haus. Tränen rannen über ihre Wangen.

Mit geweiteten Augen starrte sie auf ein erleuchtetes Fenster.

Und die Frau, die sich so schmerzhaft in ihre Erinnerung eingebrannt hatte, starrte zurück.

Tag 4

1

Tornados entlang der Adria-Küstenregion und in den angrenzenden Landstrichen sind nicht ausgeschlossen. Mit der Bildung von Multi- und Superzellen, die Sturzfluten und verheerende Stürme verursachen können, wird gerechnet.

Obwohl Giuseppe diese dringende Meldung gepostet hatte, stellte sich die erwartete Erleichterung nicht ein.

Er war besorgt.

Was bisher nur mehr eine durch Spezialwissen fundierte Vermutung gewesen war, die ihm viel Geringschätzung eingebracht hatte, wurde nun zur Gewissheit: Ein mächtiger Sturm braute sich zusammen.

Ein Jahrhundertsturm.

Giuseppe war an sich vorsichtig mit dieser Bezeichnung, er mochte sie nicht. Und das lag nicht daran, dass das Jahrhundert noch relativ jung war, sondern daran, dass sich durch den Klimawandel die Gesamtsituation grundlegend änderte. Nicht nur er allein rechnete in den nächsten Jahrzehnten mit gravierenden Veränderungen der Großwetterlage, mit regional teilweise dramatischen Veränderungen.

»Ich habe eben eine Sturmwarnung auf die Seite geladen.«

»Was fällt dir ein, ohne Absprache mit mir ein Unwetter anzukündigen? Du machst die Leute so kurz vor Ferragosto nur kopfscheu. Nimm die Meldung wieder runter. Sofort.«

»Es liegt in unserer Verantwortung, die Bewohner dieser Regionen zu warnen.«

»Mach, was ich sage. Und mach es gleich.«

Giuseppe nickte gequält. Es fehlte ihm einfach die Kraft zu argumentieren, um Ernesto von seinen Erkenntnissen zu überzeugen. Wider besseres Wissen entfernte er den Eintrag.

Er wusste, wie schwach das war, und er wusste um die Ursache seiner Schwäche, aber das half ihm beruflich nicht.

Er litt. Er litt privat.

Die Trennung von Isabella tat ihm fürchterlich weh.

Seiner Mutter gefiel das natürlich. Nicht, dass er litt, das tat sie mit einer Handbewegung ab, ihr gefiel, dass sie *recht gehabt* hatte.

»Dieses Mädchen ist eine unreife Egoistin. Sei froh, dass du sie los bist. Eine bessere Frau wartet irgendwo schon auf dich.«

Aber Giuseppe wollte keine Bessere. Er wollte Isabella. Er wollte ihr Lächeln zurück und das Grau ihrer Augen und ihren Apfelgeruch.

»Pepi, dein Supersturm, dein Tsunami, der wird nicht kommen, uns erwartet ein heftiges Unwetter, mehr nicht. Versteh doch, du verbreitest unnötige Panik. Ich werde ab sofort genauestens kontrollieren, was du veröffentlichst.«

Ernesto war noch einmal zu ihm getreten. Seine Stimme hatte einen versöhnlichen Tonfall, doch er meinte es ernst.

Giuseppe nickte schwach, als wäre es eine Selbstverständlichkeit, diese Anweisungen seines Chefs zu befolgen. Geflissentlich überhörte er das Kichern der Kollegen im Hintergrund.

Nein, ein Tsunami wird es wohl nicht werden, dachte er. Doch den Daten zufolge, die er mit Esotex abgeglichen hatte, kam etwas auf sie zu. Und zwar kein übliches Unwetter.

Was da kam, war ein Monster.

Wenigstens Isabella musste er warnen.

Erst sie, dann den Rest der Menschheit.

Solange sein Glück nicht gekittet war, konnte er nicht klar denken.

Also Isabella zuerst.

Giuseppe straffte sich. In seinem emotional eingeschränkten, auf diese eine Frau fixierten Innenleben schien ihm das eine adäquate Lösung zu sein.

Mit neuem Elan beugte er sich über seinen Computer. Schnell hatte er die Website des Blumengeschäfts, in dem Isabella arbeitete, gefunden. Er wählte unter den Angeboten einen Strauß aus, von dem er annahm, dass er ihrem Geschmack entsprach. Es waren bunte, fröhliche Blumen, deren Duft er sich himmlisch vorstellte.

Er bestellte online und bezahlte per E-Banking. Auf die kleine Grußkarte tippte er: »Spätestens morgen erleben wir den Sturm des Jahrhunderts. Du bleibst besser zu Hause. Treffen wir uns davor? Ich komme vor Sehnsucht um.«

2

»Sie war heute Nacht da. Ich habe sie deutlich erkannt. Sie stand vor dem Haus, starrte mich an und weinte. Und dann hat sie geschrien.« Loredana warf ihrem Bruder einen anklagenden Blick zu.

»Wer? Geweint? Geschrien? Wen hast du gesehen? Phantasierst du neuerdings?«

»Es war die weiße Frau.«

Alonso drehte ruckartig den Kopf zu ihr. »Drehst du jetzt völlig durch?«

Immerhin, sie hatte seine Aufmerksamkeit geweckt.

»Sie war es, das Mädchen mit den langen blonden Haaren, das du und ich damals im Garten gesehen haben«, präzisierte sie mit einer Stimme, die ihr selbst eigenartig vorkam.

»Loredana, das ist gut vierzig Jahre her. Und jetzt soll sie wie von Geisterhand hier erscheinen und so aussehen wie damals, so als wäre sie keinen Tag älter geworden?« Alonso verzog verächtlich seine Lippen.

Loredana schüttelte heftig den Kopf. Eigentlich hätte sie nicken müssen, ihr waren diese entgegengesetzten Verhaltensweisen gut vertraut. Sie wusste sogar den Namen dafür: Reaktionsbildung.

Aber Alonso ließ immer noch nicht locker. Seine Art war es, sich zu verbeißen.

»Was jetzt? Wen hast du gesehen? Muss ich einen Psychiater holen oder die Ghostbusters?«

Langsam ging sie auf ihn zu, bis sie direkt vor ihm stand und seinen Kaffeeatem riechen konnte. »Es war das Mädchen von damals. Sie ist erwachsen geworden, sie ist jetzt eine ältere Frau. Auch ihr Haar«, sie musste schlucken, »dieses wunderschöne Haar, ist jetzt grau, aber sie trägt es immer noch lang und offen.«

»Wahrscheinlich hast du eine dieser Asozialen aus dem Trailerpark gesehen.« Er schüttelte sich. »Aber was hat so eine Person in dieser Gegend verloren? Und wieso hat sie geheult?«

»Was sie dort verloren hat? Niemand weiß das besser als du und ich, Alonso.«

»Loredana, wir waren damals Kinder. Hörst du? Also verschone mich bitte mit diesem bedeutungsschweren Geschwafel und deinen unterschwelligen Schuldzuweisungen. Wir hatten keine Ahnung, wir konnten nichts dagegen tun.«

Loredana lehnte sich an die Tür, die zum kleinen Wirtschaftsraum führte.

»Aber du hast doch etwas getan.«

Sie starrten sich an, und Loredana spürte, wie kalt es mit einem Mal im Raum geworden war. Sein Gesichtsausdruck, fand sie, war eine Mischung aus Aggression und Wehleidigkeit.

»Gib es doch wenigstens zu«, sagte sie leichthin und schob eine der schwarzen Katzen mit dem Fuß beiseite.

»Lass Felice in Ruhe. Der Kater kann nichts für das, was geschehen ist.« Alonso sprach ruhig, aber das Zittern in seiner Stimme war nicht zu überhören.

Schwer ließ er sich auf einen Küchenstuhl fallen und verbarg sein Gesicht in den Händen.

Das wohlvertraute Kratzen machte sich in Loredanas Kehle bemerkbar. Sie tastete in ihrer Tasche nach den Allergietabletten und würgte eine mit einem Schluck Wasser hinunter.

»Du wusstest von Tante Dolores' Nebenbeschäftigung mit dem Tod, und du hast sie jahrzehntelang damit erpresst. Nur darum, nicht aus Sympathie hat sie deine Ausbildung bezahlt. Und aus ebendiesem Grund sollte sie dir alles vererben. Das Haus und den Garten. Denkst du nicht, dass sich der Notar bei der Testamentseröffnung gewundert hätte? Nein. *Dir* wäre das egal, das weiß ich. *Du* wusstest ja, was dich erwartet. Oder glaubtest es zu wissen.«

Alonso nahm die Hände von seinem Gesicht und setzte sich aufrecht hin. Abscheu lag in seinem Blick.

Loredana hatte eine Grenze überschritten, dabei war das Gebiet zwischen ihnen schon lange vermint. Aber sie konnte nicht mehr zurück.

Also weiter.

»Tante Dolores hat mir alles erzählt.«

»Loredana«, die alte Frau im Bett räusperte sich, »das kann die Krankenpflegerin erledigen. Dafür sind deine Hände zu zart.«

»Tante, diese Zeiten sind längst vorbei. Ich habe das harte Arbeiten gelernt.«

»Du warst doch Filialleiterin, Kind.«

»Aber nicht immer. Nur die letzten Jahre, bis sie den Supermarkt schlossen und ich arbeitslos wurde.«

Genau das war der Grund, warum sie jetzt hier bei ihrer Tante lebte und deren Pflege fast vollständig allein übernommen hatte. Sie bekam dafür ein kleines Gehalt und konnte ihre winzige Wohnung in Pordenone in der Zwischenzeit vermieten, was bei ihrer prekären Finanzlage ein wahrer Segen war.

Tante Dolores hatte eine ihrer seltenen wachen Stunden. Die meiste Zeit über versank sie in düsterem Schweigen, manchmal halluzinierte sie und sprach mit nicht vorhandenen Menschen oder lauschte jemandem, den Loredana weder sehen noch hören konnte. Ihre Tage und Nächte flossen immer mehr ineinander. Manchmal wusste sie nicht mehr, welchen Wochentag sie gerade hatten. Doch nicht so heute.

»Es ist schön, dich hier bei mir zu haben. Lass doch das Mädchen später die Drecksarbeit machen.«

Ihre Tante meinte das Laken, auf dem sich ein Urinfleck ausgebreitet hatte. Manchmal passierte ihr dieses Malheur, und sie schämte sich.

»Lass nur, es macht mir nichts aus.«

Die Tante sank zurück, und ein Schleier legte sich über ihre Augen.

Dann fokussierte sich ihr Blick und schien sich auf etwas im Raum zu richten, das Loredana nicht sehen konnte.

»Gib mir eines der gestärkten Laken, Mädchen, und eine von den Gummiunterlagen.« Tante Dolores stutzte, sie schien über etwas zu grübeln. Als sie weitersprach, klang ihre Stimme undeutlich. »Das Blut darf nicht in die Matratze einsickern. Im Wirtschaftsraum habe ich spezielle Hilfsmittel.«

»Hilfsmittel? Was meinst du? Welches Blut?« Loredana lief ein Schauer über den Rücken.

Sie erhielt keine Antwort. Hatte Tante Dolores sie nicht gehört?

Sie sprach nun etwas lauter: »Hier im Schrank gibt es ausreichend Bettwäsche. Dafür muss ich nicht nach unten gehen. Soll ich die gestreifte nehmen?«

»Tu, was ich sage.« Tante Dolores richtete sich ruckartig auf und starrte sie böse an. Ihr Haar stand über den Ohren ab, und auf den Wangen hatten sich hellrote Flecken gebildet.

Loredana überlegte. Konnte sie ihrer Tante eine weitere Beruhigungspille geben, oder würde sie ihr damit schaden? Entsetzt sah sie, dass Tante Dolores ihre Beine über den Bettrand schwang.

»Mach schnell, beeile dich doch, sonst verblutet uns das Mädchen!«

Erschrocken versuchte Loredana, ihre Tante festzuhalten, aber die Alte riss sich los. Schwankend steuerte sie auf die Zimmertür zu. Loredana gelang es gerade so eben, sie daran zu hindern, in den Flur zu taumeln und die Treppe hinunterzustürzen. Keuchend schob sie die Alte zurück in das Zimmer.

»Alles wird wieder gut«, redete sie sanft auf Tante Dolores ein, aber ihre Worte zeigten nicht die geringste Wirkung.

Erst nach und nach spürte sie, wie sich die zitternde Frau beruhigte.

»Es sind die Mädchen. Sie kommen jede Nacht und in

letzter Zeit immer häufiger auch am Tag. Sobald ich die Augen schließe, sind sie da und starren mich an. Und immer tragen sie eine meiner Katzen mit sich herum. Sie wiegen und liebkosen sie, und wenn ich die Mädchen bitte, sie mir zu geben, verwandeln sich meine süßen kleinen Lieblinge in kreischende Babys.«

»Tante, das sind nur böse Träume. Und Träume sind nichts weiter als Schäume.« Loredana strich ihr das feuchte Haar aus der Stirn.

»Verstehst du denn nicht? Ich träume mein Leben. Dabei schien mir anfangs alles so einfach.«

»Wovon sprichst du?«

»Von den vielen armen, bedauernswerten Geschöpfen, um die ich mich kümmern musste. Die zu mir kamen, weil sie sonst niemanden hatten.«

In Loredanas Kopf fügte sich unwillkürlich ein Puzzle ihrer Erinnerung zusammen. Der Wirtschaftsraum mit den gestärkten Laken, die Gummimatten, die Schüsseln. Die vielen Male, bei denen Besucherinnen aufkreuzten und die Tante die Kinder fortschickte oder in ihr Zimmer einschloss.

Der Raum, den keiner betreten durfte.

Das weinende Mädchen mit dem blonden Haar.

Die vielen toten, im Garten begrabenen Katzen. Auf einmal ergab das alles einen Sinn.

Loredana atmete angestrengt durch den Mund. Mit einem Mal ertrug sie den Geruch der Alten nicht mehr. Blutige Zellhaufen tanzten vor ihren Augen.

»Setz dich kurz hierhin«, sagte sie schwach, »ich werde dein Bett beziehen.«

»Du bist ein gutes Kind, meine Kleine.«

Loredana sah ihre Tante an. Deren Blick war wieder klar.

»Mädchen, musstest du mich aus dem Bett heben?«, fragte sie verlegen.

»Nein, alles in Ordnung.« Mehr brachte Loredana nicht über die Lippen.

Erst viel später, die Tante lag längst wieder im frisch bezogenen Bett, stellte Loredana die Frage, die sie die ganze Zeit über beschäftigt hatte.

»Was ist im verschlossenen Raum?«

»Wie? Was meinst du?«

Die Antwort kam viel zu schnell. Ihr Unverständnis war eine offensichtliche Lüge.

»Du hast vorhin über die Vergangenheit gesprochen und darüber, was du getan hast. Wie du armen Frauen in Not geholfen hast, Tante.«

»Ich kann mich an so ein Gespräch nicht erinnern.«

Diesmal log die alte Frau nicht. Trotz hatte sich in ihre Züge geschlichen.

Sie lehnte sich im Bett zurück und begann zu schmatzen. »Bring mir zu essen, ich habe Hunger und Durst.«

Loredana ging nach unten in die Küche. Sie stand vor dem Herd und rührte automatisch den vorbereiteten Eintopf warm. Dann goss sie kochendes Wasser auf.

Vielleicht war das Gesagte ja doch nur das Schreckensbild einer sterbenden Frau gewesen?

Loredana brauchte Beweise. Und sie fasste einen Entschluss.

Kaffee vertrug die Todkranke schon lange nicht mehr, auch wenn sie häufig danach verlangte. Wäre nicht jetzt der rechte Augenblick, ihr eine Freude zu bereiten?

Bedächtig fütterte Loredana wenig später ihre Tante. Löffel für Löffel verschwand der Eintopf in deren Mund.

»Danke, Kind. Jetzt bin ich munter wie lange nicht.«

Nicht mehr lange, dachte Loredana und reichte ihr lächelnd einen Becher Milchkaffee mit einer Extraportion Zucker.

»Das ist ein guter Tag. Ein sehr guter sogar.«

Bald sank der Kopf der alten Frau auf das Kissen. Ihre Augen schlossen sich, und sie schlief tief und fest.

Keinen Moment lang quälten Loredana Schuldgefühle wegen des Schlafmittels. Vielleicht würde das schlechte Gewissen sie später plagen, jetzt aber löste sie vorsichtig die Kette mit dem Schlüssel vom Hals ihrer Tante.

Mit einem letzten Blick auf die Schlafende verließ sie das Zimmer.

Draußen atmete sie tief durch.

Fröstelnd zog sie die Strickjacke enger um ihre Schultern. Nicht zum ersten Mal spürte Loredana, dass dieses Haus sie nicht mochte.

Den verbotenen Raum hatten weder sie noch ihr Bruder jemals betreten. Leise fuhr der Schlüssel ins Schloss der Tür. Loredanas Hand tastete nach dem Lichtschalter, und als es hell wurde, prallte sie erschrocken zurück. Sie befand sich in einer gynäkologischen Praxis.

Die Wände rückten näher, als hätten sie die Aufgabe übernommen, diese provisorische Frauenarztpraxis vor unerwünschten Eindringlingen zu schützen.

Einige Gegenstände waren unter weißen Laken verborgen.

Aber der gynäkologische Stuhl in der Mitte des Raumes ließ keinen Zweifel zu.

Ihre Tante, die von allen geachtete Assistentin des örtlichen Tierarztes, die gute Seele, die herrenlosen Katzen ein Heim bot, hatte, als sie Kinder waren, gesetzeswidrige Abtreibungen durchgeführt.

Tante Dolores war eine Engelmacherin.

Loredana biss sich auf die zitternde Unterlippe und schloss leise die Tür.

Geschockt ließ sie im Badezimmer brennheißes Wasser in die Wanne laufen, bis der Dampf Fenster und Spiegel beschlug.

Sie begann sich zu waschen. Seifte sich von Kopf bis Fuß ein und rieb und schrubbte ihre Haut rot. Erst spät ließ sie von sich ab und hielt inne.

Was tat sie da bloß?

Sie traf doch keine Schuld.

Ein heftiges, fast brutales Rütteln an ihren Schultern brachte Loredana zurück in die Gegenwart.

Alonso starrte sie aus aufgerissenen Augen an. Sein Gesicht war angstverzerrt.

»Seit wann weißt du es, Loredana?«

»Du meinst, dass du ihr Geheimnis kanntest und dir dein Schweigen teuer bezahlen ließest? Kurz vor ihrem Tod habe ich das alles und noch mehr erfahren.«

»Und warum hast du bis jetzt geschwiegen? Wieso hast du mir nichts davon gesagt?«

»Du weißt, warum.« Ungehalten machte Loredana sich von ihm los.

»Du meinst, wegen des verfluchten Erbes?«

»Nein, ich habe gehofft, du würdest von allein Vernunft annehmen und akzeptieren, dass sie kurz vor ihrem Tod das Testament zu meinen Gunsten geändert hat. Das Haus gehört wieder uns beiden, nicht dir allein. Du«, sie sah ihn scharf an und spürte, dass sie ins Schwarze traf, »hast schon vor langer Zeit Bescheid gewusst und deinen Vorteil daraus gezogen. Ihre Ablasszahlungen nutztest du für dein Auto, für Kleidung, für Annehmlichkeiten aller Art. Ich habe mich immer über Tante Dolores' Ungerechtigkeit gewundert, dir alles und mir nichts zu geben. Inzwischen weiß ich, was der Grund war, und bin nicht mehr bereit, auf meinen Anteil zu verzichten.«

»Dir steht aber kein Anteil zu, was immer die Alte kurz vor ihrem Tod in geistiger Umnachtung handschriftlich verfügt haben mag. Ich war es schließlich, der all die Jahre ihr Geheimnis bewahrt hat, während du blind und ängstlich durchs Leben gingst.« Alonsos Blick war hasserfüllt. »Ich habe dich neulich beim Einkaufen gewarnt und warne dich nun ein letztes Mal. Lass den Wisch verschwinden, er verkompliziert die Abwicklung nur.«

»Nichts dergleichen werde ich tun. Ich fechte das Erbe an, und dann schauen wir mal, was alles zutage kommt, wenn ich die Villa Esperanza abreißen lasse.«

Ein leichter Windstoß, der an diesem weiteren Hitzetag nichts verloren hatte, fuhr durch das Mobile auf der Terrasse. Plötzlich war ihr Lächeln aus Zucker: »Ach ja, wo warst du eigentlich an jenem Abend, als der Junge verschwand, nachdem im Laden der Strom ausfiel?«

Sie knallte eine Zeitung auf den Tisch und verließ das Zimmer.

3

Es war stockfinster.

Er wusste nicht, woher die Dunkelheit kam.

War es Nacht?

Hatte er die Augen geschlossen und sah deshalb nichts als undurchdringliche Schwärze?

Er riss sie auf. Sie tränten und brannten. Aber es veränderte sich nichts.

Es blieb dunkel.

Und es war eng.

Wo war er?

Und wie war er hierhergelangt?

War er tot?

In seinem Körper pochte der Schmerz. Er klopfte in seinen Organen, hämmerte im Kopf, zerrte an seiner Haut.

Nein, tot war er eindeutig nicht.

Aber er fühlte sich schwach.

Unendlich schwach.

Er versuchte, den Mund zu öffnen. Seine Lippen waren wie verklebt. Langsam nur lösten sie sich voneinander. Sie waren so trocken, dass sie einrissen.

Mit der Zungenspitze versuchte er sie zu befeuchten, aber dafür war zu wenig Speichel in seinem Mund. Er schluckte trocken.

Was war mit ihm geschehen, und warum sah er nichts?

War er über Nacht blind geworden?

Verwirrt tastete er seinen Körper ab, klebrige Flüssigkeit blieb an seinen Fingern haften.

Wie roch es hier überhaupt?

Modrig, schimmlig.

Er war in einem Grab.

Lebendig begraben.

In einem Sarg.

Vor Angst setzte sein Herzschlag aus, um dann das Blut umso heftiger durch seinen schmerzenden Körper zu pumpen.

Verzweifelt streckte er die Hände nach oben, um den Deckel des Sarges zu öffnen.

Aber da war nur Luft über ihm. Luft, die er wie ein Ertrinkender einsog.

In seinem Hals kitzelte es, er spürte einen starken Hustenreiz. Staub und Erde in seiner Kehle drohten ihn zu ersticken. Er hustete verzweifelt gegen die Atemnot an.

Wer war er überhaupt?

Er konnte sich nicht an seinen Namen erinnern, nicht an sein Alter. An nichts.

Ihm war speiübel. Er würgte, bis silberne Sterne vor seinen Augen tanzten und er sich schwallartig übergab.

Alles begann sich zu drehen.

Erneut tastete er sich ab.

Er lag nicht, er hockte.

Ein verzweifelter Schrei blieb in seinem wunden Hals stecken.

4

Beatrice hatte lange gebraucht, um Ruhe zu finden. Das Haus ließ sie nicht aus seinem Bann.

Weder Kamillentee noch eine halbe Flasche Rotwein hatten es geschafft, sie auf andere Gedanken, weg aus dem dornigen Land ihrer Erinnerungen zu bringen. Erst spät war sie in einen unruhigen Dämmerschlaf gesunken.

Endlich, es war schon Vormittag, schlief sie tief.

Sie stand mitten auf einer Kreuzung, und rund um sie herum rasten wild klingelnde Radfahrer. Immer schneller traten sie in die Pedale, immer lauter wurde das Klingeln, während sie versuchte, den Kreis zu durchbrechen. Das Klingeln wurde zu einem Schrillen, und Beatrice fand sich im Bett sitzend wieder, verschwitzt und mit trockenem Mund. Immer noch hörte sie das Gebimmel und erkannte nur langsam den vertrauten Ton.

Da tobte sich jemand am Klingelknopf an der Wohnungstür aus.

Wieder einmal verfluchte sie das Fehlen eines Spions. Vorsichtig, die Kette war vorgelegt, öffnete sie die Tür einen Spalt – und Filippo zwängte seinen Fuß hinein.

»Was soll das?«

»Das ist eine Vorsichtsmaßnahme. Weiß ich, ob du mir nicht die Tür vor der Nase zuknallst? Nachdem du meine Anrufe wegdrückst und nur ein einziges Mal kryptisch einen Satz von dir gegeben hast, bin ich nicht nur verunsichert, sondern regelrecht um dich besorgt.«

Vage konnte sie sich erinnern, im Halbschlaf das Handy abgeschaltet zu haben, weil es ununterbrochen läutete. Dass sie dabei etwas gesagt haben sollte, konnte sie sich nicht vorstellen.

Überrumpelt machte Beatrice einen Schritt zurück und löste die Kette.

Was starrte er sie so an?

Verdammt, ja, warum wohl? Ihr graues Haar klebte vom Schlaf verfilzt an ihrem Kopf, das T-Shirt verdeckte nur einen Teil ihres Körpers, und die Füße steckten in dicken Wollstutzen mit Noppen an den Sohlen, die eher in die Adventszeit als zum heißesten Monat des Jahres passten. Ihre Augen waren verschwollen, die Lippen rissig und die Haut um die Fingernägel blutig gebissen.

Sie musste wie ein Gespenst auf ihn wirken.

»Warte«, sagte sie zornig und wies auf die Couch.

Nein, dort nicht, japste eine Stimme in ihrem Kopf, dort liegt das Zeug zum Bügeln und obenauf natürlich die Unterwäsche und die BHs.

»Kommando zurück.« Jetzt schrie sie beinahe. »Ab mit dir in die Küche. Setz dich hin und rühr keinen Finger.«

Filippo lächelte nachsichtig und hätte sich dafür um ein Haar eine Ohrfeige eingefangen.

Im Badezimmer warf Beatrice einen verzweifelten Blick in den Spiegel. Ihre Vorstellungskraft hatte nicht an die Realität herangereicht, sie sah bei Weitem schlimmer aus, als sie angenommen hatte.

In rasender Eile wusch sie sich, putzte die Zähne, bürstete das Haar und steckte es hoch. Noch etwas Feuchtigkeitscreme fürs Gesicht und einen Hauch Rosa auf die Lippen.

Was, grübelte sie, hat er nur mit dem Anruf heute Morgen gemeint?

Sie schlüpfte in Jeans und ein weites Shirt und wünschte sich plötzlich, im Schlafzimmer an das hellblaue Sommerkleid, das sie eigentlich für besondere Gelegenheiten aufsparte, heranzukommen.

Pech gehabt. Und überhaupt, es war nur Filippo, der auf sie wartete, dem war sie gar nichts schuldig. Schon gar nicht Rede und Antwort.

»Ich habe mich nicht bewegt.« Er grinste, als sie aus dem Bad trat.

»Du sollst es dir bei mir auch nicht gemütlich machen.«

Das fing ja gut an. Nervös drückte sie ihre Fingerkuppen auf die Schwellung unter ihren Augen.

»Hübsch siehst du aus.«

Er warf ihr einen Blick zu, in dem sie keinen Spott erkennen konnte. Langsam beruhigte sie sich.

Sie trat an die Anrichte und machte Kaffee.

»Bea, was ist los?« Der leichte Ton war aus seiner Stimme gewichen.

»Fragt wer? Mein Retter in der Not?« Es sollte beiläufig klingen, doch das misslang. Beatrice wunderte sich selbst über die Schärfe, die in ihren Worten mitschwang.

»Ja, wenn es ein Notfall ist.«

»Filippo«, sie setzte sich ihm gegenüber und stützte die Ellbogen auf der Tischplatte ab, »wir kennen uns jetzt schon ein ganzes Weilchen. Hattest du jemals Anlass zur Sorge, ich könnte meine Arbeit nicht gewissenhaft erledigen?«

»Bea, dein Weilchen, das sind über dreißig Jahre. Wir arbeiten zusammen, aber es ist viel mehr. Du hast mich begleitet, als ich Prostatakrebs hatte, und mich getröstet, als meine Frau sich von mir scheiden ließ. Und nein, ich habe keinen Grund, das zu befürchten. Tatsächlich hast du sogar zwei Dinge in der ganzen Zeit nie getan, deine Arbeit vernachlässigt und meine Bitte um ein privates Treffen erhört. Genau darum geht es ja. Versteh doch, Bea, auch ich möchte für dich da sein.«

Filippo verstummte, und Beatrice registrierte seinen starken Bartwuchs. Er hatte sich heute nicht rasiert. Warum sie deshalb in Tränen ausbrach, wusste sie selbst nicht, aber mit einem Mal machte es sie unendlich traurig, ihn so dasitzen zu sehen, müde, etwas verlegen und doch entschlossen.

Schon als die erste Träne über ihre Wange rollte, war er aufgestanden und hatte sie sanft in die Arme genommen.

»Wein dich ruhig aus. Das ist überfällig.«

Und Beatrice weinte.

Alles in ihr krampfte sich zusammen. Sie weinte, wie sie

erst ein einziges Mal in ihrem Leben geweint hatte. Die ganzen nicht vergossenen Tränen der vergangenen Jahre strömten aus ihr heraus.

»So ist es gut«, hörte sie ihn mit ruhiger Stimme sagen. Immer noch hielt er sie fest, und sie fühlte sich in seinen Armen geborgen.

Nach einer ganzen Weile löste er sich von ihr, hielt sie an den Armen ein Stück weit von sich weg und sah ihr ernst ins Gesicht. »Wann hast du das letzte Mal etwas gegessen?«

Sie hob stumm die Schultern.

»Gut, dann holst du jetzt deine größte Sonnenbrille und lässt dich von mir auf ein Frühstück einladen. Wäre das etwas nach deiner Vorstellung?«

Beatrice konnte nur nicken.

Zusammen verließen sie wenig später das Haus und gingen im Schatten der Bäume zu einer kleinen Bar an der Riva Brioni.

Giorgia, die Besitzerin des Cafés, und Beatrice kannten einander seit Langem und waren über die Zeit beinahe so etwas wie Freundinnen geworden. Hier konnten sie ungestört reden.

»Bea. Gestern, bei der Operation nach dem verpfuschten Schwangerschaftsabbruch, hast du völlig neben dir gestanden.« Filippo schüttelte den Kopf, als er bemerkte, wie sich ihr Gesicht veränderte. »Nein«, sagte er schnell, »nicht so, wie du denkst. Du hast funktioniert wie immer und richtig reagiert, aber du hast auf mich gewirkt, als ginge dich das Schicksal des Mädchens persönlich an.«

»Ich verstehe nicht«, wandte Beatrice halbherzig ein.

Doch sie verstand sehr gut, was er meinte.

»Und heute früh«, fuhr er unbeirrt fort, »hast du ins Telefon gerufen, dass du nicht mehr schweigen kannst, danach hast du die Verbindung unterbrochen. Was beschäftigt dich so, was bedrückt dich? Bitte vertraue dich mir an. Bea, rede mit mir. Ich bin dein Freund.«

Nervös griff Beatrice nach einer Brioche und biss hinein. »Nicht übel«, murmelte sie. Sie spürte plötzlich, wie hungrig sie war.

Immer noch sah Filippo sie auffordernd an.

»Also gut.« Sie richtete sich ein wenig auf. »Ich war damals sehr jung. Fünfzehn Jahre alt, um genau zu sein. Und sehr verliebt. Natürlich waren meine Eltern dagegen. Er war ja nicht mal von hier, ein Junge aus Skandinavien. Wir trafen uns heimlich.«

Es war das erste Mal, dass sie darüber sprach. Sie hatte sich niemals zuvor jemandem anvertraut. Weder ihrer damaligen besten Freundin noch dem Therapeuten, zu dem die Stationsschwester sie wegen ihres Helfersyndroms eine Zeit lang geschickt hatte. Filippo war der erste Mensch, dem sie erzählte, was ihr zugestoßen war. Jetzt schwieg er, und das gab ihr die Kraft weiterzusprechen.

»Wir haben miteinander geschlafen. Für mich war's das erste Mal. Es wäre falsch, zu sagen, dass er die Situation ausgenutzt hat. Er war drei Jahre älter als ich, aber es ging genauso von mir aus.«

»Bea, wenn du erst fünfzehn warst und er achtzehn, hat er sich damit sogar strafbar gemacht.«

»Ja. Spielt aber keine Rolle mehr.«

Er nickte. »Du wurdest schwanger?«

»Ja, und ich war verzweifelt. Ich dachte daran, mir das Leben zu nehmen. Wobei, wenn meine Eltern von der Schwangerschaft erfahren hätten, wäre das nicht notwendig gewesen. Die hätten das für mich erledigt.«

An einem Flackern in seinen Augen erkannte sie, dass ihr Scherz danebengegangen war.

»Sprich weiter, rede es dir von der Seele«, sagte er sanft und legte seine Hand behutsam auf ihren Unterarm.

»Ich erfuhr, dass es jemanden gab, der mir helfen konnte. Eine Frau, so hieß es, erledigte solche Dinge diskret, gegen geringe Bezahlung. Ich sparte damals auf eine Geige. Seit drei

Jahren wanderten alle Geldgeschenke, die ich von Verwandten zu Ostern, zu meinen Geburtstagen und zu Weihnachten bekam, in ein Sparschwein.«

»Und du gingst mit deinem Ersparten zu dieser Frau.«

»Ja. Ich war schon ziemlich weit in der Schwangerschaft. Aber keine Sekunde lang wollte ich das Kind behalten. Das wäre mir damals nie in den Sinn gekommen. In dem Umfeld hätte ich das nicht geschafft.«

»Hat denn niemand etwas bemerkt?«

Beatrice nippte an ihrem Wasser. »Nein.«

Filippo nickte.

»Ich weiß nicht mehr, wie lange ich in dem Haus war«, fuhr sie fort. »Diese Frau, die Engelmacherin, war sehr nett zu mir. Doch ich hatte große Angst. Ich war doch erst fünfzehn. Sie hat mich in ein Zimmer gebracht, das aussah wie eine Frauenarztpraxis. Gut eingerichtet. Aber das habe ich erst später verstanden. Damals wirkte es auf mich wie ein Horrorkabinett. Ich weiß nicht, warum, aber sie versperrte die Tür.«

Beatrice atmete schnell. »Du musst mich für ziemlich durch den Wind halten.«

»Bea, das ist kompletter Unsinn.«

»Eine Betäubung gab es nicht. Ich empfand das als Strafe für mein sündiges Verhalten und habe die Schmerzen ertragen. Irgendwann war sie fertig und meinte, ich solle wiederkommen, wenn alle schliefen. Wir würden dann das Baby begraben. Filippo, was hätte ich tun sollen?«

»Darum geht es doch nicht. Du warst damals noch fast ein Kind«, sagte er aufgewühlt und räusperte sich. »Was ist in der Nacht passiert?«

Beatrice spürte, wie ihre Kehle eng wurde. »Im Garten der Frau gab es eine Stelle unter einer der vielen Palmen. Wir gruben dort ein Loch, ein kleines Grab. Ich dachte: Wer weiß, wie viele kleine Gräber sich noch unter den Palmen befinden? Sie hat es schließlich nicht zum ersten Mal gemacht.« Sie schluckte und zwang sich weiterzureden. »Die Frau tat den

Großteil der Arbeit. Ich stand daneben und war gar nicht richtig bei mir. Erst als wir fertig waren und es in jeder Hinsicht endgültig war, kam dieser verzweifelte Wunsch in mir hoch, alles ungeschehen zu machen.«

»Beatrice.«

Mehr sagte er nicht, aber die Hand auf ihrem Unterarm tat ihr unglaublich gut.

»Warum«, nahm Filippo schließlich das Gespräch wieder auf, »haben deine Eltern nichts mitbekommen?«

»Die beiden lebten in ihrer eigenen Welt. Ich hatte zu funktionieren, wie ein Kind ihrer Meinung nach zu funktionieren hat. Als ich nach Hause kam, legte ich mich mit einer angeblichen Magen-Darm-Grippe ins Bett, und sie versuchten, mich mit Hühnersuppe, Kamillentee und Zwieback aufzupäppeln. Zum Glück bekam ich keine Infektion, und auch die Blutungen waren nicht sehr stark.«

»Du hättest sterben können, wärst du an die Falsche geraten. Glaub mir, nicht wenige Mädchen und Frauen in deiner Situation haben ihr Leid mit dem Tod bezahlt. Eine schreckliche Vorstellung!«

»Damals war ich nur froh, dass alles vorbei war. Erst später überkam mich die Traurigkeit. Alles erschien mir unbedeutend, ich hatte zu nichts mehr Lust. Meine Eltern redeten sich ein, ich hätte Liebeskummer, weil der Skandinavier abgereist war. In gewisser Weise hatten sie sogar recht damit. Nur dass ich um mein ungeborenes Kind trauerte und nicht um ihn. Ich weiß nicht mal mehr, wie er hieß.«

Die Hitze hatte zugenommen, Schweiß lief ihren Rücken hinab.

»Die gestrige Operation, jede derartige Operation muss eine Qual für dich gewesen sein.« Filippo sah sie liebevoll an. Entschlossen wollte sie verdrängen, dass sie ihn attraktiver fand als sonst, aber es gelang ihr nicht. Seine Augen strahlten Wärme aus und hoben sich vom blassen Gesicht mit den Bartschatten ab.

»Ja, es war nicht einfach für mich. Aber erst danach ist etwas wirklich Schlimmes, etwas Unheimliches passiert. Weil ich die Erinnerung an die damalige Zeit scheue, meide ich normalerweise den Weg durch die Straße, in der das Haus dieser Frau steht. Gestern aber bin ich darauf zugegangen. Es war keine gute Idee. Alles kam wieder hoch. Zu allem Überfluss sprang auch noch eine Katze aus dem Gebüsch, und ich erschrak zu Tode. Ich war so bestürzt, dass ich losrannte. Dann aber, vielleicht aus Trotz, wahrscheinlich eher aus Dummheit, kehrte ich um. Ich blieb vor dem Haus stehen, und da sah ich sie. Es war die Frau. Sie sah genauso aus wie damals, und sie beugte sich aus dem Fenster. Filippo, verstehst du? Knapp vierzig Jahre später, und sie sah aus wie damals. Ihr Blick war direkt auf mich gerichtet, sie starrte mich an, als wäre *ich* das Gespenst. Ich glaube, ich schrie, und ich lief so schnell ich konnte davon. Ich dachte, ich drehe durch, konnte mich die halbe Nacht nicht beruhigen.«

»Warum hast du mich nicht angerufen?«

Sie senkte den Blick. »Klar, das hätte ich machen können. Aber ich war nicht bereit, dir die Geschichte zu erzählen.«

»Nun gut. Versuchen wir es einmal mit Logik. Versteh mich nicht falsch, Bea, ich glaube dir. Aber diese Frau muss heute sehr alt sein, sicher weit über achtzig. Das gestern kann sie nicht gewesen sein.«

»Das weiß ich selbst. Genau deshalb war die Sache so erschreckend. Aber lass uns vorerst nicht weiter darüber spekulieren, ja?«

Er nickte.

Nach einer Weile sagte er nachdenklich: »Wir sitzen zwar im Moment bei Brioches und Kaffee, aber das sollte uns nicht daran hindern, uns heute Abend zum Dinner zu verabreden. Ich meine, so richtig, mit Kerzenlicht und Mondschein inklusive.«

Beatrice schaute ihn erstaunt an, denn ohne eine Sekunde zu zögern, hatte sie zugesagt.

Trotzdem rumorte die ungelöste Frage weiter hartnäckig in ihrem Kopf.

»Filippo, diese Person am Fenster sah wirklich so aus wie die Frau damals. Mir ist klar, dass sie es nicht sein kann, aber vielleicht hat sie eine Tochter. Was ist, wenn die dort weitermacht, wo die Alte aufgehört hat? Die junge Frau gestern, hat sie irgendetwas darüber gesagt, wie es zum Abbruch kam?«

»Sie gab bei der Aufnahme an, den Abortus selbst herbeigeführt zu haben.« Er hielt inne und wischte sich mit der Papierserviette über den Mund. »Das kann stimmen oder auch nicht. Möglicherweise schützt sie jemanden. Du weißt, dass wir in einem Fall wie diesem ohnehin verpflichtet sind, die Polizei zu verständigen. Gleichgültig, wie nachvollziehbar uns die Gründe erscheinen, die unsere Patienten angeben.«

»Meinst du, es könnte ein Zusammenhang bestehen?«

»Eigentlich gehe ich nicht davon aus. Die Frau ist aus Villaggio del Pescatore zu uns gebracht worden. Aber wer weiß? Bea, auch wenn das alles schon Jahrzehnte zurückliegt, solltest du den Vorfall melden. Am besten gleich.«

Beatrices Herz machte einen Satz. Es fühlte sich an, als sei gerade ein Puzzlestein an die richtige Stelle gelegt worden.

Sie holte tief Luft. »Ich überlege es mir.«

5

Das Licht weckte ihn.

Es war so grell und doch verschleiert.

Er nieste gegen die Strahlen an, die von hoch oben seine Nase kitzelten.

Langsam kam er zu sich.

Es fühlte sich an, als würde er eine steile Wand hochklettern.

Hin zur Sonne.

Die Sprossenwand im Turnsaal seiner Schule kam ihm in den Sinn und wie er sich fürchtete herunterzustürzen.

Die Stimme seines Lehrers: »Nach oben schauen, nicht nach unten! Du schaffst es!«

Und auf einmal wusste er, wer er war.

Emmanuele.

Er war vierzehn Jahre alt und hatte eine Mutter und zwei Brüder. Sie lebten gemeinsam in Grado. Sie hatten weder ein Haus noch ein Appartement, ihr Zuhause war die Wohnwagenkolonie.

Aber wo war er?

Und wie war er hierhergekommen?

Je angestrengter er überlegte, desto verschwommener wurde seine Erinnerung.

Emmanuele begann zu schreien. »Hilfe! Nonna, hilf mir doch. Du weißt doch immer einen Ausweg. Bitte lass mich nicht allein.«

Er roch feuchten Moder.

Und er war durstig.

Er fühlte sich schwach. Wie nach einem Wettlauf oder nach einer langen Schwimmstrecke.

Nein, schwächer.

Das Meer. War er am Meer?

Durst.

Mit den Fingern tastete er um sich und spürte bröckelige, nasse Erde. Er kratzte den Matsch ab und steckte ihn in den Mund. Es schmeckte bitter, nach Fäulnis und Pilzen.

Er versuchte, die Feuchtigkeit aus der Erde zu saugen, und spuckte aus. Dann rappelte er sich hoch. Es gelang ihm zu stehen, ohne zu fallen. Die Wände boten ihm Halt.

Aber seine Beine taten ihm weh.

Nach und nach begann Emmanuele klarer zu sehen, deutlicher. Die Konturen nahmen Form an.

Um ihn herum waren erdige Wände. Es war so eng.

War er in einer Röhre? Nein, die wäre aus glattem Material.

Ein Brunnenschacht?

Er hoffte, am tiefsten Punkt der Grube zu sein und dass der Boden unter ihm sein Gewicht trug.

Was, wenn er nur auf einer dünnen Schicht Erde stand, immer in Gefahr einzubrechen?

Wieder begann er zu schreien.

Er musste tief unten sein, denn es war nur ein schwacher Lichtschein zu erkennen.

Emmanuele versuchte sich zu beruhigen.

»Nachdenken, ich muss nachdenken«, murmelte er ein ums andere Mal.

Was war das Letzte, woran er sich erinnerte?

Bruchstückhaft kamen Bilder.

Es war heiß gewesen, und dann war Regen. Sturm. Und im Laden bekam er neue Schuhe.

Nein, er hatte sie gestohlen.

War dies die Strafe dafür?

Da war Diego, sein alter Freund. Ihm hatte er von dem Erlebnis im Supermarkt erzählt.

Welches Erlebnis?

Das belauschte Gespräch.

Er war verfolgt worden.

Hatte er in einer Hütte geschlafen?

Irgendetwas brachte er durcheinander.
Da war einer gewesen, der da nicht hingehörte.
Und dann ein Schlag. Explodierende Farben.
Viel später war er in einen Bus gestiegen.
Menschen saßen um ihn herum. Es war hell dort. Die Sonne schmerzte in seinen Augen.
Vorher hatte er Wasser gekauft und etwas zum Essen. Der Rest reichte grade eben für die Fahrkarte.
Er stand in einem Waschraum, Blut tropfte in ein Becken. Es kam von einer Wunde am Hinterkopf.
Der Schlag.
Jetzt ertasteten seine Finger dicken Schorf. Es tat weh.
Im Bus hatte er nach dem Zettel mit der Wegbeschreibung gesucht. Vergebens.
Auch sein Handy war weg.
Er hatte sein Ziel verloren, und der Weg zurück war ihm versperrt.
Irgendwo oben im Karst war er ausgestiegen.
Stundenlang war er gewandert, hatte Beeren gegessen.
Der Fuchs. Mit einem Mal stand er ihm gegenüber, mitten auf dem Feldweg. Das Tier war sehr nahe und starrte ihn an.
Diego hatte ihnen von tollwütigen Füchsen erzählt. Sie waren nicht scheu, wusste Emmanuele, und attackierten in ihrem Wahn Menschen.
Er floh seitlich ins Unterholz.
Obwohl er erschöpft war, lief er schnell.
Er hatte sich im Laufen umgewandt. War das Tier hinter ihm her?
Dann hatte sich der Boden unter ihm aufgetan.
Er war gefallen.
Wie tief, wusste er nicht. Der Aufprall hatte ihm die Besinnung geraubt.
Wie lange war das her? Stunden, Tage? Der Durst machte ihn schier wahnsinnig, doch hier war nichts außer nasser Erde.
Seine Hilferufe wurden mit jedem Schrei schwächer.

Dann hörte Emmanuele die Stimme.

War sie real?

Eine andere kam dazu.

Da unterhielten sich zwei.

»Hilfe!«

Konnte man ihn oben überhaupt hören?

Sein Mund war so trocken, er musste etwas gegen das Krächzen tun.

Emmanuele stellte sich vor, in eine Zitrone zu beißen. Er wartete, bis sich etwas Speichel in seinem Mund sammelte, und schluckte dann krampfhaft.

»Hilfe!«

Die Stimme über ihm sagte etwas. Es klang, als hätte sie eine Frage gestellt.

Also noch einmal: »Hilfe! Hier unten bin ich!«

Es war zu viel, die letzten Worte kamen nur noch als Flüstern. Emmanuele spürte, wie ihn die Kräfte verließen. Er sackte in sich zusammen.

War er ohnmächtig geworden? Alles um ihn war ruhig. Hatte er sich die Stimmen nur eingebildet? Aber sie hatten so unendlich real geklungen. Schickte seine Nonna ihm Rettung? Er spürte, dass sie über ihn wachte.

Emmanuele wusste aber auch, was manchmal passierte, wenn Menschen sich in der Wüste verirrten. Im Verdursten begriffen sahen sie Rettung, ganz konkrete Rettung in Form von Oasen. Kühles, klares Wasser, von Palmen mit Kokosnüssen umgeben. Doch wenn sie dann, die letzten Kräfte mobilisierend, losstürmten, löste sich dieses verheißungsvolle Bild in der sengenden Sonne auf. Eine Fata Morgana war es gewesen, sonst nichts.

Darum war er sicher, nun ebenfalls an Wahnvorstellungen zu leiden. Er war am Verdursten. Das Gesicht, dass sich weit über ihm zeigte, konnte gar nicht real sein, denn es bestand nur aus Fell und Haaren.

Suchte ihn gar der tollwütige Fuchs wieder heim?

Er hielt die Hände vor seine Augen.

Aber irgendetwas war anders.

Das Licht um ihn herum hatte sich verändert. Und die Stimme war wieder da.

Diesmal nah und deutlich.

Als Emmanuele aufsah, blickte er in den schwachen Strahl einer Taschenlampe, die oben geschwenkt wurde.

»Junge, wir sehen dich. Bist du verletzt?«

Jetzt begann Emmanuele zu heulen. Er weinte, bis seine Kehle ihm wehtat, bis seine Augen brannten – bis er endgültig begriff, dass da oben jemand stand, der ihm Rettung versprach.

An einem Seil wurde eine Flasche Wasser zu ihm herabgelassen, und als er getrunken hatte, meldete sich bohrender Hunger. Gierig verschlang er die Müsliriegel, die man ihm zuwarf.

Bald ging es ihm besser, und endlich kam Klarheit in seinen armen verdrehten Kopf. Er sah nun deutlich, dass da oben kein Tier stand, sondern ein Mensch.

Nicht dass er diesbezüglich noch Sorge gehabt hätte.

Er musste grinsen, als ihm bewusst wurde, dass das »Fell« eine Mütze war und das Haar tatsächlich Haar, ein üppiger Bart, um genau zu sein. Wer trug bei dieser Hitze wohl so eine Kopfbedeckung?

Auch das erfuhr er und wer seine Retter waren gleich mit.

Höhlenforscher hatten ihn gefunden.

Menschen, die sich in Grotten und unterirdische Hallen wagten. Sie kamen aus einem Ort nahe Triest und arbeiteten im Auftrag der Universität.

Emmanuele musste nun nicht mehr lange warten. Die richtige Rettung kam, sogar mit Sirene, aber zuerst waren die Helfer von der Feuerwehr da.

Ein Mann mit einem enorm großen Helm seilte sich zu ihm ab, nickte ihm aufmunternd zu und legte einen Tragegurt um seinen Körper. Und dann wurde er hochgezogen, einfach so.

»Danke, Nonna, danke«, flüsterte er.

Oben hatte jemand Scheinwerfer aufgestellt, die ihn blendeten und seinen Augen wehtaten, aber die Erleichterung, aus dem schrecklichen Loch befreit worden zu sein, überwog jeden Schmerz.

Fürsorglich wurde er auf eine Trage gelegt, in eine wärmende Folie gehüllt und in den Rettungswagen geschoben. Ein Polizist, der sich wohl besonders wichtig vorkam und ihm vage bekannt erschien, wollte unbedingt mit ihm sprechen, aber der Arzt, der ihn kurz untersuchte, winkte fast zornig ab.

Nur nach seinem Namen durfte er gefragt werden, und als Emmanuele ihn leise sagte, schien der Polizist zufrieden zu sein. Er rieb sich die dicken Hände, als hätte er persönlich ihn gefunden.

Emmanuele hörte, dass man ihn in ein Krankenhaus brachte. Dass er eine Gehirnerschütterung hatte, wusste er selbst, und was sonst noch mit ihm los war, würde sich bald herausstellen.

Er bat den freundlichen Arzt, seine Mutter zu verständigen, denn er nahm an, dass sie sich inzwischen Sorgen machte, und beschrieb sicherheitshalber die Wohnwagensiedlung ganz genau, aber der Arzt beruhigte ihn.

Alles käme ins Lot, sagte er, man suche schließlich schon einige Zeit nach ihm. Dabei schaute er böse in Richtung des dicken Polizisten und zwinkerte Emmanuele gleich darauf verschwörerisch zu.

Emmanuele mochte den Arzt und hätte sich auf der Fahrt gern weiter mit ihm unterhalten, aber kaum dass der Wagen anfuhr, fielen ihm die Augen zu. Als er sie wieder öffnete, lag er in einem Krankenhausbett, und seine Mutter beugte sich über ihn.

»Mama«, sagte er und versuchte, sich aus ihrer Umarmung zu lösen, »ich muss unbedingt mit der Polizei reden, und diesmal hält mich niemand mehr davon ab.«

6

Maddalena ging mit Fanetti die am Morgen vom Provider übermittelte Auswertung der Daten von Emmanuele Mielis Handy durch.

Nicht sehr ergiebig, denn der Junge hatte es schon vor seinem Verschwinden ausgeschaltet.

Sie gestand sich ein, dass sie komplett im Dunkeln tappten. Um herauszufinden, ob Emmanuele die Badehütte lebend verlassen und seine Fahrt in den Karst vielleicht doch noch angetreten hatte, wurden von Lippi sämtliche Busfahrer befragt, auch jene, die andere Linien befuhren, aber keiner konnte sich an einen Jungen erinnern, auf den die Beschreibung passte. In der Früh, sagten sie unisono, registrierten sie einzelne Fahrgäste kaum, der Andrang sei viel zu groß. Und was die Zeit danach anging, so schlossen sie eher aus, ihn befördert zu haben.

Also zurück auf Anfang, dachte Maddalena.

»Fanetti, Sie und Beltrame fahren in die Wohnwagensiedlung und nehmen sich die Jungs noch mal vor, aber einzeln. Machen Sie ihnen klar, dass es ernst ist. Beltrame soll mit dem Mädchen sprechen. Vielleicht gelingt es ihr, sie zum Reden zu bringen. Sollten die Jugendlichen mauern, bringen Sie sie her. Samt allen Schuhen, auf die das sichergestellte Profil passen könnte. Und«, sie sah Fanetti durchdringend an, »halten Sie sich bitte an die Vorschriften. Sie sprechen alles im Vorfeld mit Beltrame ab.«

Fanetti nickte und verließ Maddalenas Büro.

Die Luft war stickig, und auch die rasch kreisenden Ventilatorblätter kühlten den Raum nicht.

Franjo, dachte sie schuldbewusst, dich sollte ich schon längst anrufen. Das Erlebnis in der Tropfsteinhöhle kam ihr in den Sinn und was er ihr an dem Tag offenbart hatte. Zum ersten Mal konnte sie der Vorstellung, gemeinsam mit Franjo in Grado zu leben, Positives abgewinnen. Es würde ihr Zusammensein um einiges erleichtern. Einander ohne vorherige Absprache nach getaner Arbeit zu Hause zu treffen war ein angenehmer Gedanke.

Auf einmal fühlte Maddalena sich heiter. Auch die Hitze setzte ihr weniger zu.

Sie ging zum Fenster und warf einen Blick auf das Meer. Wie eine Illustration aus einem Kinderbuch sah es heute aus. Der Himmel war so blau, dass er von der Farbe des Wassers kaum zu unterscheiden war. Nur die Silhouetten der großen Frachtschiffe kennzeichneten den Horizont.

Ein Geräusch ließ Maddalena sich umdrehen.

Zoli stand in der Bürotür, der Geruch nach Schweiß umwehte ihn.

»Ich habe hier zwei Personen, Commissaria, einen Arzt und eine Krankenschwester aus dem Krankenhaus in Monfalcone, die gern mit Ihnen persönlich reden möchten. Ich wollte das übernehmen, aber sie baten darum, mit der Commissaria zu sprechen.«

Auf Maddalenas Nicken hin winkte er die beiden herein.

Das Erste, was Maddalena an der Frau auffiel, waren die hellgrauen Haare. Sie standen im auffälligen Kontrast zu ihrem vergleichsweise jungen Gesicht. Dann bemerkte sie das hellrote Lipgloss, das sich in den feinen Falten um ihren Mund abgesetzt hatte.

Der Mann stand neben der Frau und hielt seinen Arm schützend um ihre Schulter gelegt.

»Danke, Lippi.« Maddalena deutete auf die Besucherstühle. »Nehmen Sie Platz. Wie kann ich Ihnen helfen?«

»Ich möchte eine Aussage machen.«

Einen Moment lang hoffte Maddalena, es würde sich um Auskünfte handeln, die den vermissten Jungen betrafen.

Was sie dann hörte, versetzte sie in Erstaunen. Die geschilderte Angelegenheit lag immerhin etwa vierzig Jahre zurück, und doch war die Frau so aufgewühlt, als wäre es erst vor Kurzem geschehen. Dabei schienen Beatrice Macon und ihr Begleiter an sich ruhige Menschen zu sein, die nicht zu Übertreibungen und grundlosen Anschuldigungen neigten.

»Ich werde der Sache selbstverständlich nachgehen. Wir sind im Augenblick allerdings intensiv mit der Suche nach einem verschwundenen Jungen beschäftigt. Sie haben vielleicht davon gehört.«

Beide sahen sie an, als bezweifelten sie, dass ihrer Versicherung Taten folgen würden.

»Filippo, wahrscheinlich hat diese Frau längst aufgehört, Abtreibungen vorzunehmen, es gibt heute schließlich andere, bessere Wege«, sagte Beatrice Macon leise. Mit einem Mal schlich sich ätzender Spott in ihre Stimme: »Und außerdem hat die Polizei im Moment keine Zeit.«

»Nein. Es ist gut, dass Sie sich gemeldet haben. Ich sagte doch schon, wir werden der Sache nachgehen.«

Wie um dem Gesagten Gewicht zu verleihen, schrieb Maddalena die Angaben in ihr Notizbuch und umkreiste Straße und Hausnummer der erwähnten Villa Esperanza. Sie kannte dieses etwas unheimlich wirkende Haus, das einstmals bessere Tage gesehen haben musste. Ihr Weg zur Arbeit führte sie zwar nicht unmittelbar daran vorbei, aber hin und wieder spazierte sie durch diese Straße.

»Der Garten wirkt richtig verwunschen«, bemerkte sie zögernd und bereute es gleich darauf.

»Dort haben wir meinen Fötus begraben. Wer weiß, wie viele andere Frauen schon unter diesen Palmen standen und um ihr totes Kind weinten?«

»Sie können sich darauf verlassen, wir überprüfen das«, bekräftigte Maddalena.

Sie fühlte mit Beatrice Macon und begleitete die beiden zur Tür.

Dort prallte sie beinahe mit Lippi zusammen. Sein teigiges Gesicht wies hektische Flecken auf, die bis zu seinem Hemdkragen reichten.

»Commissaria!«, rief er. »Er lebt. Eben wurde Emmanuele Mieli geborgen.«

Sie verabschiedete ihre Besucher, winkte ihn herein und setzte sich wieder. »Geborgen? Was genau meinen Sie damit?«

Immer noch aufgeregt berichtete Lippi, dass ein Ehepaar, beide Hobbyhöhlenforscher, aus einer der Dolinen Schreie vernommen hätte. Da es in der näheren Umgebung der beiden nicht wenige dieser ungesicherten Löcher gegeben habe, hätten sie eine Weile suchen müssen, bevor sie das richtige fanden, denn die Stimme sei schwach gewesen und die Rufe sehr unregelmäßig. Sie hätten den Zivilschutz verständigt, der in weiterer Folge die Bergung organisiert habe.

»Und wie geht es dem Jungen?«, fragte sie erleichtert.

»Er hat eine schwere Gehirnerschütterung, ist unterkühlt und ausgehungert. Aber er ist wohlauf. Tatsächlich hat er großes Glück gehabt, denn die Doline war nicht besonders tief. Er hätte auch eine erwischen können, bei der er buchstäblich ins Bodenlose gefallen wäre.«

»Recherchieren Sie bitte, in welchem Krankenhaus er liegt. Ich möchte so schnell wie möglich mit ihm sprechen, und verständigen Sie seine Mutter.«

In einem kurzen Telefonat informierte Maddalena den Commandante, der sie überschwänglich zu loben begann. Kopfschüttelnd legte sie auf.

Ihr war, als hätte jemand eine riesige Last von ihren Schultern genommen. Auch ein Hauch Egoismus war wohl mit dabei, denn jetzt stand einem gemeinsamen Abend mit Franjo nichts mehr im Weg. Bei einem kleinen Imbiss würden sie endlich ausführlich seine Pläne, ein Restaurant in Grado zu übernehmen, besprechen können. Sie war neugierig, an welchen Ort er dabei gedacht hatte und welche Note er seinem neuen Lokal geben wollte. Was ging ihm wohl durch den Kopf? Vielleicht dachte er über etwas ganz Neues nach, über etwas, das es hier in Grado bisher nicht gab?

Franjo war als Koch schon mehrfach mit Preisen ausgezeichnet worden, sein Haus wurde in den besten Gourmetführern empfohlen und war in Österreich, Slowenien und Italien für seine Küche bekannt. Trotzdem stand er mit beiden Beinen auf dem Boden, er war bescheiden geblieben.

Maddalena wusste es nicht, aber im Moment umspielte ein zärtliches Lächeln ihre Lippen. Dann klingelte ihr Telefon.

»Degrassi«, vernahm sie abermals Scaramuzzas polternde Stimme, »der Tisch auf dem Dach ist reserviert.«

Dach? Tisch?

Verwirrt fragte Maddalena nach. »Commandante, kann es sein, dass Sie sich irren?«

»Commissaria, ich irre mich nie. Heute pünktlich um neunzehn Uhr treffen wir uns auf der Dachterrasse vom Astoria. Ich habe Ihnen etwas mitzuteilen, das die wunderbare Aussicht, die man von dort hat, um Längen schlagen wird.«

Bevor Maddalena etwas einwenden konnte, hatte ihr Chef das Gespräch beendet.

7

So hatte Christopher sich die gemeinsamen Urlaubstage nicht vorgestellt. Immer wieder versuchte er, gute Miene zum enttäuschenden Spiel zu machen, aber mit jedem Mal fiel es ihm schwerer.

Johannes schien die ganze Zeit über abgelenkt zu sein.

Wenn er nicht die Tasten seines Handys bearbeitete, schrieb er fast ununterbrochen auf seinem Notebook.

»Ganz verstehe ich das nicht. Du besitzt das neueste iPhone und kannst neben allem anderen problemlos auch E-Mails schicken und empfangen. Wofür brauchst du zusätzlich den Computer? Bist du neuerdings unter die Schriftsteller gegangen?«

Christopher stand in der Tür, die die beiden Zimmer der großzügig angelegten Junior-Suite verband, und betrachtete den Freund missgelaunt.

Johannes fuhr hoch, als hätte Christopher ihn bei der Planung eines Terroranschlags erwischt. Hektisch klickte er eine Seite weg.

Wieder so eine Unart, die Christopher mehr und mehr auf die Nerven ging. Zunehmend fühlte er, der doch der großzügige Gastgeber war, sich als Eindringling.

»Was soll das? Du schleichst dich an und brüllst plötzlich los. Kontrollierst du mich etwa? Ich dachte, du duschst.« Johannes' Tonfall war in letzter Zeit immer unhöflicher geworden, jetzt lag auch noch Anklage in seiner Stimme.

»Kontrollieren? Wieso denn? Hast du etwas zu verbergen?« Christopher, der weder gebrüllt noch vorgehabt hatte, den Freund zu beobachten, wollte seinen Ärger über dessen rüden Ton nicht mehr verstecken.

»Nein, habe ich nicht. Ich brauche den Laptop, weil mir das Display des Handys zu klein ist. Meine Augen sind mit der Zeit ziemlich schwach geworden.«

»Dann würde ich den Elektroschrott überhaupt mal zur Seite legen, Freund, wir sind hier schließlich auf Urlaub.«

»Ich bin dir doch keine Rechenschaft über mein Tun schuldig.« Johannes wandte sich ab und ließ den irritierten Christopher einfach stehen.

Immer wieder kam es zwischen ihnen zu solchen Disputen. Als wäre ich mit ihm verheiratet und wir hätten uns auseinandergelebt, dachte Christopher. Was heißt auseinandergelebt, als stünden wir kurz vor der Trennung.

Er seufzte.

Seine Gutmütigkeit wurde wieder einmal ausgenutzt.

Dabei hatte der Tag gar nicht schlecht begonnen.

Sie waren schwimmen gewesen und hatten auf den reservierten Liegen die Sonne genossen. Aber schon bald hatte Johannes, genau wie gestern mit seinem Handy beschäftigt, nur noch einsilbige Antworten gegeben.

»Schau doch, ist die Meeresluft nicht belebend?«, hatte Christopher zum Beispiel versucht, ein Gespräch in Gang zu setzen, woraufhin er ein zynisches »Ja, Mutti, ich sehe das wie du« erntete.

Irgendwann hatte Christopher sich weggedreht.

Das ausgezeichnete Essen im Hotel hatte die Spannung etwas auflockern können, aber nun schien ihm der Freund nicht mehr abweisend, sondern nervös zu sein.

Dem wachsen seine beruflichen Sorgen ordentlich über den Kopf, dachte Christopher, aber immer wenn er eine Andeutung in diese Richtung machte, winkte Johannes ab.

Er musste irgendwie das Eis brechen.

Christopher konnte seine Gastgeberrolle nicht ablegen, selbst wenn dies der schwierigste, der unangenehmste Patient war, den er in seiner Freizügigkeit jemals erlebt hatte. Er wollte, nein, er *musste* Johannes ihrer Freundschaft zuliebe weitere Chancen geben.

»Lass uns den Tag doch im Lagunen-Pub ausklingen lassen«, sagte er hoffnungsvoll. »Es ist eine Empfehlung vom

Haus, und zwar ein paar Kilometer von hier entfernt, aber der Weg dorthin soll sich lohnen.«

»Ich kenne den Laden nicht, aber wenn es dort kühles Bier gibt, hast du mich bereits dazu überredet.«

Auf dem Weg zu Christophers Auto trottete Johannes schweigend neben ihm her.

Christopher schlug ihm leutselig auf die Schulter. »Alter Junge, ich ließe dich nur zu gern ans Steuer, aber ein kleines Versehen am Bremspedal, und schon zahlt die Versicherung nicht, wenn der falsche Mann die Droschke bewegt hat. Dafür aber ist die kühle Luft durch eine ausgezeichnete Klimaanlage gratis.« Er lachte, bis er in Johannes' Augen sah.

Wieder bildete er sich ein, darin Missgunst zu erkennen, aber dafür gab es doch gar keinen Grund. Er schüttelte den Gedanken ab.

»Ich hatte keine Sekunde vor, den Chauffeur zu spielen«, knurrte Johannes und ließ sich auf den Beifahrersitz fallen.

»So ist es recht. Und wenn uns das Bier dort ganz besonders gut schmecken sollte, nehmen wir auf der Rückfahrt einfach ein Taxi.« Christopher lachte und bewegte seine Hand wieder in die Richtung von Johannes' Schulter. Aber diesmal zögerte er, schließlich wollte er von seinem Freund nicht für jovial gehalten werden.

Immer noch lächelnd fuhr er los und bog in eine verwinkelte Landstraße ein, die eher die Bezeichnung Weg verdient hätte. Er deutete auf die Wiesen rund um die Kanäle der Lagunenlandschaft. »Hübsch, oder? Das erinnert mich hier ein wenig an Amsterdam.«

»Hast du heimlich einen Joint geraucht? Das würde deine unmäßige Fröhlichkeit zumindest zum Teil erklären.«

Nein, mit Johannes, seinem alten Freund, war heute einfach nichts anzufangen.

Den Rest der Strecke legten sie schweigend zurück.

Auf dem Weg ins Lokal marschierten sie an einem riesigen Kessel aus Messing vorbei.

»Das schaut vielversprechend aus«, sagte Christopher und rieb sich die Hände. »Ungefähr so viel, wie da reingeht, könnte ich heute vertragen.«

Ein Kellner begleitete sie zu einem Tisch und nahm ihre Bestellung auf.

Bald standen zwei Humpen Bier vor ihnen, und Christopher, der sich vorhin aus einem anderen Kessel bedient hatte, legte die daraus erbeuteten Erdnüsse auf die Tischplatte. »Die Schalen werfen wir auf den Boden«, sagte er fröhlich.

»Danke für den Hinweis, allein wäre ich darauf nicht gekommen.« Johannes ließ den Blick angelegentlich über das abgetretene Parkett wandern, das mit Schalen bedeckt war. Dann griff er zum Handy und begann wild zu tippen.

Auch der friedlichste Mann, dachte Christopher, kann irgendwann ausrasten, aber sogleich riss er sich wieder zusammen. »Prösterchen, altes Haus«, rief er seinem Freund entgegen, der irritiert aufsah und eher widerwillig sein Glas hob.

Nach dem zweiten Bier begannen sie sich zu unterhalten, und beim dritten Bier, das Lokal war inzwischen voll, lächelte Johannes sogar und steckte das Handy, das er die ganze Zeit über in der Hand gehalten hatte, in seine Tasche.

Jetzt ist es fast wie früher, dachte Christopher und fühlte sich mit jedem Schluck wohler.

Schlagartig aber verdüsterte sich seine Stimmung wieder. Ein Ehepaar mit zwei Kindern hatte am Nebentisch Platz genommen und beinahe umgehend zu schimpfen begonnen.

Er drehte den Kopf und sah eine mollige, etwas schlampig gekleidete Frau und einen schlanken Mann mit zwei blonden, sommersprossigen Mädchen.

Nicht zum ersten Mal schämte er sich für seine Landsleute. Diese hier sagten sich ungeniert ihre Meinung.

»Diese bescheuerten Eltern dort drüben geben wirklich ein großartiges Vorbild für ihre Töchter ab«, murrte er ungehalten und dachte dabei kurz an seine eigenen ungeborenen Kinder.

Er nahm einen Schluck von seinem Bier und wandte sich wieder seinem Freund zu. Auf den Nebentisch deutend fragte er ihn säuerlich grinsend: »Johannes, bist du auch so unsterblich verliebt?«

Aber ach, der Freund hatte sich schlagartig wieder in sein Schneckenhaus zurückgezogen. Er reagierte zwar mit einem schmallippigen Nicken auf Christophers Frage, nur griff er dabei wieder nach seinem Handy und begann nach einem prüfenden Blick aufs Display begeistert zu tippen.

Die Leute am Nebentisch waren auch keine Erbauung. Sie schienen Camper zu sein. Christopher, der eine weitere Runde geordert hatte, hörte sie zunehmend laut von harten Schlafsackunterlagen reden, bei deutlich launischer Stimmung der Ehefrau und spürbarer Langeweile der Kinder.

Er beschloss, sich zumindest körperliche Erleichterung zu verschaffen, und ging, ein wenig unsicher schon, zur Toilette. Wann habe ich eigentlich zuletzt mit Annemarie gesprochen? Ist schon ein Weilchen her, überlegte er, als er das Wohlgefühl einer sich entleerenden Blase verspürte. Er wusch sich die Hände und griff nun seinerseits zum Handy. Besetzt.

Frederick und Henriette hieß dieses Traumehepaar, so viel hatte er mitbekommen, und dass Frederick zu viel trank, war offensichtlich. Ohne dass er es hätte erfahren wollen, wusste Christopher auch, dass Frederick irgendwann einen Unfall gebaut hatte und Henriette damit nicht klarkam. Vielleicht sollte Frederick mal wegen einer Versicherung bei Johannes vorbeischauen?

Christopher kicherte und warf einen Blick auf seinen Freund, der sich allerdings immer noch im Schneckenhaus befand.

»Zwei Schnäpse noch!« Wenigstens hielt er mit ihm mit.

Wie Eltern ihr Kind Frederick nennen konnten, erschloss sich ihm nicht. Belustigt beugte er sich vor und erzählte seinem Freund davon.

»Johannes, was meinst du? Könntest du es verantworten,

dein Kind so zu taufen? Frederick?« Grinsend heischte er um Zustimmung.

War das Leben nicht heiter?

»Alter Freund, lach doch mal.«

Wieder tranken sie, und Johannes, Christopher konnte es in unerwarteter Klarsicht mitverfolgen, versuchte seine Gedanken zu sammeln.

»Ich muss mit dir reden«, begann er zögernd.

»Na endlich!« Christopher lachte. Ihm fiel ein alter Film ein, in dem der Ostfriese Otto von zwei Schafen gesungen hatte. Wie ging das noch mal? Leise begann er zu summen: »Das eine Schaf hieß Eberhart, von dem war schon die Leber hart, das andre Schaf hieß Harald, und das war fast ein Jahr alt. Nö, es hieß Frederick, wie toll, und war mal wieder ganz schön voll.« Er lachte über seinen gelungenen Witz.

Johannes sah ihn entgeistert an. Was auch immer er hatte sagen wollen, es schien wieder aus seinem Gedächtnis verschwunden zu sein.

»Das andre Schaf hieß Frederick«, rief Christopher gut gelaunt in Richtung Nebentisch und zur vorbeieilenden Bedienung: »Zwei Schnäpse noch!«

»Ich muss mit dir reden«, wiederholte Johannes, »aber jetzt ist es dafür vielleicht schon zu spät.«

Christopher spürte auf einmal, wie sehr ihm der Fusel zu Kopf gestiegen war. In seinen Ohren rauschte das Blut wie ein tropischer Wasserfall.

»Lass uns einfach fröhlich sein«, lallte er zusammenhangslos und spürte vage, wie das Handy in seiner Tasche vibrierte.

Rasch bat er den schweigenden Freund, still zu sein: »Das ist Annemarie, wir sind gedanklich verbunden.« In den Hörer hauchte er ein verwaschenes: »Liebling, ich bin es, dein Schatz.«

»Das überrascht mich nicht, Christopher, ich habe nämlich deine Nummer gewählt.«

Christopher grinste. Die Gute hatte manchmal eine sehr ironische Art.

»Hör mir gut zu, was ich dir jetzt sage, ist wichtig«, fuhr sie fort. »Ich bin schwanger, aber es gibt da etwas …«

Mehr hörte Christopher nicht, denn er knallte vor Begeisterung seine Hand auf die Tischplatte. Ein splitterndes Geräusch und ein scharfer Schmerz ließen ihn zusammenfahren. Das war sozusagen die falsche Hand gewesen, die mit dem Handy.

»Tot, das Display ist tot«, stammelte er entgeistert und saugte an einem blutenden Finger. »Annemarie, bist du noch da? Du musst dich jetzt schonen, achte sorgsam auf dich.«

Nur langsam wurde ihm klar, dass die Verbindung unterbrochen und mit diesem Handy eine Wiederherstellung des Kontaktes nicht möglich war.

»Mensch, Johannes, stell dir das vor! Nach all der Zeit haben wir es doch noch geschafft. Meine Annemarie schenkt mir ein Kind.«

Johannes starrte ihn an. Er nahm sein Schnapsglas und goss den Inhalt mit einem Schluck in sich hinein. »Vielleicht sollten wir das Reden verschieben«, lallte er und begann haltlos zu lachen.

Ein Gedanke, einer Sternschnuppe gleich, blitzte in Christophers vom Alkohol umnebelten Hirn auf. Aber wie es mit Sternschnuppen so ist, war der Gedanke schon im nächsten Moment verglüht.

»Zwei Schnäpse noch!«, schrie der glückliche Vater und sagte gleich darauf nachdenklich: »Wenn es ein Sohn wird, werden wir ihn vermutlich nicht Frederick nennen.«

8

Maddalena schimpfte.

Sie verfluchte den Tag, an dem sie zu rauchen aufgehört hatte. Eine Zigarette täte ihr jetzt gut.

Sie war auf dem Weg zum Hotel Astoria, das nur wenige Schritte von ihrer Villa entfernt lag. Doch lieber wäre sie in die entgegengesetzte Richtung gegangen.

Wieder einmal, wie so oft, musste das Gespräch mit Franjo, das ihr viel wichtiger war als das mysteriöse Treffen mit ihrem Chef, warten. Wann sie Zeit finden würden, in Ruhe über ihre Zukunft zu sprechen, stand in den Sternen. Maddalena blickte zum Himmel. In ein paar Stunden schon würden sie wie silberne Glitzersteine vom samtig dunklen Himmel strahlen. Doch noch setzte die schwüle Hitze ihr erbarmungslos zu.

Für das Treffen mit Scaramuzza hatte Maddalena Jeans und T-Shirt gegen eines ihrer wenigen luftigen Sommerkleider getauscht. Es war ein schwarzes, knielanges Leinenkleid mit dreiviertellangen Ärmeln und knappem runden Ausschnitt. Dazu trug sie mattschwarze Ballerinas.

Selbst ihre Mutter, da war sich Maddalena sicher, hätte an ihrem Outfit keinen Anstoß genommen. »Maddy, Schatz, endlich kleidest du dich deinem Rang und Ansehen entsprechend«, hörte Maddalena sie beim Blick in eine Schaufensterscheibe in Gedanken begeistert sagen.

Warum sich Maddalena für das Treffen mit ihrem Chef fein gemacht hatte, konnte sie nicht genau sagen. Vielleicht war es eine Art Ahnung, dass etwas auf sie zukam, gegen das sie sich mit einem entsprechenden Panzer wappnen musste.

Sei's drum, dachte sie trotzig und zwängte sich durch die Drehtür des Hotels.

Auf der Terrasse angelangt, hielt sie nach dem Commandante Ausschau, aber sie war auch gebannt vom Spiel der

Farben. Blau spannte sich der Himmel über Grado, und das Meer schimmerte hellgrün. Die Dächer der Häuser – rot, gelb, braun gedeckt – taten ein Übriges, und auf der nahen Spitze des Turmes der Basilika Sant'Eufemia hielt der heilige Michael, hier Anzolo genannt, schützend seine Hand über die Stadt.

Dann bemerkte Maddalena etwas, das sie verharren ließ.

Rings um die Stadt hatte sich ein Kreis aus dunklen Wolken gebildet, der den Himmel wie ein Wall einzufassen schien.

Die tiefe Stimme ihres Chefs riss sie aus ihrer Betrachtung. »Hierher, Commissaria!«, hörte sie ihn rufen.

Der sorgfältig gedeckte Tisch, zu dem er sie lotste, stand in der Nähe eines Schwimmbeckens am Rand der Dachterrasse. Von hier aus eröffnete sich dem Betrachter ein besonders weiter Blick über die Stadt und die Lagunenlandschaft.

»Nicht übel, die Aussicht.« Sie verstummte, als sie bemerkte, dass für drei Personen gedeckt war.

Commandante Scaramuzza lächelte als Antwort auf ihre unausgesprochene Frage. »Ja, wir erwarten noch einen weiteren Gast. Bitte nehmen Sie Platz.« Höflich rückte er ihren Stuhl zurecht und winkte dem herbeieilenden Kellner. »Uno per due«, sagte er selbstgefällig.

»Was ist das denn?« Maddalena hatte den Ausdruck noch nie gehört.

»Uno per due?« Der Commandante lachte. »Damit wir bei der Hitze nicht zu viel Alkohol abbekommen, habe ich Gingerino mit ein paar Tropfen Prosecco bestellt.«

Maddalena nickte. Eigentlich bevorzugte sie einen guten Prosecco oder einen der Weine aus dem Karst, die Franjo empfahl, und vor allem zog sie es vor, für sich selbst zu bestellen, doch war sie mit Scaramuzzas Wahl nicht unzufrieden.

»Wen erwarten wir noch?«

»Wie Sie vermutlich wissen, kommt das Beste immer zum Schluss.«

Wieder so ein Satz, der den Commandante kennzeichnet,

dachte Maddalena. Wahrscheinlich kam Scaramuzza sich charmant vor, aber sein plumpes Stakkato klang in ihren Ohren abgeschmackt und unhöflich.

Insgeheim rechnete sie damit, gleich ihren Kollegen Arturo Fanetti, Scaramuzzas Protegé, oder vielleicht ihren gemeinsamen Bekannten Fulvio Benedetti durch die Tür treten zu sehen. Ein Essen mit diesen Männern, die sich wie Scaramuzza selbst für Grados Crème de la Crème hielten, war nicht dazu angetan, ihre Laune zu heben.

Mit Franjo hatte sie vereinbart, dass sie sich nach Beendigung dieses Essens, wann immer das war, bei ihr treffen würden. Die wunderbare Aussicht hin oder her, sie hatte nicht vor, länger als nötig auf der Dachterrasse zu bleiben.

»Na, sieh mal einer an.« Der voluminöse Commandante stand so jäh auf, dass sein Stuhl kippte, und eilte auf eine Person zu, die Maddalena nicht erwartet hatte.

Maddalena seufzte.

Ihre Mutter trug ein rosafarbenes, schlichtes Sommerkleid mit dazu passendem Schmuck, ihr Haar fiel in leichten Wellen um ihr schönes Gesicht. Ohne zu zögern, schloss sie Maddalena in ihre Arme und hauchte ihr auf jede Wange einen Kuss. »Maddy«, flüsterte sie, »heute wird alles gut, und wir vertragen uns wieder. Lass uns Frieden schließen und das gemeinsame Abendessen genießen.«

Maddalena, völlig überrumpelt, blieb stumm. Was gab es dazu auch noch zu sagen?

Ihre Mutter nahm neben Scaramuzza Platz und legte ihre Hand auf seinen Arm.

»Meine Schöne, soll ich die Flasche Champagner servieren lassen?«

Ehe Maddalenas Mutter antworten konnte, winkte er auch schon dem Kellner.

Maddalena fühlte sich unbehaglich.

»Stoßen wir zuallererst auf unsere Gesundheit an.« Scaramuzza sah Maddalena auffordernd an.

Wie hielt es ihre Mutter mit diesem Mann bloß aus?

Jetzt hatte er sich auch noch von seinem Sitz erhoben und beide Arme um ihre Mutter geschlungen.

»Maddy«, kam es gedämpft durch den Stoff seines Leinensakkos, »sieh dir nur diesen Ring an.«

Wieder richtete Maddalena ihren Blick gen Himmel und staunte, dass ihrer verklärten Mutter aufgefallen war, wie eng sich der Kreis aus schweren Wolken um die Stadt gezogen hatte. »Ich fürchte, da braut sich gewaltig etwas zusammen.«

Scaramuzza entließ ihre Mutter abrupt aus seinen Armen, und beide starrten Maddalena entgeistert an.

»So nennst du das? Wenn es für dich eine solche Katastrophe ist, lass es dir doch bitte wenigstens nicht anmerken. Für mich ist es das reine Glück.«

Erst jetzt bemerkte Maddalena den Ring mit dem funkelnden Stein an der Hand ihrer Mutter.

»Mama!« Sie brach in Gelächter aus.

»Commissaria«, bellte Scaramuzza, »halten Sie das für eine angemessene Reaktion?«

Maddalena versuchte, eine weitere Lachsalve zu unterdrücken, und deutete hilflos nach oben.

Endlich verstand ihre Mutter. Auch sie begann haltlos zu lachen.

Der Commandante hielt sich derweil an den Champagner. Er leerte in schneller Folge zwei Gläser. »Commissaria«, sagte er, als sie sich endlich beruhigt hatten, »hiermit halte ich offiziell um die Hand Ihrer bezaubernden Mutter an.«

Maddalena verschluckte sich und begann zu husten. Diesen Schock musste sie erst einmal verdauen.

Beide sahen sie erwartungsvoll an.

»So sag doch etwas, Kind. Achille hat sich lange überlegt, wie er dir das mitteilen soll.«

Himmel, hilf.

Franjo fiel ihr ein und Papa. Beide würden erwarten, dass sie Haltung bewahrte.

»Ich freue mich mit euch«, log sie. »Ich bin glücklich, Mama, dass es dir gut geht.« Sie wandte sich an ihren Chef. »Und ich freue mich für Sie, dass Sie in meiner Mutter eine Partnerin gefunden haben, die dazu beitragen wird, Ihren Horizont ein Stück zu erweitern.«

Zu ihrer Verblüffung nickte der Commandante, und ihre Mutter schmunzelte.

»Ab sofort machen wir gemeinsam Jagd auf die Bilder diverser Ausstellungen statt aufs Großwild in Afrika«, röhrte er und legte liebevoll seine Hand in die ihrer Mutter.

Er kann also auch selbstironisch, dachte Maddalena und schmunzelte ihrerseits. Sie hatte ihm nicht zugetraut, das Musikstück von Mussorgski zu kennen.

Hervorragende Spaghettoni di Gragnano mit wildem Fenchel und Sardinen aus der Lagune erfreuten kurz darauf ihre Gaumen.

Während sie aßen, gingen Maddalena diverse Fragen durch den Kopf, den sie über den Teller gebeugt hielt, um sich nicht unterhalten zu müssen.

»Wie geht es jetzt mit euch weiter?«, wollte sie schließlich von ihrer Mutter wissen. »Läuten demnächst die Hochzeitsglocken?«

Wie üblich antwortete Scaramuzza für Sibilla. »Wir machen Nägel mit Köpfen. Nicht wahr, schönste aller Frauen?«

Maddalena, die versuchte, sich vor dem Pathos seiner Worte zu verschließen, nickte.

Aber was bedeutete das alles für sie? Für ihre Laufbahn?

Schon jetzt störte sie, dass Arturo Fanetti als einer ihrer Mitarbeiter ein Nahverhältnis zu seinem »Onkel Muzzi« hatte, und nun wurde dieser Onkel auch noch zu ihrem Stiefvater.

»Commandante. Wir werden ein Arrangement in der gemeinsamen Arbeit finden müssen. Oder erwarten Sie, dass ich mich versetzen lasse?«

»Kindchen, wo denken Sie hin? Und stochern Sie nicht auf Ihrem Teller herum, sondern essen Sie endlich.«

Hatte er wirklich »Kindchen« gesagt? Maddalena griff zum Champagner und richtete ihren Blick hilfesuchend nach oben.

Beinahe erschrak sie.

Das Blau wurde immer weniger, eng war es vom Kranz aus dunklen Wolken umgeben, und die glutrote untergehende Sonne wirkte in diesem düsteren Szenario wie ein böses Auge, das einen letzten missliebigen Blick auf Grado warf.

9

Das Innere des Wagens war erfüllt vom dumpfen Geruch nach Bier. Nur den Mädchen zuliebe hielt Henriette sich noch zurück.

»Gib mir mal den Zigarettenanzünder.« Frederick umfasste mit einer Hand das Lenkrad, mit der anderen tastete er nervös nach dem Päckchen Zigaretten in seiner Hosentasche.

Leonie und Katharina saßen schweigend auf dem Rücksitz. Als Henriette sich zu ihnen umdrehte, flackerte in ihren Mienen etwas auf, das sie gut kannte. Es war Trotz, vermischt mit Enttäuschung.

»Mama«, sagte Katharina bittend, »können wir mit Oma und Opa in die Berge fahren? Leonie hat sie angerufen, sie würden uns gern zur Almhütte mitnehmen.«

»Du hast dich bei den Großeltern über unseren gemeinsamen Urlaub beschwert?« Fredericks Stimme klang böse. »Euch ist wirklich nichts gut genug.« Zornig blies er den Rauch zum Fenster hinaus.

Der Pub-Besuch eben hatte die angespannte Stimmung, die zwischen ihnen herrschte, noch verstärkt. Anstatt sich auszusprechen und reinen Tisch zu machen, wie Henriette gehofft hatte, waren sie in Streit geraten. Dabei hatte Frederick beständig getrunken. Zwar längst nicht so viel wie die beiden Proleten, die am Nebentisch saßen und ihnen interessiert zuhörten, aber genug.

Irgendwann war Henriette der Kragen geplatzt. Alles, was sich im Lauf der Zeit in ihr aufgestaut hatte, war haltlos aus ihr herausgesprudelt.

Frederick, der sich überfahren fühlte, konterte in einer hässlichen Art, die ihr wehtat. Längst gab sie sich nicht mehr der Illusion hin, sein anschließendes Schweigen könnte ein Anzeichen dafür sein, dass ihr Ausbruch etwas bei ihm bewirkt hatte. Im Gegenteil, sie wusste, dass die momentane Ruhe nur eine Pause vor noch heftigeren Auseinandersetzungen war.

Das große Auto ruckelte über die unebene Straße. Die Wurzeln der Pinien, die tagsüber Schatten gegen die enorme Sonneneinstrahlung boten, warfen den Asphalt von unten auf.

»Bescheuerte Politiker«, schimpfte Frederick, »für jeden Blödsinn geben sie das Geld der Steuerzahler aus, aber die Straßen zu reparieren fällt ihnen nicht ein.«

Den Rest der Fahrt sprachen sie nicht.

Als sie am Campingplatz ankamen, ging Henriette mit den Mädchen, die müde neben ihr hertrotteten, über den mit Nadeln übersäten Boden zu ihren Zelten.

Die Luft stand zwischen den Bäumen und Behausungen, und es war keinen Deut kühler geworden.

Der abgelegene Platz, auf dem sie campierten, war so dicht von alten Pinien umgeben, dass sie nicht einmal das Wasser der Lagune sehen konnten. Wollten sie an den Strand, mussten sie erst eine Holzbrücke überqueren.

Anfangs hatte Frederick den Kindern einzureden versucht, dass sie unmittelbar am Meer wären, aber Katharina hatte ihm den Unterschied zwischen einer Lagune und der offenen See recht schnell klargemacht.

Natürlich hatten die beiden, kaum dass sie die Umgebung erkundet hatten, gemault, sie wollten lieber auf einem anderen Campingplatz wohnen, einem am Meer, von dem aus sie mit Mietbooten Touren zu den kleinen Inseln machen könnten. Aber nach Fredericks rigorosem »Papperlapapp, Strand ist Strand und Wasser ist Wasser« war das kein Thema mehr gewesen.

Gestern Abend war Henriette mit einem geliehenen Fahrrad allein über die Verbindungsbrücke nach Grado gefahren und hatte die Altstadt erkundet.

Das Eis aus einer der vielen Dielen hatte sie genossen und

danach einen Limoncello in einer kleinen Bar am Hafen getrunken. Allerlei war ihr dabei durch den Kopf gegangen, und irgendwann war ein Entschluss in ihr gereift. Einer, der wohl schon länger darauf gewartet hatte, sich zu verfestigen.

Sie würde Frederick verlassen.

Viel zu lange schon hatte sie in der Opferrolle verharrt und war sich selbst und ihren Bedürfnissen dabei immer untreuer geworden. Genau genommen hatte sie sich verleugnet, aber damit war demnächst Schluss.

Dieser Urlaub war der Endpunkt.

Sie konnte nicht mehr länger verantworten, dass ihre beiden lebhaften und eigenständig denkenden Töchter zu Duckmäusern wurden, also musste sie handeln.

»Schlafen die beiden endlich?« Fredericks barsche Stimme riss sie aus ihren trüben Gedanken. Er stand mit geballten Fäusten vor ihr und sah sie an, als wäre sie die Herrin über den Schlaf der Kinder oder könnte durch Zeltwände sehen.

»Ich glaube schon, sie waren ziemlich erschöpft. Die Hitze setzt ihnen mächtig zu. Nun, vielleicht gibt es bald Abkühlung. Schau mal zum Himmel.«

Ein bedrohlicher Wolkenreif, dunkler noch als die hereingebrochene Dämmerung, umfasste den Himmel über der Lagunenlandschaft.

»Henriette, Abkühlung täte uns allen gut, dir besonders. Komm mal mit, außer Hörweite.«

Sie entfernten sich ein Stück vom Zelt der Kinder. Die aufkommende Nacht breitete sich mehr und mehr aus und ließ das matte Grün der Wiesen verblassen. Die Konturen der Pinien und Zypressen verschwammen in der Dunkelheit.

»Henriette«, begann er bedrückt, »lass uns doch einen Modus finden, in dem wir den Urlaub genießen können.«

»Frederick, dafür ist es zu spät. Mir reicht es endgültig. Und für die Mädchen ist es so auch nicht gut. Sie bekommen schon viel zu viel mit. Sobald wir daheim sind, solltest du dir eine Wohnung suchen.« Sie atmete durch.

Jetzt war es heraus.

»Nach all dem, was ich für dich getan habe, willst du mich verlassen? Aus dem gemeinsamen Heim werfen?« Er keuchte und sah sie an, als hätte sie ihn geohrfeigt.

Henriette fühlte unerwarteten Mut in sich aufsteigen. »Ja, ich werde dich verlassen. Nach all dem, was du mir *angetan* hast«, präzisierte sie und sah ihm dabei fest in die Augen.

»Na dann geh doch, du dumme Kuh. Aber die Kinder bleiben bei mir. Glaub mir, so eine Psychopathin, wie du eine bist, kriegt meine Töchter nicht.« Frederick hatte zu schreien begonnen und trat einen Schritt auf sie zu. »Ich bleibe in der Wohnung. Du wirst vor dem Nichts stehen. Dafür werde ich sorgen, und irgendwann wirst du darum betteln, zu uns zurückkommen zu dürfen.«

Er spuckte tatsächlich vor ihr aus, drehte sich um und stapfte davon.

Henriette blickte zum Himmel.

Der Blitz soll ihn treffen, dachte sie zornig und ließ den aufsteigenden Tränen freien Lauf.

10

Christopher taumelte, als er wieder einmal von der Toilette zurückkam. Es war noch immer unerträglich heiß, und die großen Mengen Bier und Schnaps, die er getrunken hatte, trieben ihm zusätzlich zur Urinproduktion den Schweiß auf die Stirn.

Johannes saß schon wieder über sein iPhone gebeugt. Er sah nicht mal auf, als Christopher sich ihm gegenüber auf den Stuhl fallen ließ.

Soll er doch machen, was er will, dachte Christopher, den das eigene Glück immer noch fest gepackt hielt, gleichmütig. Er wunderte sich, dass Johannes von der Hitze im Lagunen-Pub unbeeindruckt blieb. Keinerlei Schweißspuren auf seinem Gesicht oder Hemd. Der Alkohol hingegen war auch ihm inzwischen deutlich anzumerken.

Christopher, dem seit der letzten Runde Schnaps der Kopf schwamm, nahm eine Handvoll Erdnüsse und löste sie aus den Schalen. Das Knacken klang verwaschen in seinen Ohren. »Johannes«, nuschelte er, »der Champagner ist schon bestellt. Jetzt wird richtig gefeiert.«

Aber der Freund blickte kaum auf. Selbst als ein Kellner die Flasche und zwei Sektflöten auf den Tisch stellte, nickte er nur kurz und wandte sich wieder seinem kleinen Bildschirm zu.

Erst auf Christophers wiederholte Aufforderung ließ er sich dazu herab, mit ihm anzustoßen.

Egal, dann trank er eben allein. Durstig leerte er in rascher Folge drei Gläser.

»Christopher?« Johannes' Stimme drang wie durch Nebel zu ihm. »Geht es dir nicht gut? Du bist kalkweiß im Gesicht.«

»Alles ist gut«, wehrte er ab, »lass uns was zum Essen bestellen.«

Zwei Teller mit Grillhuhn und Pommes wurden wenig später an ihren Tisch gebracht. Christophers Magen konnte sich nicht entscheiden, ob er das Essen vertragen oder zurückweisen sollte. Anfangs aß er nur zögernd, aber mit jedem Bissen ging es ihm besser. Der Alkoholdunst in seinem Kopf hob sich ein wenig, und auch mit der Artikulation schwieriger Worte hatte er weniger Probleme als zuvor.

»Meine Annemarie hat mich zum glücklichsten Mann der Welt gemacht. Jetzt ist unsere Ehe endlich perfekt. Dazu hat bisher nur ein Kind gefehlt«, sagte er bestimmt und nagte an einem Hühnerbein.

Johannes sah ihn betrunken an. Seine Gesichtshaut war fahl. Ihm half die feste Nahrung augenscheinlich nicht. Christopher merkte, dass er über etwas nachgrübelte.

»Was ist los? Freu dich mit mir. Hast du dir noch nie ein Kind gewünscht? Ich jedenfalls bin glücklich.«

»Glück.« Johannes' Mundwinkel zuckten. »Ist Glück nicht etwas sehr Relatives?«

»Bist du jetzt Philosoph geworden? Ich spreche von einem ganz speziellen Glück. Meinem.« Christopher lachte so laut, dass sich die Leute am Nebentisch zu ihm umdrehten.

Holla! Die waren neu.

»Wo sind denn die beiden Streithähne von vorhin geblieben?«, fragte er laut.

Johannes schob seinen Teller von sich, stand auf und hielt sich an der Tischkante fest. Er schwankte. »Ich muss mal, und dann sollten wir los. Mein Limit ist weit überschritten. Rufst du ein Taxi?«

»Kommt nicht in Frage. Mir hat der Vogel gutgetan, ich bin fast wieder nüchtern und werde selbst fahren. Ich will morgen nicht extra wiederkommen müssen, um den Wagen zu holen.«

Vorsichtige Schritte setzend, wankte Johannes in Richtung Toilette. Das Läuten seines auf dem Tisch verbliebenen Handys hörte er nicht.

Neugierig nahm Christopher es in die Hand und las den Namen »Annemarie« vom Bildschirm ab.

Was für ein Zufall. Johannes kannte auch eine Annemarie.

Dem Anruf folgte eine SMS: *Liebling, hast du es Christopher endlich gesagt? Sein Handy …*

Weitere Worte wurden nicht angezeigt. Aber das war auch nicht nötig.

Schlagartig wurde Christopher endgültig nüchtern.

Annemarie betrog ihn mit seinem ältesten Freund! Und wahrscheinlich war sie nicht von ihm schwanger.

Johannes war der Vater.

Christopher ließ das Telefon auf den Tisch fallen und rief Richtung Kellner: »Schnaps!«

Es dauerte lange, bis Johannes zurückkam.

»Hast du gekotzt?«

Lauernd beobachtete er die Reaktion des Verräters.

»Alles gut«, lallte der und wischte einen Speicheltropfen aus seinem Mundwinkel. Er tastete nach dem Handy, das vor ihm lag, und versuchte sich zu konzentrieren. Augenscheinlich hatte er Schwierigkeiten, die Schrift auf dem Display zu entziffern. Dann warf er Christopher einen besorgten Blick zu. »Es hat geläutet?«, fragte er unsicher.

Christopher winkte ab. »Wie schon den ganzen Abend.« Eine eisige Ruhe hatte ihn erfasst.

Würde Johannes so dreist sein, jetzt und hier mit der Wahrheit herauszurücken? Wollte er in dieser Situation mit ihm über sein Verhältnis mit Annemarie sprechen?

»Bedrückt dich etwas?«, fragte er scheinheilig und überlegte dabei, ob er seine Faust in das Gesicht seines Gegenübers schlagen sollte. Gefallen würde es ihm.

»Reden wir lieber morgen. Ich brauche dazu einen klaren Kopf. Sonst läuft noch alles aus dem Ruder.«

Mit schwerer Zunge hatte Johannes den Satz hervorgebracht.

Aus dem Ruder, du Arsch, ist es schon längst gelaufen,

dachte Christopher und konnte sich mit einem Mal kaum noch zurückhalten.

Sein ganzes Leben, alles, wofür er gelebt und gearbeitet hatte, war verloren. Annemarie hatte ihn hintergangen. Und ihr über die Jahre von ihnen beiden so sehr herbeigesehntes Kind bekam sie nun von einem anderen. Nein, nicht von einem anderen, sie bekam es von Johannes, den er als seinen Freund angesehen hatte. Von ebenjenem Johannes, der hier auf seine Kosten wie die Made im Speck lebte, von Johannes, der ihm in diesem Moment gegenübersaß und so tat, als könnte er kein Wässerchen trüben.

Wie konnte ein Mensch so falsch sein? Wie konnten sie beide so falsch sein.

Wie konnten sie ihm das antun?

So einer bist du also, dachte Christopher bitter und sagte laut: »Lass uns aufbrechen.«

Beim Aufstehen schwankte Johannes so stark, dass Christopher ihn stützen musste.

»Kipp mir nicht aus den Latschen, ich muss dich noch ins Bett verfrachten«, sagte er betont freundlich und lächelte dem Kellner, bei dem er gezahlt hatte, beruhigend zu.

Draußen stoppten sie in der Nähe einer Laterne, deren Licht unruhig flackerte. Außer seinem Auto war in diesem Bereich des Parkplatzes kein Wagen mehr zu sehen.

Johannes hatte sich abgewandt und übergab sich keuchend. Mit den Armen umklammerte er die Laterne. Christopher konnte die Adern auf seinen Unterarmen hervortreten sehen.

Irgendwo, weit entfernt, schlug eine Autotür. Ein Motor brummte. Kies knirschte.

»Johannes!«

Langsam drehte Johannes sich zu ihm, und ein verwischtes Lächeln breitete sich auf seinem Gesicht aus. »Ich komme gleich.«

»Wie lange geht das schon zwischen dir und Annemarie?«

Das Lächeln verschwand aus Johannes' Gesicht.

Wut loderte in Christopher auf. »Du hast mein Leben zerstört.«

Er hatte es herausschreien, den Verrat in Johannes' Gesicht schleudern wollen, aber er brachte nur ein Zischen hervor.

Und Johannes stand einfach nur da.

Also begann er, auf Johannes einzuschlagen, und Johannes stand immer noch da und ließ es geschehen. Nicht einmal die Arme hob er, um sein Gesicht zu schützen. Dann trat Christopher ihm in den Magen.

Und Johannes stürzte nach hinten.

Er krachte mit dem Hinterkopf gegen eine Steinkante, gab ein unkontrolliertes Seufzen von sich und rollte zur Seite.

»Scheiße, Scheiße, Scheiße!«, schrie Christopher in die Nacht und beugte sich über ihn. »Steh auf, du Schwein!«

Doch Johannes rührte sich nicht, der Feigling stellte sich tot.

Schwer atmend stand Christopher neben ihm. Sein Kopf war leer, sogar der Zorn war verpufft.

Er bückte sich zu dem reglosen Körper hinab und rüttelte ihn. Im fahlen Licht der Laterne sah er, dass Johannes' Augen weit offen standen. Die Pupillen waren tiefschwarz und groß. Sie zeigten kein Leben.

Entsetzt hielt Christopher sein Ohr an Johannes' Lippen und Nase.

Nichts.

Nicht der geringste Hauch.

Seine zitternden Finger fanden ein Handgelenk und tasteten nach dem Puls.

Wieder nichts.

Johannes war tot.

Er musste die Polizei rufen.

Sie würden ihn einsperren, ins Gefängnis stecken. Für viele Jahre.

Dabei war es ein Unfall gewesen.

Nein.

Johannes war gefallen, weil er ihn geschlagen und in den Bauch getreten hatte.

Kein Unfall.

Mindestens Totschlag und für einen hungrigen Staatsanwalt vielleicht sogar Mord.

Also keine Polizei.

So gut als möglich untersuchte Christopher den Boden nach Blutspuren. Es waren keine zu erkennen, auch Johannes blutete nicht, soweit er es feststellen konnte.

Mit aller Kraft zerrte er den leblosen Körper zum Wagen.

Er war unglaublich schwer.

Immer wieder entglitt er ihm, dabei war Eile geboten. Im vorderen Teil des Parkplatzes standen noch ein oder zwei Autos, die letzten Gäste konnten das Pub jederzeit verlassen.

Mit einem Klicken sprang der Kofferraum auf, und Christopher wuchtete den Körper mit einer letzten gewaltigen Kraftanstrengung hinein.

Am Steuer begann er zu weinen.

Er legte den Gang ein und rollte langsam vom Parkplatz.

Tag 5

1

Es war schon nach Mitternacht.

Immer noch fuhr Christopher ziellos über die leeren Landstraßen der Lagune.

Die Pinien entlang der Straße, tagsüber freundliche Wegbegleiter, nun stumme Zeugen seiner schrecklichen Tat, hatten sich in dämonische Schatten verwandelt.

Christopher war nie religiös gewesen. Jetzt aber betete er verzweifelt zu jenem Gott, dessen fünftes Gebot er gebrochen hatte.

Konnte er ihm verzeihen?

Konnte irgendjemand ihm jemals verzeihen?

In stummer Panik suchte er nach einer Lösung, nach einem Plan.

Er wollte sein Leben zurück, sein geregeltes Leben.

Und dazu musste Johannes verschwinden.

Annemarie.

Was war mit Annemarie?

Mit ihr würde er sich arrangieren müssen. Nein, das mit Johannes durfte sie nie erfahren, genauso wie er das mit Johannes nie hätte erfahren dürfen.

Ausgleichende Gerechtigkeit?

Er nickte verbissen.

Wie hatte es überhaupt so weit kommen können?

Was hatte Annemarie dazu veranlasst, ihn zu betrügen?

Streitigkeiten?

Ja, mitunter kam es auch in seiner Ehe zu Meinungsverschiedenheiten. Aber alles in allem hatten sie doch ein harmonisches Leben miteinander geführt.

Weshalb nur dieser Betrug?

Johannes und Annemarie.

Wieder spürte er Wut in sich aufwallen.

Konzentriere dich, Christopher. Es geht um dein Leben. Es geht buchstäblich um alles.

Fest umklammerten seine Hände das Lenkrad. Er musste sich etwas einfallen lassen.

Johannes' Körper würde über kurz oder lang zu stinken beginnen. Eher über kurz, denn die Hitze war selbst jetzt unerträglich.

Was aber sollte er mit der Leiche anstellen?

Er musste sie loswerden, so viel stand fest. Doch dazu brauchte er Tageslicht. Er kannte sich hier nicht aus, und die Stelle musste perfekt gewählt sein.

Johannes durfte nie mehr gefunden werden.

Er überlegte.

Man hatte sie gemeinsam im Pub gesehen. Johannes und er waren nicht eben unauffällig gewesen, doch das machte nichts.

Das Problem war, dass sie danach nie im Hotel angekommen waren.

Also musste er zuerst dorthin zurück.

Schemenhaft zeichnete sich in seinem überreizten Hirn ein Plan ab. Er war nicht in der Lage, ihn auf Schwachstellen abzuklopfen, aber alles in ihm verlangte danach, sofort zu handeln.

Jetzt erst fuhr er vorsichtig und konzentriert.

Als die Hotelanlage vor ihm auftauchte, schaltete er die Scheinwerfer aus und bog leise in die Seitenstraße ein, die zum Parkplatz führte.

Dabei war das Abstellen des Fahrzeuges noch die geringste der zu überwindenden Hürden.

Er konnte sich nicht darauf verlassen, dass die Rezeption zu dieser späten Stunde unbesetzt war. Um morgen jedoch vorgaukeln zu können, dass sie gemeinsam ins Hotel zurückgekehrt waren, musste er den Bereich ungesehen passieren.

Also beschloss er, das Foyer seitlich über den dunklen Weg der hauseigenen Gartenanlage anzusteuern. Es roch intensiv nach Chlor aus dem Pool.

Seine verschwitzten Finger drückten die Chipkarte für die Tür der Junior-Suite in seiner Hosentasche so fest, dass er fürchtete, sie könnte Schaden nehmen.

Ehe Christopher die große Halle durch den Seiteneingang betrat, warf er einen prüfenden Blick durch eins der Fenster. Gäste saßen keine mehr in den Leder-Fauteuils, und vom Nachtportier war auch nichts zu sehen.

Rasch schlüpfte er ins Innere des Gebäudes und steuerte das Treppenhaus an.

Er hörte sein eigenes Keuchen. Schweiß perlte auf seiner Stirn, krampfhaft versuchte er, leise zu atmen.

Endlich lief er durch den Flur, in dem sich Zimmer an Zimmer reihte. Das Nachtlicht flackerte leicht und betonte dadurch noch die Absurdität seiner Lage.

Er hatte einen Menschen getötet. Im Affekt zwar, aber nun versuchte er, seine Tat zu vertuschen.

In der Suite ließ er sich stöhnend auf seinem Bett nieder.

Nein.

Er durfte nicht schlappmachen. Noch lange nicht.

Entschlossen nahm er den Hörer vom Haustelefon und wählte die Null für die Rezeption.

»Guten Abend«, grüßte er höflich und nannte Namen und Zimmernummer, »ich weiß, dass es spät ist, und die Bar wird wohl schon geschlossen sein. Aber meinem Freund im Nebenzimmer der Suite geht es nicht besonders, und ein oder zwei Magenbitter könnten vielleicht Abhilfe schaffen.«

»Die Bar ist tatsächlich schon geschlossen«, entgegnete eine freundliche Stimme, »vielleicht finden Sie etwas Passendes in der Minibar?«

Christopher bedankte sich überschwänglich, so als wäre er selbst nicht imstande gewesen, auf das Naheliegende zu kommen. Damit er seinem Gesprächspartner auch wirklich in Erinnerung blieb, bestellte er Frühstück für zwei Personen, zum frühestmöglichen Termin.

Nun war es wohl offensichtlich, dass sie zu zweit auf dem Zimmer waren. Mehr konnte er im Augenblick nicht tun.

Nur bei Annemarie musste er sich noch melden.

Zum Glück hatte er ihre Handynummer im Kopf. Über das Haustelefon wählte er und wartete.

Die verschlafene Stimme seiner Frau meldete sich erst nach einiger Zeit. »Christopher?« Sie klang besorgt. »Weshalb kann ich dich nicht mehr am Handy erreichen?«

Er räusperte sich. »Wir sind im Hotel, mein Handy ging bei unserem Gespräch zu Bruch.«

»Ist mit euch alles in Ordnung? Geht es Johannes gut?«

Hatte die Frau denn gar keinen Anstand? Wie lange wollte sie ihre Scharade noch aufrechterhalten? Aber gut, vielleicht war es besser so.

»Johannes«, sagte er vorsichtig, »ist sinnlos betrunken. Wir haben gefeiert, unser Baby, verstehst du? Und dabei hat er es wohl übertrieben.«

Annemarie schien erleichtert zu sein. Wahrscheinlich hatte sie schon mehrmals versucht, das Aas in seinem Kofferraum zu erreichen. Aber Tote hatten nun mal die Angewohnheit, nicht abzuheben.

Verdammt, was soll der Zynismus?, tadelte er sich innerlich und zwang sich zur Konzentration. Vielleicht konnte er den Status quo zwischen ihnen irgendwie halten, vielleicht würde doch noch alles gut werden.

Nein, da machte er sich wohl etwas vor.

Nichts würde wieder gut werden und ganz sicher nie mehr so wie früher. Es ging im Moment nur darum, die ultimative Katastrophe irgendwie abzuwenden.

»Du musst dich schonen«, sagte er fürsorglich, »jetzt, wo du schwanger bist. Verzeih die späte Störung.«

»Christopher.« Annemaries Antwort kam zögernd, so als suchte sie nach den richtigen Worten.

»Nein, Schatz«, sagte er schnell, »wir wollen für heute Schluss machen. Morgen ist auch noch ein Tag. Schlaf gut.«

Entschlossen legte er auf und ging ins Bad.

Gleich nach dem Frühstück auf dem Zimmer musste er los, einen geeigneten Ort finden, musste Platz in seinem Kofferraum schaffen, aber jetzt brauchte er dringend Schlaf.

Moment noch.

Müde wankte er in Johannes' Zimmer und zerwühlte das Bett. Gar nicht so einfach, stellte er fest. Immerhin sollte es echt aussehen.

Er drapierte noch ein leeres Whiskyfläschchen und Grappa aus der Minibar auf dem Nachtkästchen, dann erst war er endlich zufrieden.

Zufrieden? Er fragte sich, ob er jemals in seinem Leben wieder zufrieden sein könnte.

Im Bad verteilte er Zahnpastareste und Seifenschaum und hielt Johannes' Zahnbürste unter den Wasserhahn.

Nach dem Duschen warf er beide Badetücher auf den Boden.

Aus dem Spiegel sah ihm ein unbekanntes Gesicht entgegen.

War das wirklich er? Seine Augen waren blutunterlaufen, und um Nase und Mund hatten sich tiefe Kerben in die Haut gegraben.

Erschöpft schleppte er sich schließlich zum Bett und versank innerhalb weniger Sekunden in tiefen Schlaf.

Ein ekliges Gefühl drang in Christophers Traum. Er riss die Augen auf und stürzte ins Bad. Gerade noch rechtzeitig schaffte er es zur Kloschüssel. Schwallartig übergab er sich, bis nur noch bittere Galle hochkam.

2

Henriette konnte nicht schlafen.

Sie dachte an Mord.

Und wenn es nach ihr ginge, hätte sie ihre Opfer davor gequält.

Trotz der »biologischen Waffen«, wie Frederick die Mittelchen nannte, die sie aus Deutschland mitgebracht hatten und die er großzügig gegen die Stechmücken einsetzte, wurde Henriette von deren hohem Surren in den Wahnsinn getrieben. Und wegen des von Frederick versprühten Sprays fiel ihr zu allem Überfluss auch das Atmen schwer.

Wie oft hatte sie heute Nacht schon die Hand zum Schlag erhoben, sie auf das eigene Gesicht klatschen lassen und hätte stattdessen gern ihrem selbstgerecht schnarchenden Mann eins übergezogen.

Ja, so zu denken war ungerecht, aber übernächtigt und gequält, wie sie war, hatte sie jedes Recht dazu.

Gift kam ihr in den Sinn, sie könnte es ihm in den morgendlichen Kaffee träufeln, doch als das nächste Surren ihr Ohr malträtierte, verlegte sie sich auf drastischere Methoden mittels Axt oder Machete.

Dabei hatte sie selbstverständlich nicht ernsthaft vor, ihrem Mann etwas anzutun, und das nicht allein, weil sie zu feige war.

Sie wollte weg von ihm, aber sie hasste ihn nicht. Also Schluss mit den hinterlistigen Hirngespinsten.

Das hielt sie allerdings nicht davon ab, weiter vor sich hin zu grübeln. Sie wusste, dass ihre Entscheidung, ihn zu verlassen, unumstößlich und richtig war, dennoch liefen ihre Gedanken im Kreis.

Natürlich stand das Wohl ihrer Kinder im Vordergrund – bei keiner verantwortungsvollen Mutter wäre es anders –, und sie fragte sich, wie die Mädchen wohl auf die anstehenden Veränderungen reagieren würden. Aber ihr Grübeln hatte auch andere Ursachen.

Ihr viel zu geringes Selbstwertgefühl, zuerst klein gemacht, dann klein gehalten von einem Mann, der nur an sich selbst dachte, war ursächlich dafür verantwortlich, dass ihre Gedanken nicht zur Ruhe kamen.

Dabei wusste sie genau, was zu tun war.

Zurück in Hamburg musste ihr erster Weg zu einem Anwalt führen. Die Kinder, und das würde auch Frederick guttun, die Ferien dauerten schließlich noch lang, durften in dieser besonders schwierigen Zeit zu ihren Großeltern auf die Almhütte.

Wenn überhaupt etwas Henriette erleichterte, dann war es der Umstand, dass sie Frederick ihre Pläne mitgeteilt hatte.

So gab es kein Zurück mehr.

Wieder schlug sie entnervt nach einem der sirrenden Biester. Es ging ihr nicht darum, ihren Mann abzuzocken. Sie wollte Bargeld für die Hälfte der gemeinsamen Eigentumswohnung und einen Teil des Ersparten. Und natürlich Unterhalt für die Kinder. Um mehr ging es ihr nicht. Mit dem Geld konnten sie es sich leisten, zu dritt in einer gar nicht so schlechten Gegend unterzukommen.

Seine erste Reaktion, dass die Kinder bei ihm bleiben und sie selbst über kurz oder lang mittellos und um Vergebung bittend an seiner Tür kratzen würde, hatte sie eher lächerlich als ärgerlich gefunden. Es ging doch nur darum, für sich und ihre Kinder ein anderes, ein besseres Leben zu finden.

Jawohl, auch für sich.

Solange sie sich erinnern konnte, war sie für andere da gewesen, und bisher hatte sie das für ganz selbstverständlich gehalten. Allerdings war mit der Zeit das Gefühl hinzugekommen, ausgenutzt zu werden, und das ließ sich nicht mehr verdrängen.

Der Unfall war damals der Knackpunkt gewesen. Seither hatte ihr Mann sich verändert. Erst hatte er sich in seine Verletzung geflüchtet, danach wegen ihrer Fehlgeburt in ein Schuldbewusstsein, das sich immer mehr in Aggression wandelte.

Aber diesmal, auch das hatte Henriette sich vorgenommen, würde sie nicht zurückstecken.

So betrachtet fürchtete sie den von Frederick angedrohten Scheidungskrieg nicht. Immerhin hatte damals nicht, wie von ihr zu Protokoll gegeben, sie, sondern *er* volltrunken am Steuer des Unfallwagens gesessen. Auch wenn die Lüge ein Fehlverhalten gewesen war, das sie im Nachhinein bereut hatte, es war schließlich zu seinen Gunsten geschehen. Allerdings hoffte sie, dieses Druckmittel ihm gegenüber nicht einsetzen zu müssen.

Wieder hörte sie das Sirren bluthungriger Mücken nahe an ihrem Ohr. Nein, an Schlaf war so nicht mehr zu denken.

Leise wickelte Henriette sich aus den Decken und trat hinaus in die Nacht. Einen Moment lang meinte sie, das Salz des nahen Meeres auf ihren Lippen zu schmecken. Und es war schwül. Furchtbar schwül, kein Hauch war zu spüren, und die extrem hohe Luftfeuchtigkeit ließ das T-Shirt an ihrem Körper kleben.

Es musste inzwischen weit nach Mitternacht sein, aber bis zur Morgendämmerung dauerte es noch.

Dunkel hob sich das Zelt der Mädchen von der Umgebung ab. Obwohl sie es gleich neben dem großen Zelt der Eltern aufgebaut hatten, wirkte es schutzlos und irgendwie einsam.

Henriette machte einige Schritte und blieb dann wie angewachsen stehen. Irritiert sah sie um sich, denn ihr fiel auf, dass die Zikaden das nervtötende Zirpen eingestellt hatten.

Mit einem Mal herrschte völlige Stille auf dem Campingplatz.

Ein Gefühl von unmittelbar bevorstehender Gefahr erfasste sie.

3

Maddalena fuhr hoch.

Schweißgebadet tastete sie nach Franjo, aber sein Platz war leer.

Benommen lehnte sie sich ans Kissen, knipste das Licht an und sah sich um.

Dann fiel es ihr wieder ein.

Franjo war sauer gewesen, dass sie mit Scaramuzza und ihrer Mutter zu Abend gegessen hatte, und hatte nicht bei ihr zu Hause auf sie gewartet. Nur einen Zettel hatte er hinterlassen, eng beschrieben, aber diesmal standen keine netten Worte darauf: *Vielleicht überlege ich mir die Sache mit dem Restaurant noch mal. Vermutlich macht es keinen Unterschied, wo ich wohne, denn zu sehen bekomme ich dich hier genauso selten wie im Karst. Wenn ich jetzt bliebe, würden wir nur streiten, und dazu ist mir die Zeit mit dir viel zu kostbar.*

Nicht einmal unterschrieben hatte er.

Kurz war sie versucht gewesen, ihn anzurufen, aber das verbat ihr der Stolz.

Sie war zornig.

Auf Franjo, auf ihren überheblichen Chef sowieso, auf ihre Mutter, die diesen Klotz offensichtlich mochte, und am meisten auf sich selbst.

Nie brachte sie alles auf die Reihe.

Sie hatte angenommen, es wäre für Franjo in Ordnung, auf sie zu warten; dass sie ihn kränken könnte, war ihr nie in den Sinn gekommen.

Wie hätte sie sich auch gegen die Einladung ihres Chefs wehren sollen? Noch mehr Komplikationen mit Scaramuzza wollte und konnte sie sich nicht leisten.

Verärgert sprang sie aus dem Bett.

Sie ging in die Küche und stöberte im Schrank nach einem Päckchen Zigaretten.

Barfuß stand sie schließlich auf dem Balkon ihrer Villa und inhalierte den Rauch tief in ihre Lunge. Es bereitete ihr Vergnügen, sich vorzustellen, dass Franjo dieses Verhalten als kindisch bezeichnen würde.

Die Promenade war menschenleer, und das Meer schäumte nicht wie sonst gegen die Steine. Die Oberfläche war spiegelglatt und ähnelte einem Tuch aus Seide. Maddalena hielt nach dem Mond und den Sternen Ausschau. Doch der Himmel war dunkel. Der Ring aus schweren Wolken, den sie beim Abendessen auf der Dachterrasse des Hotels wahrgenommen hatte, hatte sich vollständig über der Stadt zusammengezogen.

Und es war still.

Nur ihre Atemzüge waren zu hören und das nervöse Spiel ihrer Finger mit dem Feuerzeug.

Sie fächerte sich Luft zu.

Der ersten Zigarette war eine zweite gefolgt, deren Stummel sie so lange hielt, bis die Glut erlosch. Dann warf sie die Kippen hinunter auf die Promenade.

Es war ihre Art, eine Tradition aufrechtzuerhalten. So viel zur These, dass Traditionen ausschließlich das Gute bewahren.

Sie lächelte.

Langsam wurde sie müde.

Sie ging wieder hinein. Nach einem langen Blick auf Franjos verwaistes Kissen schüttelte sie den Kopf und legte sich auf ihr Laken.

Sie schlief, kaum dass sie die Augen geschlossen hatte.

4

War er ein vom Sturm besessener Nerd?

Schüttete sein Körper Adrenalin aus, wenn er Daten hochrechnete, sich in Strömungen auf der Wetterkarte vertiefte und zu erstaunlichen, sich seinen Kollegen nicht erschließenden Ergebnissen kam?

Faszinierte ihn das Schreckliche?

Bereitete es ihm gar Glücksgefühle?

All das hatte er schon über sich gehört, verstärkt in den letzten Tagen.

Dennoch wusste er, dass er recht hatte.

Der Jahrhundertsturm würde kommen.

Er zuckte die Achseln. Inzwischen war ihm egal, was sie über ihn dachten.

Sie alle.

Nur die Reaktion von Isabella tat ihm noch weh.

Sie hatte seine Warnung nicht ernst genommen, sie buchstäblich in den Wind geschlagen, und für die Blumen hatte sie sich nicht einmal bedankt. Vielleicht wäre ein grünes Parfum in einem Apfelflakon mehr nach ihrem Geschmack gewesen? Vor Apfelbäumen jedoch, vor Bäumen jeder Art, wollte er sich in nächster Zeit hüten.

Giuseppe war mitten in der Nacht aufgewacht. Irgendetwas, wahrscheinlich die Sorge um die Region, hatte ihn hochschrecken lassen. Inzwischen war es längst nach Mitternacht, und er brütete immer noch vor sich hin.

Mit einem Mal kam ihm eine Idee. Trotz der enorm frühen Stunde, es war draußen noch vollkommen dunkel, machte er sich auf den Weg zu seiner Dienststelle.

Er musste diesen Schritt gehen. Gewitter zu jagen und Stürme zu verfolgen war seine Passion, ihren Weg vorherzusagen erinnerte Giuseppe allerdings an russisches Roulette.

Eine von zehn Kugeln traf vermutlich, welche, lag jedoch nicht im Auge des Betrachters.

Auf seinen Chef konnte er sich nicht verlassen, also musste er selbst die Verantwortung übernehmen.

Schon formten sich in seinem Kopf die Sätze der Unwetterwarnung, die er gleich online stellen würde: *Achtung, höchste Alarmstufe! Tornados entlang der Küste. Heftige Gewitter, orkanartige Regenfälle und Hagelschläge werden zwischen Lignano und Triest erwartet. Meiden Sie nach Möglichkeit das betroffene Gebiet.*

Als er losfuhr, war der Himmel über der Straße, die ihn nach Palmanova führte, von schwarzen Wolkenschichten bedeckt, in denen gefahrverheißende Blitze zuckten.

Er drückte aufs Gaspedal, doch anders als vermutet war er keineswegs der erste Mann vor Ort.

Das Gebäude der Meteorologischen Anstalt war hell erleuchtet. Giuseppe hastete die Treppe zum Großraumbüro hoch und lief direkt seinem Chef in die Arme.

»Junge«, sagte Ernesto, »du hast leider mit jedem Wort recht gehabt. Deine Prophezeiungen werden eben zur Wirklichkeit. Gerade bin ich dabei, das Team zusammenzurufen, wir treffen uns in wenigen Minuten, der Zivilschutz wurde bereits informiert.«

Wenig später besprachen sie gemeinsam die Situation.

Gewaltige Gewitterwolken hatten sich im Laufe der Nacht immer enger über der Region zusammengezogen. Auch aus Lignano und anderen Städten kamen inzwischen ähnlich alarmierende Meldungen. Es wälzte sich etwas Großes auf sie zu.

Freilich konnten Unwetter innerhalb kurzer Zeit ihre Zugrichtung ändern, aber die Front, die sich ihnen näherte, war zu gewaltig. Sie hatte dafür nicht den geringsten räumlichen Spielraum.

»Eine Superzelle.« Ernesto atmete schwer. »Ich habe eben die Sturmwarnung hinausgeschickt.«

Giuseppe nickte niedergeschlagen. Maßnahmen mussten

ergriffen werden. Viele Touristen besuchten derzeit Grado und Umgebung, und schon bald, gleichsam ab dem Morgengrauen, würde gemeinsam mit den ersten heftigen Vorboten des Unwetters der Berufsverkehr mit gewohnter Intensität einsetzen. Er musste dafür sorgen, dass die lokalen TV-Stationen und Radiosender seine Sturmwarnung wenigstens stündlich brachten.

Seine Gedanken kreisten ständig um Isabella. Er sah in der Aufgabe, sie vor dem Sturm zu warnen, auch die Chance, ihre Beziehung zu retten.

Sein Chef nahm ihn nach der Besprechung zur Seite. »Du siehst erschöpft aus. Fahr nach Hause und leg dich noch ein wenig aufs Ohr. Wir werden bald alle Hände voll zu tun haben und brauchen dich ausgeruht.«

Giuseppe wollte ablehnen, aber dann fiel ihm ein, dass er so noch einmal Isabella kontaktieren konnte.

Diesmal persönlich.

Beim Auto angekommen, wählte er zuerst ihre Handynummer. Allerdings rechnete er nicht damit, sie auf Anhieb zu erreichen, immerhin war es noch unglaublich früh.

Wie erwartet ging Isabella nicht dran, nur das Freizeichen war zu hören.

Entschlossen setzte Giuseppe sich hinter das Steuer. Noch hatte er die Straße beinahe ganz für sich allein. Jeden Moment erwartete er erste schwere Tropfen, die auf die Windschutzscheibe seines Autos prasselten.

Auf dem Damm, der die Insel mit dem Festland verband, erschrak Giuseppe über die dunkle Masse von Wolken, die vom grellen Zucken der Blitze erhellt wurde.

Das Wohnhaus, in dem Isabellas Appartement lag, war etwas außerhalb der Stadt, aber er war oft hier gewesen und fand den Weg mühelos.

In keinem der Fenster schimmerte Licht.

Er stellte den Wagen ab und drückte auf die Klingel neben ihrem Namen.

Keine Reaktion.

Immer wieder versuchte er es, bis in einem der Fenster über ihm Licht aufleuchtete. Eine Frau, Isabellas Nachbarin, er kannte sie flüchtig, beugte sich über die Brüstung ihres Balkons.

»Ihre Freundin ist nicht zu Hause. Sie verbringt die Nacht bei einer Kollegin, hat sie gesagt. Kann es sein, dass sie Ihnen aus dem Weg geht?«

5

Toto hatte Probleme zu schlafen.

Seit es so heiß war, tat er sich damit schwer. Einschlafen ging ja noch, weil er müde war, aber bald wachte er wieder auf, und da war es meistens noch, so wie heute, tiefe Nacht. Schweißüberströmt wälzte er sich dann von einer Seite zur anderen und wünschte sich, weiterschlafen zu können und in einen tiefen Traum zu fallen.

Dabei glaubten seine Schwester und seine Tante, er hätte den tiefsten Schlaf, den man sich nur vorstellen könne, nur weil er hin und wieder schnarchte. Aber wenn er wach war, dann war er wach.

So wie jetzt.

Olivia, die gern alles besser wusste als alle anderen, behauptete sogar, dass sie und nicht er es sei, die nicht schlafen könne. Aber Toto fand nicht, dass das ein Wettstreit war, deshalb sagte er nichts dazu.

Das Wachliegen in der Nacht mochte Toto nicht, weil ihm dabei meistens langweilig wurde. Heute aber hatte er etwas zum Nachdenken.

Nicht dass das angenehm war, aber beschäftigen musste er sich trotzdem mit dem Problem. Ihm ging einfach nicht aus dem Kopf, wie sehr der arme Davide leiden musste.

Auch wenn Davide das nicht wollte, inzwischen hatte Toto mit seiner Cousine Emilia gesprochen. Schließlich hatte er versprochen zu helfen. Auch wenn es kein Versprechen an Davide, sondern eines an sich selbst gewesen war, so durfte er es doch nicht brechen.

Leider war ihm gleich nach den ersten Worten, die er an Emilia gerichtet hatte, klar geworden, dass er einen Fehler gemacht hatte.

Dabei war er es geschickt angegangen, er hatte sie in ein

allgemeines Gespräch verwickeln wollen, aber irgendwie hatte das nicht funktioniert.

»Emi«, hatte er freundlich gesagt, »du darfst nicht mit österreichischen Männern im Boot hinausfahren. Die sind Fremde.«

»Spinnst du, Toto? Männer? Wovon redest du da? Misch dich nicht in meine und Davides Angelegenheiten. Wir kommen auch ohne deine Ratschläge zurecht.«

Dabei hatte er gar nichts von Davide gesagt. Aber Emilia hatte es trotzdem gewusst. Deswegen war Toto laut geworden.

»Schrei mich nicht an!«, hatte er gerufen und dann gefragt, weil es ihn seit dem Gespräch mit Davide nicht losließ: »Welches Boot haben die denn? Ein schnelles?«

Emilia musste lachen und war wieder nett zu ihm. »Toto, du bist unmöglich.«

Sie hatte ihm dann gestanden, dass sie bloß ein bisschen Spaß haben wollte und eben gern auf dem Wasser umherfuhr.

Das verstand Toto gut.

Heute, gleich in der Früh, würden sie und die Österreicher mit dem Boot eine Tour zu den kleinen Inseln machen und dort vielleicht sogar picknicken. Das hatte sie ihm gesagt. Aber sie hatte auch gleich den Kopf geschüttelt, sodass Toto gar nicht fragen musste, ob er vielleicht mitdurfte.

Vielleicht bleibt das Boot ja im Hafen liegen, wenn die Besitzer weg sind, hatte er bei sich gedacht, und vielleicht macht Emilia dann eine Ausfahrt mit mir. Also bat er sie, gut aufzupassen, wie man das Boot steuerte, und sie hatte genickt.

Jetzt aber fiel ihm Davide wieder ein, und mit einem Mal war alles nicht mehr so einfach. Schließlich würde Emilia nicht mit ihrem Freund, sondern mit den Besitzern des Bootes auf einer Insel picknicken, und davon sollte Davide zumindest wissen.

Er nahm sein Handy vom Nachtkästchen und schrieb ihm

eine Nachricht über WhatsApp. So konnte er gut sehen, ob und wann Davide sie gelesen hatte.

Toto konzentrierte sich so sehr auf das Schreiben, dass er die Sturmwarnung überhörte, die im leise nebenherlaufenden Radio durchgegeben wurde.

6

Beatrice stand erschöpft an einem der Fenster ihrer Station und schaute hinaus. Bald musste der Morgen hereinbrechen, doch noch war es dunkel. In der nächtlichen Schwärze lag etwas Bedrohliches. Schwere Wolken türmten sich am Firmament.

Der Anruf, der sie ins Krankenhaus zurückgeholt hatte, lag inzwischen mehrere Stunden zurück, und sie war müde wie selten zuvor. Vielleicht lag es an den ungewöhnlich hohen Temperaturen, vielleicht auch an dem sich anbahnenden Unwetter, jedenfalls war so viel zu tun gewesen, dass die Zeit wie im Flug vergangen war. Dennoch dachte sie immer dann, wenn sie so wie jetzt kurz verschnaufte, an Filippo und an jenen Augenblick in seinem Wagen, der ihre Welt durcheinandergewirbelt hatte.

Dabei war der Tag ganz anders geplant gewesen.

Kaum dass sie durch das Tor der Polizeistation ins Freie getreten waren, hatte Beatrices Telefon geklingelt. Sie musste das Gespräch annehmen, es war die stationsführende Schwester.

»Filippo …« Es war ihr unangenehm gewesen, ihm das zu sagen, weil es erst wenige Stunden her war, dass sie in das Date eingewilligt hatte, und sie ihre Pläne schon wieder über den Haufen werfen würde. »Ich muss heute doch ins Krankenhaus. Jetzt liegt auch noch Laura mit einer gewaltigen Sommergrippe im Bett, und die Personalsituation war, wie du weißt, vorher schon mehr als angespannt.«

»Und du warst die Erste, die sie anriefen, weil du mit deinem Helfersyndrom keine Bitte abschlagen kannst. Aber was rede ich da? Ich bin schließlich selbst keinen Deut besser.«

Filippo hatte bekümmert den Kopf geschüttelt, weil er ja wusste, wie der Hase lief. Bei Engpässen war es ganz normal, dass Überstunden gemacht werden mussten. Dennoch, er zeigte sich mehr als enttäuscht.

»Schau mich an, Bea, und versprich mir, dass wir uns so bald wie möglich zu unserem gemeinsamen Abendessen treffen.«

Sie hatte genickt und es so gemeint. »Heute geht es leider nicht, aber gleich morgen. Versprochen.«

»Vorher machen wir aber noch einen Besuch.« Er legte den Arm um ihre Schultern. »Dann bringe ich dich nach Monfalcone ins Krankenhaus. So musst du wenigstens nicht selbst fahren. Du bist ausgelaugt und wegen deiner Erinnerung zusätzlich belastet.«

»Das musst du nicht tun.«

»Überlasse das mir. Ich mache es gern. Wie lange hast du Dienst?«

»Genau weiß ich es nicht, aber ich werde irgendwann am Morgen abgelöst.«

»Soll ich dich in der Früh abholen?«

»Natürlich nicht. Schlafe du dich aus. Ich nehme den Autobus nach Grado, und wir telefonieren, wenn du wach bist. Ja?«

Er war einverstanden gewesen. Und dann war etwas geschehen, womit sie nicht gerechnet hatte. Bevor sie losfuhren, beugte er sich zu ihr und küsste sie auf den Mund. Es war ein unbeholfener Kuss, einer, der ihn vielleicht genauso überraschte wie sie, aber auch ein Kuss, der sie elektrisierte.

Danach war es eigenartig gewesen, neben Filippo im Wagen zu sitzen, alles hatte sich für sie geändert.

Und es fühlte sich richtig an.

Beatrice stützte ihre Ellbogen auf das Fensterbrett und lehnte ihre Stirn gegen die Scheibe. Die Sache mit Filippo würde sie langsam angehen lassen.

Als ihr bewusst wurde, welches Klischee sie ihrer beginnenden Liebesgeschichte überstülpte, musste sie grinsen. Blödsinn, dachte sie, wir haben schon viel zu lange gewartet.

Sie meinte, in den dunklen Wolken einen Blitz aufzucken zu sehen.

»Das ist sicher ein feuriges Omen für unser kommendes Glück«, murmelte sie amüsiert und wandte sich ab.

7

»Loredana.«

Sie fuhr hoch. Ihr Bruder stand ausgehfertig bekleidet in der Schlafzimmertür und starrte sie an.

»Alonso, es ist noch dunkel, weshalb um Himmels willen weckst du mich?«

»Ich konnte nicht schlafen, lass uns versuchen, in Ruhe über unsere Probleme zu sprechen.«

Seufzend stand Loredana auf. Das war typisch für ihren Bruder. *Er* litt unter Schlaflosigkeit, und *sie* musste aufstehen.

Es ist immer das Gleiche zwischen uns, überlegte sie, er will etwas, und ich springe. Auf jemanden, der uns hier so am Küchentisch sitzen sieht, wirken wir dagegen vermutlich wie ein älteres Ehepaar, friedlich in ein Gespräch vertieft.

Nur die Katzen schrien nach Futter. Aber das taten sie immer.

»Sie werden einfach nicht satt«, entschuldigte sie sich, »ich habe keine Ahnung, wie viel ihnen guttut, also habe ich am Abend auf gut Glück die Näpfe gefüllt.« Loredana spürte erneut das unangenehme Kratzen in ihrer Kehle, das mehr als einen Huster versprach.

»Dann wundert es mich nicht, dass sie ausgehungert sind. Du warst immer schon geizig.«

»Lass mich mit den Biestern in Ruhe. Ich sehe gar nicht ein, sie füttern zu müssen. Schon beim Gedanken daran bekomme ich einen Asthmaanfall. Mach es selbst.« Wieder ertappte sie sich dabei, wie sie sich vor ihrem Bruder rechtfertigte.

»Loredana, du hattest dein ganzes Leben lang noch kein Asthma. Geschweige denn einen Anfall oder Schock. Diese allergischen Reaktionen finden einzig und allein in deinem Kopf statt, so wie alles andere auch.«

»Ja? Das letzte Nacht war also eine meiner optischen und

akustischen Halluzinationen und der Besuch gestern am Nachmittag wohl auch?«

Alonso sah sie durchdringend an.

Das Klopfen an der Haustür war sehr laut und beharrlich gewesen.

»Ist es wieder die Polizei?« Diesen Seitenhieb hatte sie Alonso nicht ersparen wollen. »Wahrscheinlich wollen sie wissen, wo du an dem Abend warst, als der Junge verschwand.«

Alonso jedoch winkte unwillig ab. »Das werden die Leute vom Tierheim sein, die die Katzen holen.«

»Was?« Loredana hatte ihren Bruder entgeistert angestarrt. Alonso wollte seine Schmusetiere loswerden? »Ich dachte, du hattest vor, deinen Lebensabend mit Tante Dolores' Kuschelzoo zu verbringen? Wie konnte ich mich so irren?«

Er grinste böse. »Dir kann man auch alles erzählen. Du bist so was von naiv, dass es fast schon wehtut. Natürlich bleiben die Katzen bei mir.«

Kopfschüttelnd hatte Loredana geöffnet und stand einem angegrauten Paar gegenüber.

Die Zeugen Jehovas, dachte sie und murmelte: »Wir sind und bleiben katholisch.«

Sie hatte die Tür wieder schließen wollen, aber als sie die verblüfften Gesichter der beiden Leute sah, hielt sie mitten in der Bewegung inne und schaute genauer hin. Die Frau kannte sie doch von irgendwoher.

»Wohnen Sie hier?«, fragte der Mann mit sonorer Stimme und musterte sie abschätzend.

Loredana fand die Frage mehr als unangemessen, sie fand sie frech. »Wo denn sonst? Immerhin gehört das Haus mir.«

Der Mann konnte sich ein Lächeln nicht verkneifen, wurde aber sofort wieder ernst und warf seiner Begleiterin einen fragenden Blick zu.

Die senkte verlegen den Kopf.

Und in ebendiesem Moment fiel Loredana wieder ein, woher sie die Frau kannte.

»Alonso!«, rief sie erschrocken, und ihr Bruder kam widerwillig herangeschlurft. »Das ist sie.« Aufgeregt deutete Loredana auf die Frau. »Sie war gestern Nacht vor unserem Haus. Sie hat mich angestarrt. Sie hat geweint und geschrien. Das ist das Mädchen mit den langen Haaren.«

»Ja, ich bin es«, sagte die Frau ruhig, und ein trauriger Schatten huschte über ihr zartes Gesicht.

Der Mann legte den Arm beschützend um ihre Schultern. Sie schienen sehr vertraut miteinander zu sein.

Alonso machte einen aggressiven Schritt auf die beiden zu, aber das Paar wich keinen Millimeter zurück.

»Was zum Teufel wollen Sie von uns?«

»Könnten wir kurz mit Ihnen sprechen?« Wieder war es der Mann, der die Frage stellte.

»Dazu sehe ich nicht die geringste Veranlassung. Da könnte ja jeder kommen.« Die Stimme ihres Bruders klang herablassend.

Loredana ging augenblicklich dazwischen. »Selbstverständlich. Kommen Sie herein«, sagte sie und hielt den beiden demonstrativ die Tür auf.

Die beiden Besucher stellten sich als Arzt und Krankenschwester aus der Klinik in Monfalcone vor, nannten ihre Namen und nahmen ein wenig verlegen am Küchentisch Platz.

»Wir stören Sie nur ganz kurz«, erklärte der Mann, »aber wir möchten uns über einen Punkt Klarheit verschaffen, der uns sehr zusetzt.«

Wie sehr, sah Loredana, denn die Frau hatte zu zittern begonnen und ließ ihren Blick durch den Raum schweifen. Ihr Atem ging viel zu schnell. Die Unruhe schien sich auf die Katzen zu übertragen, denn sie strichen nervös um ihre Beine. Die Frau aber schien das nicht zu bemerken.

Loredana sah die Falten im Gesicht der Frau und fragte sich, ob ihr Gegenüber ebenfalls bemerkte, was das Alter ihr über die Jahre angetan hatte. Wehmütig erinnerte sie sich an die Nacht, in der diese Frau, damals ein schönes, weinendes Mädchen, unter ihrem Fenster im Garten gestanden hatte.

»Ich denke, ich weiß, weshalb Sie hier sind.« Loredana musste das sagen, sie konnte nicht länger schweigen.

Entschlossen stieß sie die Hand ihres Bruders beiseite, der sie am Weiterreden hindern wollte.

»Wir sind einander zwar nie persönlich begegnet«, fuhr sie unbeirrt fort, »aber ich habe Sie schon zwei Mal gesehen. Vom letzten Mal, gestern Nacht, haben wir bereits gesprochen. Sie haben geweint und geschrien.«

Sie hielt kurz inne und begegnete Alonsos vernichtendem Blick. »Ich kenne den Grund für Ihre Tränen. Und bedauere das alles sehr.«

»Bea«, warf der Mann besorgt ein, »wenn dir das alles zu viel wird …«

»Bitte sprechen Sie weiter«, sagte die Frau und sah Loredana unverwandt an.

»Wir sind Nichte und Neffe einer Frau, die früher hier in diesem Haus Mädchen in Not geholfen hat. Unsere Tante ist vor Kurzem verstorben, und wir sind ihre Erben.«

Die Frau atmete hörbar auf. »Wissen Sie, weshalb ich gestern Nacht so verstört war? Ich habe mir eingebildet, Sie wären Ihre Tante, obwohl mir klar war, dass das unmöglich ist. Aber Sie sehen ihr sehr ähnlich. Dass ich eines dieser Mädchen war, denen Ihre Tante geholfen hat, wissen Sie also. Damals, als Sie mich das erste Mal sahen, war es gerade geschehen, und ich war sehr durcheinander.«

Loredana blies überrascht die Haare aus ihrer Stirn. Ihr war nicht bewusst gewesen, dass sie ihrer Tante so ähnlich sah. Es musste an der Frisur und der gleichen Körpergröße liegen. Sie würde ihr Haar schneiden und den Pony rauswachsen lassen.

Sie wollte niemanden durch ihr Äußeres an Tante Dolores erinnern.

Geflissentlich mied sie Alonsos hämischen Blick.

»Auch in der Nacht, als Ihre Tante mein Kind im Garten

begrub, begriff ich kaum, was passiert war«, erzählte die Frau weiter.

Der Mann hatte sich direkt an Loredana gewandt. »Illegale Abtreibungen werden hier doch nicht mehr vorgenommen?«

Empört war Alonso aufgestanden. »Das reicht jetzt. Verlassen Sie unser Haus. Und zwar sofort.«

Loredana hatte sich ebenfalls erhoben und begleitete die beiden hinaus.

»Hören Sie«, sagte sie an der Tür. »Ich kann Ihnen versichern, dass das alles sehr lange zurückliegt. Wir waren Kinder und bekamen davon nichts mit. Als ich Sie mit meiner Tante im Garten sah, damals, in jener Nacht, da dachte ich, Sie begraben eine der Katzen.«

Die Frau hatte noch immer traurig gewirkt, doch sie reichte ihr freundlich die Hand. »Danke, dass Sie sich Zeit genommen haben«, sagte sie und sah Loredana dabei etwas verlegen an.

Ihr Begleiter gab ihr ebenfalls die Hand. »Wir sind beide erleichtert, mit Ihnen darüber gesprochen zu haben.«

Loredana hatte zustimmend genickt. Es tat gut, reinen Tisch zu machen.

Als sie ins Haus zurückgekehrt war, hatte Alonso mürrisch am Küchentisch gesessen, ganz ähnlich wie jetzt.

»Natürlich war der Besuch gestern real«, entgegnete er bissig, »nur wirft er mehr Probleme auf, als du vielleicht denkst.«

Alonso stand auf und ging unruhig hin und her. So nervös kannte sie ihn gar nicht.

»Alonso, du weckst mich in aller Frühe auf und ergehst dich in dunklen Andeutungen. Willst du mir nicht endlich sagen, was los ist?«

»Manchmal, früher«, sagte ihr Bruder, »hat Tante Dolores mit mir Wein getrunken. Sie meinte dann immer, mir alles Mögliche über den Anbau, die Sorte und so weiter erklären zu müssen.«

»Wann früher?« Loredana richtete sich auf. »So viel älter

als ich bist du nicht. Wann hat sie mit dir getrunken, und wo war ich?«

»Du hast geschlafen. Sie öffnete eine Flasche nach einem guten ›Abschluss‹, wie sie es nannte.«

»Hast du sie nie gefragt, worum es sich dabei handelte?«

»Nein, ich hatte so eine gewisse Vermutung, nur waren mir Tante Dolores' Abschlüsse damals völlig gleichgültig. Es hat mich nicht im Geringsten interessiert, warum und was sie feierte. Ich war einfach nur stolz darauf, mit ihr Wein trinken zu dürfen, weil ich wusste, dass in unserem Alter Alkohol verboten war. Und es hat mir Spaß gemacht, dass du oben schliefst und keine Ahnung davon hattest. Dabei hat mir das Zeug nicht mal geschmeckt.«

Loredana schob eine der schwarzen Katzen unsanft mit dem Fuß beiseite. Sie fauchte und sprang auf das Fenstersims. Draußen vor dem Fenster wurde es langsam heller, der Morgen begann zu grauen.

Ihr Bruder fuhr fort: »Erst später habe ich begriffen, dass mit unserer Tante nicht alles in Ordnung war. Und irgendwann ging ich der Sache mit den Katzengräbern im Garten nach. Danach gab Dolores mir hin und wieder Geld, sie hat sich mein Schweigen quasi erkauft.«

Loredana nickte.

»Diese Leute werden das Ganze nicht auf sich beruhen lassen«, sagte ihr Bruder nervös.

»Da magst du recht haben, aber uns beide betrifft das alles nicht unmittelbar.«

Alonso fuhr hoch. Sein Gesicht war mit einem Mal kreidebleich.

»Verstehst du denn nicht?«, fuhr er sie an. »In unserem Garten liegen auch Knochen, die weder einer Katze noch einem Fötus gehören können. Sie sind dafür viel zu groß.«

Der Sturm

1

Johannes schrie.

Christopher konnte seine verzweifelten Rufe hören.

Es war stockdunkel, das Nachtlicht auf dem Parkplatz des Hotels war erloschen. Er sah nichts, wusste nicht, wie er es in der Finsternis bis hierher geschafft hatte, stand erstarrt vor dem Kofferraum seines Autos. Hilflos vernahm er die gequälten Laute, die gedämpft durch die Verschalung nach draußen drangen.

Ihm fiel die kleine Taschenlampe ein, die an seinem Schlüsselbund hing, einst ein liebevolles Geschenk seiner Annemarie. Er knipste sie an. Der schwache Lichtpunkt schwebte über dem Kofferraum.

Und dann begann das Klopfen.

Johannes wollte hinaus.

Das Klopfen wurde fordernder.

Die Rufe drängender, lauter.

Gleich würde der Kofferraumdeckel aufschwingen.

Gleich würde sich Johannes vor ihm aufrichten.

Christopher fuhr hoch.

Kein Kofferraum, das Pochen kam von der Tür.

Als er öffnete, stand mit schüchternem Blick eine Servierkraft vor ihm.

Sie deutete auf den Servierwagen.

»Ich wollte Sie nicht erschrecken. Sie haben den Nachtportier angewiesen, Sie verlässlich zu wecken und Ihnen Frühstück aufs Zimmer zu bringen.«

»Alles gut.« Christopher räusperte sich und strich die verschwitzten Haare zurück. »Stellen Sie die Sachen auf den Tisch.«

»Ich hatte auch schon an der anderen Tür geklopft, aber keine Antwort erhalten.« Sie lächelte entschuldigend. »Es ist ja auch noch sehr früh.«

Christopher verzog das Gesicht. »Wir haben gestern ordentlich einen draufgemacht, da fällt das Aufstehen schwer. Trotzdem wollen wir gleich einen Ausflug machen. Wissen Sie, es gab Grund zum Feiern. Ich werde Vater.«

»Da gratuliere ich Ihnen«, sie stellte die Tabletts mit dem Frühstück ab, »allerdings sollten Sie vorsichtig sein, es gibt eine Sturmwarnung, ein Unwetter zieht auf. Vielleicht verschieben Sie Ihren Ausflug lieber.« Ihr Deutsch war erstaunlich gut.

»Bis Aquileia werden wir es wohl schaffen.« Christopher drückte ihr ein großzügiges Trinkgeld in die Hand und rief in Richtung der Verbindungstür: »Johannes, aufstehen, es gibt Frühstück.«

Als sie gegangen war, aß er von beiden Tellern und trank Kaffee aus zwei Tassen.

Appetit hatte er keinen, aber Kraft würde er brauchen. Alle Kraft der Welt.

Dann duschte er, zog sich an und verließ den Autoschlüssel umklammernd die Suite.

Unbemerkt gelangte er auf den Parkplatz.

Die Morgendämmerung hatte bereits eingesetzt, sie tauchte die Anlage in ein unschönes Grau und ließ das Grün der gepflegten Wiese und das Bunt der Blumenrabatten verblassen. Sogar das Poolwasser schimmerte schmutzig grau.

Und über allem lag eine unnatürliche Stille.

Da stand sein Audi, eingeparkt zwischen anderen Autos. Christopher wagte einen kurzen Blick zum Kofferraum, nur um sich zu vergewissern, dass sein böser Traum nicht Wirklichkeit geworden war.

Der Deckel war fest geschlossen, und kein Laut drang aus dem Inneren.

Die Schwüle der letzten Tage hatte sich noch einmal gesteigert, der Himmel war mit schweren dunklen Wolken bedeckt.

Aber was scherte ihn das? Es konnte kaum Schlimmeres geschehen, als bereits passiert war.

Sollte das Unwetter doch kommen!

Als Christopher die Wagentür aufsperrte, empfing ihn ein süßlicher Geruch. Johannes schickte ihm seinen ganz besonderen Gruß, und als er hinter dem Steuer saß, sich Sitz und Spiegel ein wenig zurechtrückte, begann das Pfeifen in seinen Ohren.

Tinnitus, jetzt bekam er auch noch einen Tinnitus!

Klingen, Klopfen, Hämmern und Stechen wechselten sich in rhythmischer Folge ab.

Und Johannes spukte in seinem Hirn.

Entschlossen drückte Christopher auf den Anlasser und fuhr los.

Bis auf einen Radfahrer war die Straße leer. Vorsichtig fuhr er in einen Kreisverkehr und nahm die Ausfahrt zum Damm. Rechts und links stand das Wasser der Lagune unnatürlich still, es spiegelte die tiefgraue Farbe der Wolkenbänke. Fortwährend zuckten Blitze über den Himmel und erinnerten Christopher an die furchteinflößenden Bilder aus einem Religionsbuch, das seine Volksschulzeit begleitet hatte. Auch gemeinsam mit Annemarie bestaunte Gemälde der Apokalypse in diversen Museen fielen ihm ein.

»Nacht ohne Morgen«, das hatte Annemarie vor einem der Bilder gesagt, kryptisch und damals für ihn nicht nachvollziehbar. Nun musste er, einem Zwang gleich, diese Worte immer und immer wieder vor sich hersagen. Wenigstens übertönten sie das Grollen in seinen Ohren.

Wohin aber mit der Leiche?

»Höllenverdammnis!«, brüllte er den verwaisten Nebensitz an. »Was hast du mir angetan, liebster Freund, schlimmster Feind? Wohin zum Teufel soll ich mit dir?«

Zu Gott.

Die Antwort bildete sich ohne sein Zutun in seinem Kopf.

Sie war sein Stichwort.

Und wo fand er nach landläufiger Überzeugung diesen Gott?

Wie gut, dass er, trainiert von Annemarie, alle Reiseführer und Prospekte der umliegenden Sehenswürdigkeiten durchstöbert hatte. So war er auch auf das Pub in der Lagune gekommen, aber wichtiger noch, so kannte er die Kirchen und Kapellen in der Umgebung. Sein ehemaliger Freund, das hatte er eben beschlossen, sollte in der Nähe eines Gotteshauses begraben werden.

Der Servierkraft gegenüber hatte er vorhin Aquileia erwähnt, und in diese Richtung war er auch unterwegs. Dort stand die berühmte Kathedrale, aber die kam natürlich nicht in Frage. Kein Mensch konnte dort unbeobachtet eine Leiche abladen.

Er musste also eine Kirche finden, die kaum bekannt war, unbesucht, eine, die im Verborgenen lag.

Er blinkte und stellte das Auto in einer kleinen Parkbucht ab.

Mal überlegen.

Sein übermüdetes Hirn ließ die in Frage kommenden Flecken in seinem Kopf Revue passieren.

Nun ja, es gab vielleicht tatsächlich eine passende Stelle. Es war ein verlassener Pilgerort, nur kurz in einem der Reiseführer erwähnt, ein Gotteshaus oder wohl eher eine Kapelle und in der Lagune versteckt gelegen.

Nie hätte Christopher sich träumen lassen, dass eine dieser kaum bekannten Sehenswürdigkeiten, über die er mit Johannes gesprochen hatte, nun zu dessen letzter Ruhestätte werden sollte.

Für Ausflüge dorthin wurde das Fahrrad empfohlen, aber zur Not konnte man auch mit dem Auto hinkommen. Und dass es sich hier um einen Notfall handelte, stand außer Frage.

Zurück auf der Landstraße bog er scharf links in einen Feldweg ein und fluchte, als der teure Audi über Steine und Schlaglöcher rumpelte.

Verdammte Schotterstraße! Und dazu noch der Himmel, der eine drohende Botschaft nach der anderen sandte.

Aber Blitze allein konnten ihn nicht aufhalten.

Was war das überhaupt für ein merkwürdiges Wetterphänomen? Wolken, übereinandergeschichtet, eine dunkler als die andere, mit zuckenden Blitzen, die sich nicht entschließen konnten, ihre Schutzzone zu verlassen. Und kein Tropfen Regen.

Endlich schien er sein Ziel erreicht zu haben.

Da oben, das musste die Kirche sein.

Er bremste scharf, grober Kies knirschte unter seinen Rädern.

Mit dem Wagen kam er nicht ganz bis nach oben. Die Kapelle thronte auf einem kleinen Hügel. Eine niedrige Steinmauer umschloss einen Friedhof mit wenigen Gräbern und das Gebäude. Über allem schwebte der Geruch von Weihrauch und verwelkten Blumen.

Hier, an diesem einsamen Ort, wollte Christopher eine Stelle finden, an der er Johannes verscharren konnte.

In seinem Kofferraum befanden sich neben dem Satz Golfschläger und der Leiche – langsam wurde der Platz knapp – auch eine Schaufel und ein Spaten. Die Gerätschaften waren ursprünglich für Annemaries anzulegenden Garten gedacht gewesen, zu dessen Gestaltung sie aber nie Zeit gefunden hatten.

Als er das Auto verließ, stellte er zufrieden fest, dass das Gewitter sich noch zurückhielt.

Auf dem Hügel drehte er eine Runde, schaute sich um und sah durch ein Dickicht an der Stirnseite des Friedhofs Wasser glitzern. Erstaunt registrierte er, dass er am Rande der Lagune stand.

Schweiß tropfte von seiner Stirn, sein Poloshirt war durchtränkt, sein Körper nass geschwitzt, dabei hatte er noch nicht mal angefangen zu graben.

Und dann geschah etwas, das Christopher zutiefst erschreckte.

Die Hitze, die eben noch die Luft hatte stillstehen lassen, wurde innerhalb weniger Sekunden zu eisiger Kälte. Ein Schauer zog über seine Haut, und er begann haltlos zu zittern.

Die Blitze, verborgen in den Wolken, durchbrachen ihre Schutzmembran und entluden sich mit Salven von Regen und dröhnendem Donner abrupt zu einem gewaltigen Gewitter.

Christopher konnte sich vom Anblick dessen, was er sah, nicht losreißen.

Eine dicke Säule aus wirbelnden Winden hatte sich gebildet und torkelte über die Lagune direkt auf ihn zu.

Nach einer Schrecksekunde hatte Christopher erfasst, was gerade geschah: Ein Tornado nahm Kurs auf ihn.

Ein echter Tornado!

Er drehte sich um und stolperte den Hügel hinab. So schnell er konnte, lief er zum rettenden Auto.

Im letzten Moment gelang es ihm, vom Sturm umweht, hinter das Steuer zu gleiten. Er brauchte seine ganze Kraft, um die Wagentür zuzuziehen.

Erleichtert atmete er auf, doch sofort schlug dieses Empfinden in blankes Entsetzen um. Hier war er keineswegs in Sicherheit.

Mit einem wütenden Fauchen hob der Sturm seinen Audi mühelos empor und wirbelte ihn durch die Luft.

Als der Wagen auf dem Boden aufprallte, hatte Christopher bereits das Bewusstsein verloren.

2

Toto hatte die ganze Nacht über kein Auge zugetan.

Vielleicht, überlegte er, sollte er das Wachsein mit seinem Handy filmen, damit Tante Antonella und seine Schwester ihm endlich glaubten.

Jetzt, am frühen Morgen, war er fürchterlich müde, aber er hatte auch Angst.

Irgendetwas, das ahnte er, war nicht in Ordnung. Er spürte das kommende Unheil, ohne es benennen zu können, und er verstand nicht, weshalb die anderen gar nichts bemerkten.

Dazu machte er sich immer noch Sorgen um seine Cousine. Emilia war sein Ein und Alles. Vielleicht mochte er sie sogar noch mehr als seine Schwester und Tante.

Seit er denken konnte, hatte er versucht, sie zu beschützen, nicht immer war ihm das auch gelungen. Aber diesmal musste er handeln, bevor ihr etwas wirklich Schlimmes zustieß.

Davide hatte die WhatsApp-Nachricht erhalten, das zeigten ihm die zwei grauen Häkchen, aber gelesen hatte er sie noch nicht. Wahrscheinlich schlief er, und Toto beneidete ihn darum, auch wenn das hieß, dass Davide ihm jetzt nicht helfen konnte.

Er musste selbst aufstehen, sich anziehen und zu Emilia laufen. Aufs Waschen verzichtete er, immerhin war Eile geboten, aber er vergaß nicht, das Handy einzustecken.

Irritiert durch das Blinken seines Radioweckers ging er noch schnell zu seinem Nachtkästchen. Heute brauchte er den morgendlichen Alarm nicht.

Gerade als er ihn ausschalten wollte, hörte er die aufgeregt klingende Stimme eines Moderators.

»Aus der Wetterzentrale des Zivilschutzes in Palmanova erreicht uns seit dem frühen Morgen eine Sturmwarnung: Das Gebiet rund um Grado und Monfalcone wird in den nächsten Stunden von schweren Stürmen und Unwettern heimgesucht.

Sogar Tornados können sich bilden. Die Bevölkerung soll unbedingt geschützte Räume aufsuchen.«

Toto nickte.

Er trat in den Flur, riss Olivias Tür auf und stürzte zu ihrem Bett. Fest rüttelte er an ihrer Schulter. »Wach auf! Los! Ein Hurrikan rast auf uns zu. Wir müssen Emilia retten.«

Erschrocken fuhr seine Schwester hoch.

»Toto, was ist denn los?«

»Für Fragen reicht die Zeit nicht. Zieh dich an und komm mit zu Tante Antonella.« Er musste so streng mit ihr reden, sonst funktionierte das nicht. Schon hatte er das Zimmer wieder verlassen.

Tante Antonellas Haus stand ganz in der Nähe.

Vielleicht lag es an seiner Aufregung, jedenfalls war er schweißüberströmt, als er an ihrer Haustür klingelte.

Es dauerte viel zu lange, bis endlich geöffnet wurde und eine Gestalt im Morgenmantel vor ihm stand.

»Emilia!«, schrie er in höchster Panik. »Hör zu. Du darfst nicht aufs Meer. Ein Hurrikan ist angesagt. Sie warnen davor im Radio.«

Doch es war die Hand seiner Tante, die sich auf seinen Arm legte. »Toto«, sagte sie sanft, »beruhige dich. Was ist denn geschehen?«

Sie zog ihn ins Haus.

Die Worte sprudelten nur so aus ihm heraus, und Tante Antonella wurde blass.

So schnell es sein verkrüppelter Fuß erlaubte, eilte Toto die Treppe zu Emilias Zimmer hinauf. Die Tür war nur angelehnt, und so war er nicht überrascht, als er ihr leeres Bett sah.

»Tante«, rief er, »der Vogel ist ausgeflogen.«

Von unten erklang jetzt auch Olivias Stimme, sie und Tante Antonella redeten über den nahenden Sturm.

»Toto, wo ist das Kind? Sag uns alles, was du weißt.«

Bevor er es ihr erklären konnte, läutete es, und Davide stürzte ins Haus.

»Ich habe deine Nachricht eben gelesen, Toto. Wo ist Emilia? Sie darf nicht raus aufs Meer. Ein mächtiges Unwetter bahnt sich an.«

»Wir müssen zum Yachthafen, von dort wollte Emi zu einer der Inseln fahren.« Toto zog Davide mit sich.

»Hoffentlich kommen wir nicht zu spät.« Tante Antonella weinte.

Im kleinen Hafen lagen die Boote dicht an dicht, über ihnen drohte eine Fläche aus schwarzen Wolken die Morgendämmerung zu verschlucken.

»Da«, Toto zeigte stolz auf eine der Yachten, »das sind die Österreicher.« Er schaute genauer hin. »Und Emilia geht eben an Bord.« Auch wenn er große Angst um seine Cousine hatte, so war Toto doch stolz auf die korrekte Formulierung.

Davide lief eilig voraus, Tante Antonella, Olivia und Toto folgten etwas langsamer.

Mit einem Mal aber, sie spürten es deutlich, wurde die Hitze von Kälte verschlungen.

Toto sah einen dunklen Turm über das Meer auf sie zurasen. »Schaut!«, rief er. »Ein Rauchfang hat sich von einem der Schiffe gelöst.«

Tante Antonella und Olivia schrien gleichzeitig auf, sie packten Toto und zogen ihn in einen nahen schützenden Durchgang. Das Unwetter brach los.

Blitze fielen in wilder Folge aus den Wolken, und Donner hallte ununterbrochen. Toto fror, und obwohl sie einander hielten, schüttelte der Wind sie wild durcheinander.

Inzwischen hatte Davide Emilia erreicht.

Toto sah, dass sie und die Österreicher die Kaimauer noch nicht verlassen hatten. Jetzt, da der Sturm zu wüten begann, wandten sie sich wieder dem sicher erscheinenden Land zu.

Hoffentlich war es noch nicht zu spät. Sie taumelten durch den Regen, der wie eine Sturzflut vom Himmel fiel.

Da sah Toto etwas, das er niemals wieder vergessen würde.

Das Boot, in das Emilia gerade hatte steigen wollen, wurde gegen zwei andere Boote geschleudert und krachte gegen die Hafenmauer. Fast gleichzeitig wurde ein in Ufernähe stehender Baum entwurzelt und schlug ins schäumende Wasser.

Sturm und Regen verwandelten den frühen Morgen in finstere Nacht, erhellt nur durch die Lichterorgel der Blitze. Durch das Getöse hörte Toto verzweifelte Schreie und Wimmern.

Emilia und Davide hatten sich zu ihnen durchgekämpft, gemeinsam stemmten sie sich gegen den Sturm. Toto wusste, dass sie alle am ganzen Körper zitterten, und wunderte sich, dass er kaum Angst verspürte.

Ihm war auch kalt, aber nicht ums Herz herum.

Bisher war das einer der Sprüche gewesen, die Toto nicht verstanden hatte, kalt war immerhin kalt, aber nun wusste er, was damit gemeint war.

»Danke«, sagte Emilia an seiner Seite. »Danke, Toto, du hast mir das Leben gerettet.«

Und Toto lächelte, denn plötzlich war ihm trotz des gewaltigen Sturms nicht nur ums Herz herum warm.

3

»Kann es sein, dass Ihre Freundin Ihnen aus dem Weg geht?«

Die leicht dahingesagten Worte von Isabellas Nachbarin enthielten so viel Bosheit, dass Giuseppe sie zuerst gar nicht richtig einordnen konnte.

Dann traf ihn der Schmerz.

Flüchtete seine Geliebte tatsächlich vor ihm?

Wie auch immer. Wenn er sie warnen wollte – und das wollte, nein, das *musste* er –, sie aber auf seine Nachrichten nicht reagierte und auch nicht den Hörer abnahm, dann musste er zu ihr. Krampfhaft begann er zu überlegen.

Isabella war bei einer Freundin, nein, bei einer Kollegin, hatte die Unruhestifterin erklärt. Das konnte nur entweder ihre Chefin aus dem Blumenladen sein oder die andere Floristin, die schon länger als Isabella dort arbeitete. Die Chefin war verheiratet, hatte zwei kleine Kinder, schied also vermutlich aus, blieb noch die andere. Einige Male schon hatte er sich Geschichten aus deren verkorkstem Liebesleben anhören müssen. Zwar hatte er geduldig an Isabellas Lippen gehangen, in seinem Kopf war allerdings wenig von dem Erzählten haften geblieben.

Einen Bernhardiner, der Gloria hieß, gab es, daran konnte er sich erinnern. Aber auch nur deshalb, weil Gloria trotz des Namens ein Männchen war. Genau, jetzt fiel es ihm wieder ein: Isabellas Kollegin hatte ihn eitel nach sich selbst benannt. Wohnten der Hund und sein Frauchen nicht in der Pineta?

Doch, so war es.

Von dort aus, hatte Isabella erzählt, unternahm diese Gloria ausgiebige Strandläufe, und oft genug führte ihre Kollegin den Köter bis zum Blumenladen in Grado Gassi, wo der arme Bernhardiner dann stundenlang vor der Tür auf sie warten musste.

Isabella hatte eines der wenigen Hochhäuser dort erwähnt

und sich gefragt, ob der riesige Hund in dem kleinen Lift überhaupt Platz fand oder mit seinem Frauchen täglich die unzähligen Stiegen hinaufsteigen musste.

Jedenfalls wusste Giuseppe nun, wohin er musste, in einem der Hochhäuser würde er sie finden. Wenn er Glück hatte. Was aber, wenn die beiden sich mit dem Köter zu einem morgendlichen Spaziergang entschlossen hatten? Nicht auszudenken, was passieren konnte.

Sein Herz pochte schnell und laut, als er losfuhr.

Im Rückspiegel sah Giuseppe die schwarze Wolkenwand, in der die Blitze jetzt unaufhörlich zuckten, unaufhaltsam näher rückten.

Zum Fotografieren blieb keine Zeit.

Wäre es nicht so gefährlich, könnte man von einem berauschenden Naturschauspiel sprechen, dachte er und wünschte sich inbrünstig, mit seiner Prognose zumindest ein bisschen falschzuliegen.

»Lass mich zur Pineta gelangen, dorthin, wo ich Isabella vermute, bevor du richtig loslegst«, betete er zum Gott des Sturmes, der, wie er wusste, erbarmungslos war.

Während des Fahrens versuchte er Isabella abermals zu erreichen. Erfolglos.

Er biss die Zähne zusammen und trat noch fester aufs Gas.

Insgeheim musste er seiner Mutter ein klein wenig recht geben, was die Charakterbildung seiner Isabella betraf.

Heilige Mutter Maria!

»Mama«, entfuhr es ihm entsetzt.

An sie hatte er bis vor einer Sekunde gar nicht mehr gedacht.

Wie konnte das nur passieren? Was war er für ein elender Sohn! Sie war mindestens so sehr in Gefahr wie Isabella.

Andererseits war sie vernünftig, vernünftiger jedenfalls als seine Liebste. Wenn der Sturm losbrach, und es konnte jetzt jederzeit so weit sein, würden keine zehn Pferde sie aus der Wohnung bringen.

Dennoch nahm er schuldbewusst das Handy vom Beifahrersitz.

Während er auf das Gaspedal drückte, wählte er ihre Nummer.

»Nein«, sagte die Stimme seiner Mutter, in die sich Empörung geschlichen hatte. Sie denke nicht im Traum daran, dem Unwetter draußen die Stirn zu bieten, und wie er überhaupt auf so eine absurde Idee gekommen sei.

Beruhigt legte er auf.

Auf Mutter ist eben Verlass, dachte er und blickte wieder in den Rückspiegel.

Was er sah, ließ ihn aufschreien.

Er bremste scharf, aber die mächtige Windhose hatte seinen Wagen bereits erfasst.

Giuseppe wurde die Luft aus den Lungen gepresst, so schnell drehte sich alles um ihn herum. Und dann war er selbst es, der sich drehte.

Kopfüber hing er in der Fahrerkabine seines Wagens. Hals über Kopf, war sein letzter Gedanke, Hals über Kopf verliebt. So heißt es doch?

Dann krachte sein Wagen zurück auf die Straße und wurde von einem ausscherenden Lkw erfasst.

4

Jetzt, da ihr Dienst fast zu Ende war, lächelte Beatrice ununterbrochen. Sie freute sich auf Filippo, freute sich darauf, bald wieder in seiner unmittelbaren Nähe zu sein, sie freute sich, weil sie sich ihm anvertraut hatte und weil es plötzlich jemanden gab in ihrem Leben, einen, der sie geküsst hatte – sie freute sich schlicht, dass sie lebte.

Freilich war da, zwischen all den Glücksgefühlen versteckt, auch ein Hauch von Unbehagen, eine sanfte Brise der Angst. Als sie versuchte, diesem Empfinden nachzuspüren, wurde ihr klar, dass sie Angst hatte, die Kontrolle über ihr Leben zu verlieren.

Unsinn, dachte sie und schmunzelte. Sie schloss kurz die Augen und sah Filippo, den grauen Filippo, in einem strahlenden Licht. Ich kann gar nichts verlieren, nur gewinnen. Also lasse ich mich darauf ein, sagte sie sich.

Als sie im Schwesternzimmer in ihre Straßenschuhe schlüpfte, hörte sie ihre Kolleginnen extralaut miteinander sprechen. »Jetzt hat sich unsere Beatrice endgültig überarbeitet. Schaut sie nur an. Ihre Augen glänzen, und die Wangen sind rot. So wie es aussieht, hat die Gute Fieber, und wenn ihr mich fragt, dann ist es ein ganz besonderes Fieber. Ich fürchte, die Ärmste hat sich verliebt.«

Beatrice winkte ihnen beim Hinausgehen zu, und sie strahlte.

Die Haltestelle des Busses, der nach Grado fuhr, war nur wenige hundert Meter vom Krankenhaus entfernt, doch trotz der kurzen Strecke war sie, als sie ankam, in Schweiß gebadet. Die Temperatur war unerträglich, sogar unter dem leichten Shirt hielt sie es kaum aus. Zu Hause musste sie als Erstes unter die Dusche und dann gleich ins Bett.

Sie freute sich auf den Abend mit Filippo.

Ein Glücksgefühl durchströmte sie.

Schläfrig nahm sie die dunkle Wolkenbank wahr, sie sah noch schwärzer aus als vorhin, als sie in den frühen Morgenstunden am Fenster gestanden hatte. Blitze veranstalteten darin ein Feuerwerk und ließen sie gespenstisch aufleuchten.

Endlich bog der Bus um die Ecke. Zu dieser Stunde war er meist überfüllt, heute aber saßen nur wenige Fahrgäste auf den noch reichlich vorhandenen Plätzen.

Beatrice sank auf einen der Sitze und lehnte ihre Wange müde an die Fensterscheibe. Sogar die war heiß.

Ihr Handy kündigte eine Nachricht an.

Es war Filippo. Sie lächelte.

Bea, bleib bitte im Krankenhaus. Es gibt extreme Sturmwarnungen. Ich hole dich ab, sobald das Unwetter weitergezogen ist.

Bin schon im Bus, schrieb sie zurück und lächelte weiter. Wollte er sie etwa bemuttern?

Ein berstender Knall ließ sie hochfahren. Mit einem Schlag entlud sich das Element, und binnen Sekunden überflutete Regen in reißenden Strömen die Straße.

Von ihrem Platz sah sie das entsetzte Gesicht des Fahrers im Rückspiegel. Seine Hände umklammerten das schwere Lenkrad so fest, dass die Knöchel weiß hervortraten.

Und Beatrice sah, warum.

Irgendetwas Gewaltiges kam direkt auf sie zu.

Ein Tornado?

Der Busfahrer bremste scharf ab, und Beatrice machte sich klein.

Vor ihnen wurde ein Wagen erfasst und wie ein Federball durch die Luft geschleudert. Ein Lastwagenfahrer versuchte auszuweichen, verriss das Steuer und krachte, als der Sturm es freigab, frontal in das Auto.

Dann donnerte der Bus direkt in den Lkw, und beide Fahrzeuge schoben den kleinen Wagen noch ein Stück weiter über die Straße. Hinter ihnen fuhr ein Lieferwagen auf.

Beatrice hörte panische Schreie, quietschende Reifen und splitterndes Glas.

Dazu das furchtbare Heulen des Windes.

Dann war auf einmal alles still.

Sogar die Schreie waren nicht mehr zu hören.

5

Henriette war unruhig.

Natürlich lag diese Nervosität an den besonderen Umständen, schließlich würde sich ihr Leben in absehbarer Zeit grundlegend ändern.

Sie musste sich Situationen stellen, Dinge meistern, die bisher in Fredericks Aufgabenbereich gefallen waren. Und sie wollte dem gewachsen sein. Es hatte ja durchaus auch etwas Reizvolles an sich, einen neuen Lebensabschnitt zu beginnen.

Aber da war noch etwas anderes, etwas, das ihre Nervosität vergrößerte. Eine innere Spannung hatte von ihr Besitz ergriffen, die sich von Minute zu Minute steigerte.

Still, um Frederick nicht zu wecken, lag sie neben ihm und lauschte seinen Atemzügen. Tief und gleichmäßig waren sie. Er schlief und schien keineswegs beunruhigt oder betroffen durch ihr ernstes Gespräch.

Henriettes Rücken und Nacken schmerzten. Im Zelt war es unbequem, und sie schwor sich, niemals wieder einen Campingurlaub zu buchen. Fortan kämen für sie nur noch Hotels mit Wellnessbereichen in Frage.

Erst als sie es überhaupt nicht mehr aushielt, schälte sie sich abermals vorsichtig aus ihrem Schlafsack. Leise schlüpfte sie ins Freie. Rings um sie herum schien alles zu schlafen, aus keinem der Zelte drang Licht.

Soweit es die sich wild überlappenden schwarzen Wolkentürme zuließen, brach der Morgen heran. Langsam wurde es hell. Während der Nachtstunden hatten sie es geschafft, die Dunkelheit noch schwärzer zu machen.

Die Blitze, vorhin ein starkes Wetterleuchten, hatten an Intensität zugenommen.

Eigenartig, dachte Henriette und ging ein paar Schritte zum Wasser der Lagune. Wo Blitze sind, folgt üblicherweise

Donner, hier aber ist das nicht der Fall. Es musste sich um ein außerordentliches Wetterphänomen handeln.

Eine böse Vorahnung keimte in ihr.

Henriette drehte sich um. Sie wollte ihr Handy holen und einen Blick auf die Wetter-App werfen.

Und sie brauchte einen Pullover, denn die unerträgliche Schwüle war auf einmal in Kälte umgeschlagen.

In diesem Moment entlud sich über ihr der Himmel. Regensalven prasselten von einer Sekunde zur anderen herab, und ein mächtiger, eiskalter Wind kam auf.

Die alten Bäume knarrten gequält, ihre Kronen neigten sich tief. Henriette fuhr herum und starrte gebannt auf eine breite schwarze Windhose, die über die Lagune auf den Campingplatz zuwirbelte.

Ein Tornado.

Es war ein Tornado.

Blitze, Donnerschläge, Regenmassen.

Sie wurde von Entsetzen erfasst.

Mussten sie sterben?

Mit einem Mal wusste sie, was sie zu tun hatte.

Henriette traf die erste wichtige Entscheidung in ihrem neuen Leben. Sie stürzte zum Zelt der Kinder, das wild vom Wind umtost wurde. Auf einer Seite waren die Verankerungsheringe bereits aus dem Boden gerissen, gewaltige Kräfte zerrten an den Leinen.

»Frederick, hilf mir!«, schrie sie. »Leonie, Katharina, raus mit euch!«

Andere Rufe wurden laut. Leute stürzten aus ihren Zelten.

Schrien. Rannten.

Panik brach aus.

Wie war es möglich, diesen mächtigen Sturm zu überleben?

Leonie kroch quälend langsam aus ihrer Behausung, Katharina hinterher, und beide starrten ihre Mutter aus schreckgeweiteten Augen an. Die Haare flogen um ihre Gesichter.

»Mama!«

»Frederick!« Noch einmal schrie sie, und die Kinder fielen in ihre Rufe ein.

»Papa!«

»Fort von hier!« Henriette packte die Mädchen, zerrte sie weg vom Zelt.

Eine Pinie krachte neben ihnen zu Boden. Eine zweite, die über dem Zelt der Kinder, knickte ein wie ein Streichholz und fiel genau auf die Stelle, an der sie eben noch gelegen hatten.

Henriette spürte einen stechenden Schmerz an der Schulter, ein Ast hatte sie gestreift.

»Papa!«, brüllten die Kinder gegen den Wind.

Zu dritt liefen, stolperten, rannten sie in Richtung der Waschanlage.

Von Frederick keine Spur.

Andere Campingplatzgäste erreichten gemeinsam mit ihnen den schützenden Block aus Beton.

»Wo ist Papa?«

Ja, wo blieb Frederick?

Es würde ihr nichts anderes übrig bleiben, als zurückzulaufen und nach dem Vater ihrer Töchter zu suchen. Dabei war das Bedürfnis, bei ihren beiden Mädchen im Schutz des Sanitärgebäudes zu bleiben, überwältigend. Aber sie konnte Frederick nicht seinem Schicksal überlassen.

»Ich hole ihn«, sagte sie, doch die Mädchen klammerten sich verzweifelt an sie.

»Mama, bleib. Ich habe Angst.« Katharina weinte laut, und Leonie sah sie mit leichenblassem Gesicht an. Ihre Lippen zitterten.

»Sie können da jetzt nicht wieder raus.«

Ein Mann stand plötzlich vor ihr und machte eine bekräftigende Kopfbewegung. »Sie riskieren Kopf und Kragen. Wir befinden uns mitten in einem Tornado, es grenzt an ein Wunder, dass wir es bis hierher, in relative Sicherheit, geschafft haben.«

Sie wusste, er hatte recht.

Wie zur Bestätigung seiner Worte rüttelte der Sturm kreischend am Dach des Gebäudes.

Sanft machte sie sich von den sie umklammernden Händen der Mädchen los und stürzte hinaus.

»Frederick!«

Der Wind riss das Wort von ihren Lippen.

Orientierungslos taumelte Henriette durch den Orkan. Etwas traf sie an der Stirn, und in ihrem Kopf explodierte der Schmerz.

»Frederick!«, schrie sie abermals, dann stürzte sie und verlor das Bewusstsein.

Als sie die Augen aufschlug, lag sie im Waschhaus, und ihre Töchter beugten sich über sie. Irgendjemand hatte ein feuchtes Handtuch auf ihre pochende Stirn gelegt.

Leonie weinte. »Mama, du musst bei uns bleiben, du darfst auf keinen Fall mehr hinaus, es ist viel zu gefährlich. Ein Mann hat dich gefunden und hereingetragen. Geht es dir wirklich gut?«

Katharina fragte gleichzeitig: »Papa, hast du Papa gefunden?«

Zweimal schüttelte Henriette den Kopf.

6

Maddalena stand mit einem Becher Kaffee und der ersten Zigarette nach einem kurzen, traumlosen Schlaf auf dem Balkon ihrer kleinen Villa.

Immer noch war sie müde, und es war so schrecklich schwül.

Wie schon in den letzten Tagen gab es auch heute einiges für sie zu tun. Zwei Dinge allerdings standen auf ihrer Liste ganz oben.

Sie musste unbedingt mit Emmanuele reden, und dann wollte sie sich Susanna, die kleine Schönheit, vornehmen. Maddalena wollte, was in der Badehütte geschehen war, nicht auf sich beruhen lassen. Immerhin hatten sie Zeit und Geduld in die Ermittlung investiert.

Vielleicht schaffte sie es danach sogar noch, der Villa Esperanza einen Besuch abzustatten. Die Frau, die gestern in Begleitung des Arztes bei ihr vorgesprochen hatte, hatte sie tiefer beeindruckt, als sie es sich zuerst eingestehen wollte.

Trotz der Schwüle genoss Maddalena den heißen Kaffee und fragte sich schuldbewusst, wie sie nur so lange auf die köstliche Zigarette hatte verzichten können.

Sie blickte hinaus auf das Meer und bemerkte erstaunt, dass alle Geräusche um sie herum verstummten.

Dann schlug die Hitze um, eisige Kälte breitete sich aus.

Maddalena, die eben noch geschwitzt hatte, fröstelte übergangslos und rätselte erschrocken, woher dieser eisige Hauch auf einmal kam.

Sie blickte zum Himmel hoch und erschrak ein zweites Mal.

Schwarze Ungetüme von Wolken, erhellt von zuckenden Blitzen, brachen dort und schickten Unmengen von Regen zur Erde. Beim ersten Donnerschlag zuckte sie zusammen, der kleine Balkon erzitterte buchstäblich vom Widerhall.

Und dann sah Maddalena, wie sich der Tornado über das Meer auf ihre kleine Stadt zuwälzte.

Sie ließ Zigarette und Kaffeetasse fallen und stürzte ins Haus.

Mit all ihrer Kraft warf sie sich von innen gegen die Balkontür, versuchte, sie gegen die Macht des Sturmes zu schließen.

Es war ein Kampf, ein richtiger Kampf.

Endlich hakte das Schloss ein, und das beängstigende Heulen wurde ein wenig leiser.

Mit zitternden Fingern – warum auch immer, Maddalena konnte es sich auch später nicht erklären – sperrte sie ab.

Der Sturm peitschte Regenmassen gegen die Fensterscheiben, und Maddalena kam es so vor, als drückte er boshaft das Glas Millimeter um Millimeter aus seiner Verankerung.

Gebannt beobachtete sie das Schauspiel, riss sich nur mühsam los und wich an die äußerste Wand zurück. Sekunden später stoben Scherben in ihre Richtung, der Orkan hatte sich einen Weg in ihr Haus erobert.

Maddalena flüchtete ins Schlafzimmer und hörte, wie Ziegel vom Dach flogen. Ein Teil der Brüstung ihres Balkons brach entzwei und stürzte auf die Promenade.

Sie hastete von Zimmer zu Zimmer, versuchte, die hölzernen Fensterläden zu schließen, aber es war bereits zu spät. Jene, die der Sturm nicht bereits aus ihrer Verankerung gerissen hatte, ließen sich nicht bewegen, sie wurden von der Kraft des Sturms erbarmungslos festgehalten.

Vor dem Haus wirbelte ihr Fahrrad durch die Luft, als wäre es leicht wie ein Spielzeug.

Und der Himmel war nachtschwarz.

Franjo!

Hoffentlich befand er sich nicht gerade auf dem Weg vom Karst nach Grado.

Wo war ihr Handy?

Suchend lief sie durch das Haus, über und neben sich nichts

als Dröhnen, Grollen, das Peitschen des Regens und Rütteln des Sturmes.

In der Küche fand sie ihr Telefon. Sie atmete auf und löste es vom Ladekabel, an das sie es kurz zuvor gedankenlos angesteckt haben musste. Sie konnte sich beim besten Willen nicht daran erinnern.

Doch der Sturm musste die Stromleitungen gekappt haben, denn ihr Handy hatte kaum mehr Akkuleistung.

Sie sah einige Anrufe in Abwesenheit. Alle in den letzten Minuten, alle vom Heulen des Sturms überdeckt. Zoli, ihre Mutter, Fanetti.

Franjo, ihr Franjo, war nicht darunter.

Mit klopfendem Herzen wählte sie seine Nummer.

Es kam keine Verbindung zustande.

Während sie versuchte, ihre Mutter zurückzurufen, warf sie einen Blick aus dem gartenseitigen Fenster. Eben wuchtete der Sturm zwei der Zypressen mitsamt ihren Wurzeln aus dem Boden und warf sie achtlos zur Seite.

Maddalena wurde übel.

»Maddy«, hallte die Stimme ihrer Mutter in ihrem Ohr. »Geht es dir gut?«

»Ja, Mama!«, rief sie, erleichtert, die Stimme ihrer Mutter zu hören. »Und du? Bist du verletzt?«

»Nein. Bei uns ist alles so weit in Ordnung. Aber der Sturm hat eine gewaltige Kraft. Achille ruft schon seit Minuten alle vorhandenen Einsatzkräfte zusammen.«

»Gut.«

Der Commandante wohnte im obersten Stock eines der wenigen Hochhäuser mitten in Grado und hatte sich dort eine Kommandozentrale eingerichtet, wie ihre Mutter einmal scherzhaft erzählt hatte. Maddalena konnte ihn sich gut vorstellen, wie er jetzt Anweisungen in sein Handy brüllte.

»Mama, ich kann Franjo nicht erreichen. Ich mache mir große Sorgen.«

Maddalena lief zum gegenüberliegenden Fenster und sah

sprachlos riesige Wellenberge und Steine, ja sogar Felsenstücke die Promenade überrollen.

»Oben im Karst soll es nicht so schlimm sein«, entgegnete ihre Mutter. »Der Tornado fegt die Küste entlang und über die Lagune, so viel habe ich aus Achilles Gesprächen mitbekommen. Bis nach Kroatien soll der Ausnahmezustand reichen. Bleib zu Hause. Ist auch eine Anordnung deines Chefs.«

Sie legte auf, fast unmittelbar darauf kam der nächste Anruf.

Herrgott, lass es Franjo sein.

Es war Zoli.

Aufgeregt berichtete er, dass in der Zentrale die ersten Unfall- und Verletztenmeldungen hereinkamen. Camper in ihren Wohnmobilen hätten die Plätze fluchtartig verlassen und seien auf dem Weg in die Stadt, von der sie sich Schutz erhofften. Auch Fanetti habe sich vor Kurzem gemeldet. Seine Freundin Ginevra und er seien zu Hause. Er habe vom Chaos auf der Colmata berichtet. Der Park unter seinem Fenster gleiche einem Schlachtfeld, die Spielgeräte der Kinder, Schaukeln, Wippen und Kletterwände, lägen im Gras verstreut zwischen entwurzelten Bäumen. Auch in seinem Wohnviertel sei es zappenduster, und von seinem Balkon sei ein Stück der Balustrade abgebrochen.

Maddalena bedankte sich für die Information und beendete das Gespräch.

Franjo, dachte sie zunehmend besorgt.

Sein Gasthaus im Karst, vielleicht war er ja noch dort.

Mateja, Franjos Mutter, hob ab.

»Ich kann dich kaum verstehen. Es rauscht in der Leitung«, knurrte die alte Frau.

»Franjo. Bitte hole ihn. Sein Handy hat keinen Empfang. Es ist wichtig.«

»Maddalena«, Matejas Stimme klang streng, »ich werde mich nicht in eure Probleme einmischen, aber eins kann ich dir verraten. Franjo hat gestern Nacht eine Flasche Vitovska getrunken und ist heute sehr früh losgefahren. Nach Grado. Wegen des Restaurants.«

Genau das hatte sie befürchtet.

Franjo war unterwegs zu ihr.

»Falls du von ihm hörst, sag ihm, er soll sich sofort bei mir melden.«

»Das kann ich gern machen, ob er sich daran hält, weiß ich nicht.« Ohne sich zu verabschieden, beendete Franjos Mutter das Gespräch.

Schreckensbilder zogen vor Maddalenas innerem Auge vorbei: der tödliche Unfall ihres Vaters, ihr eigener mit demselben Motorrad. Und jetzt war Franjo im Sturm, lag vielleicht schon unter einem umgestürzten Baum oder war von den Klippen ins Meer gespült worden.

Die Ungewissheit zerrte an ihren Nerven.

Sie brauchte Klarheit.

Sie musste zu ihm.

Und war doch dazu verdammt, auf Nachricht von ihm zu warten.

7

Diesmal stand Loredana in Alonsos Zimmer.

Er war erst vor zwei Stunden wieder nach oben gegangen, und sie hatte lange überlegt, ob sie ihn wecken sollte. Wie er überhaupt schlafen konnte, verstand sie nicht.

Ihr angstverzerrtes Gesicht spiegelte sich, vom Leuchten der Blitze erhellt, in der Fensterscheibe. Die Bäume im Garten schwankten bedrohlich im Sturm.

Es war unfassbar.

Alonso lag seelenruhig schlafend im Bett, während draußen die Welt unterging.

Wieder krachte ein berstender Donnerschlag, der den Raum erzittern ließ. Gleich musste das Dach vom Haus fliegen.

Aber ihr Bruder rührte sich noch immer nicht. Nur an seinen gleichmäßigen Atemzügen erkannte sie, dass er lebte. War er taub oder einfach nur desinteressiert an allem, was um ihn herum passierte und ihn, seiner Meinung nach, nicht betraf?

Sie hatte dieses Phlegma in ihrer gemeinsamen Kindheit nie bemerkt, er war wohl erst mit den Jahren so geworden.

Loredana rüttelte an seiner Schulter, er murrte etwas Unwirsches und drehte sich von ihr weg.

»Alonso!« Sie sagte es so laut, dass er hochschreckte.

»Was?«, fragte er verwirrt und setzte sich auf.

»Nimmst du Betäubungsmittel? Draußen ist die Hölle los. Bekommst du gar nichts mehr mit?«

»Doch, dass du in mein Zimmer kommst und mich zu Tode erschreckst.«

Jetzt reichte es Loredana. Sie versuchte erfolglos, das Deckenlicht anzuschalten, und zeigte zum Fenster. »Ich habe so etwas Heftiges noch nie erlebt, es macht mir Angst.«

Wieder zuckte ein Blitz über den Himmel, unmittelbar gefolgt vom Donnerschlag. Der Sturm heulte ums Haus und riss an Fenstern und Türen.

»Ich weiß, du schläfst noch nicht lange, aber bitte steh wieder auf. Ich übertreibe nicht, Alonso, ich bin mehr als besorgt.«

Gehorsam tappte er gleich darauf barfuß und im Pyjama hinter ihr her, hinunter zur Küche.

»Wenn du schon so ein Affentheater veranstaltest, dann koche uns wenigstens Kaffee.«

»Geht nicht, wir haben keinen Strom.«

Sie hatten beide kaum Schlaf bekommen, zuerst das aufwühlende Gespräch, über das Loredana noch lange gegrübelt hatte, und nun das Unwetter, das ihr den letzten Nerv raubte. Es klang zwar schon ab, die Donnerschläge folgten den Blitzen nicht mehr so direkt wie die Salven eines Maschinengewehrs, auch das Rütteln des Sturmes an ihren vier Wänden schien abzunehmen, aber dennoch bebte und grollte es nach wie vor wild.

Sie riskierte einen Blick aus dem Küchenfenster und schnappte entsetzt nach Luft.

Was das grelle Licht eines Blitzes ihr offenbarte, war unfassbar.

Der Oleander, die vielen anderen Sträucher, die Büsche, alles war platt gedrückt. Überall lagen abgebrochene Äste, geknickte Zweige. Der gesamte Garten war von Regenfluten gleichsam gepflügt und in ein Schlammbad verwandelt worden.

Rasch sah sie weg.

»Alonso«, flüsterte sie und hörte, wie ihre Stimme schwankte. »Ich habe Angst.«

»Du hast schon als Kind übertrieben auf Gewitter reagiert. Hier sind wir sicher, beruhige dich.«

Er nahm sich ein Glas Wasser und trank. »Ich lege mich wieder hin.«

Tat ihr Bruder nur so, oder verstand er tatsächlich nicht, worum es hier ging?

»Der Garten …« Mehr brachte sie nicht heraus, Tränen der Verzweiflung rannen über ihre Wangen.

»Kein Grund, hysterisch zu werden.«

»Wie bitte?« Loredana konnte es nicht fassen. Sie wischte sich mit dem Handrücken über die Augen. Wie konnte ihr Bruder so teilnahmslos auf diese Katastrophe reagieren?

Jetzt kam Wut in ihr hoch. »Tickst du noch richtig?«

»Wie immer übertreibst du. Das Haus hat schon manches Unwetter überstanden.«

»Das ist kein Unwetter, sondern ein orkanartiger Sturm. Weißt du denn nicht, was das für uns bedeutet?«

»Ich gehe ins Bett«, wiederholte er stur und stand auf.

Sie packte ihn am Ärmel seines Pyjamas.

»Du hast wohl noch nicht aus dem Fenster geschaut?«

»Sollte ich denn?«

Zynismus pur, dachte sie.

Er riss sich ungehalten los, sah aber doch in die angegebene Richtung.

»Hat ziemlich gewütet da draußen.«

»Gewütet? Es ist alles verwüstet. Alles.«

Loredana kannte Alonso gut. Endlich sah sie, dass er begriff.

Sie schlüpften in ihre Stiefel, warfen sich ihre Jacken über und öffneten die Küchentür.

Der Sturm hatte immer noch ausreichend Kraft, um sich ihnen zornig entgegenzustemmen.

Sie mussten sich nicht absprechen, sie wussten, wohin sie mussten.

Mühsam kämpften sie sich voran.

Und standen schließlich sprachlos an der bewussten Stelle.

Die Palmen waren wie Streichhölzer zu Seite gekippt und gaben das darunterliegende Erdreich frei. Loredana schlug die

Hand vor den Mund, um nicht aufzuschreien, Alonso stand leichenblass neben ihr.

Das niedergemähte Strauchwerk, das Dach des kleinen Werkzeugschuppens, herumliegende Mauerstücke und Ziegel, all das waren bloß die harmlosen Schäden einer Naturkatastrophe. Sie standen in keinem Vergleich zu dem Horror, der sich ihren Blicken bot.

Loredana zitterte im immer noch strömenden Regen so heftig, dass ihre Zähne laut aufeinanderschlugen. In einer Geste seltener Verbundenheit legte Alonso den Arm um ihre bebenden Schultern.

»Verdammt«, fluchte er hilflos.

Alles, was über Jahrzehnte unter den Bäumen verborgen war, lag offen vor ihnen.

Loredana versuchte verzweifelt, sich zusammenzunehmen. »Was machen wir jetzt?« Sie begann vor Aufregung zu stottern. »Sie werden … man wird uns … alle können es sehen.«

Ihr Bruder packte sie fest an der Schulter. »Komm mit.«

Loredana folgte Alonso ins Haus. Er drückte sie auf einen Küchenstuhl und holte eine Flasche mit Cognac aus der Vitrine. Als er die Gläser füllte, zitterten seine Hände.

»Trink«, sagte er schroff.

Sie stürzte den Alkohol hinunter, und die Wirkung setzte fast unmittelbar ein. Sie half ihr, eine Distanz zu schaffen, aus der es ihr gelang, wieder zusammenhängende Gedanken zu fassen.

»Da liegen Hunderte Knochen in den unterschiedlichsten Größen.« In der Hoffnung auf tröstende Worte sah sie zu ihrem Bruder.

»Es waren zwei.«

»Zwei Knochen?«

»Nein. Zwei Skelette von Erwachsenen, zumindest die Reste davon. Dazu viele kleine Knochen. Und die der Katzen natürlich.«

Wurde sie jetzt ohnmächtig?

Es fühlte sich so an, denn die Wände der Küche rückten in die Ferne. In ihren Ohren war ein Summen, das sich immer höher hinaufschraubte.

Das Klatschen von Wasser auf ihr Gesicht brachte sie wieder zurück in die Realität.

»Mach jetzt nicht schlapp. Wir müssen nachdenken.«

»Was gibt's da noch zu überlegen? Wir müssen die Polizei verständigen. Vielleicht haben die Besucher von gestern uns ohnehin schon gemeldet.«

»Das schließe ich aus. Wir hätten längst die Bullen im Haus.«

»Alonso, nach wie vor sind wir nicht unmittelbar betroffen, aber Tante Dolores half offensichtlich nicht nur bei Abtreibungen, sondern war regelrecht eine Mörderin. Sie hat mindestens zwei erwachsene Frauen auf dem Gewissen.«

»Ruhe, ich brauche Ruhe, um nachdenken zu können.«

Aber Loredana hielt ihren Mund nicht. Der Cognac hatte sie mutig gemacht. Trotzig sah sie Alonso an. »Was gibt es da noch zu überlegen? Sobald die Nachbarn sehen, was die Erde freigegeben hat – und sie werden es sehen –, sind wir erledigt. Wir können uns nirgends mehr blicken lassen. Glaubst du, die Menschen machen einen Unterschied zwischen Tante Dolores und uns? Es wird heißen, das ist das Geisterhaus, und wir, die Bewohner, werden zu Verfemten. Zu Mördern. Entweder wir rufen die Polizei, oder wir packen und versuchen so schnell es geht, die Stadt zu verlassen.«

»Wir bleiben.« Eine steile Falte hatte sich auf seiner Stirn gebildet, und seine Stimme zitterte vor mühsam zurückgehaltener Wut.

Aber sie ließ sich nichts mehr gefallen. »Du kannst mich nicht daran hindern, zu gehen!«, schrie sie. »Und was unser Erbe angeht, auch du wirst hier nicht mehr wohnen können, und es wird dir schwerfallen, das Haus zu verkaufen.«

»Wir müssen die Knochen entsorgen!« Auch er schrie. »Einzig darum geht es jetzt.«

»Mach dich nicht lächerlich. Nein, Alonso, ich mache da nicht mit. Du ziehst uns nur immer tiefer hinein in den Sumpf aus Lügen. Wie sollen wir uns jemals wieder aus diesem Grauen befreien?«

Noch nie hatte sie so viel Zorn in seinem Gesicht gesehen. Auf seinen bleichen Wangen zeichneten sich rote Flecke ab, sein Gesicht war mit Schweiß bedeckt. Aber was ihr wirklich Angst machte, das waren seine Augen. Es waren mörderische Blicke, die er ihr zuwarf.

»Entweder hilfst du mir, oder du stellst dich gegen mich. Entscheide dich, jetzt sofort«, zischte er.

»Alonso«, sie versuchte ihn zu beruhigen, »überlege doch, was ich dir gesagt habe. Ich fürchte, an einer Meldung bei der Polizei führt kein Weg vorbei.«

Mit einem Mal stand er dicht vor ihr. »Das also ist deine Entscheidung?«

Seine Stimme klang unnatürlich hoch. Mit einer Hand griff er nach der Cognacflasche. Ihre Augen weiteten sich vor Entsetzen, und sie hob instinktiv einen Arm. Aber es war zu spät.

Das schwere Glas donnerte gegen ihre Stirn, und sie fiel krachend zu Boden.

8

»Commissaria! Ich hole Sie ab.« Zolis Stimme klang heiser vor Anspannung.

Maddalena, die gehofft hatte, dass der Anruf von Franjo käme, versuchte sich ihre Enttäuschung nicht anmerken zu lassen. »Das ist nicht notwendig. Ich wollte mich gerade auf den Weg machen.« Sie riskierte einen Blick aus dem Fenster.

So wie es jetzt aussah, konnte sie gefahrlos das Haus verlassen. Sie wollte zur Dienststelle, um sich einen Überblick zu verschaffen.

Die zuvor ergangene Aufforderung ihres Chefs, zu Hause zu bleiben, empfand sie ohnehin als impertinent.

»Sie verstehen mich falsch. Wir haben eine Leiche.«

Maddalena war nicht davon ausgegangen, dass der Tornado alle verschont hatte, und diese Art Ereignis betraf ohnehin nicht ihre Dienststelle, trotzdem seufzte sie innerlich.

»Baum? Hausdach? Wasser? Auto?«

Zoli verstand. »Auto. Aber nicht so, wie Sie vermutlich denken.« Er stockte.

Maddalena wurde ungeduldig. »Also?«

Mit einem Mal brach die Verbindung ab. Ihr Akku war endgültig leer. Vorhin, mitten im ärgsten Sturm, war sie nahe daran gewesen, hinauszulaufen, um Franjo zu suchen. Inzwischen wusste sie, wie irrational dieser Impuls gewesen war. Franjo konnte weiß Gott wo sein. Sie betete, dass ihm nichts passiert war, und hoffte inständig, dass er sich bald bei ihr melden würde. Aber so schwer es auch fiel, im Moment stand der Job an erster Stelle. Zuständigkeit hin oder her, sie wurden gebraucht.

Und so schlüpfte Maddalena in ihre alten Motorradstiefel und warf ihre Lederjacke über die Schulter.

Vor der Haustür verschlug es ihr regelrecht die Sprache.

Der Anblick, der sich ihr offenbarte, war weitaus schlimmer, als sie es sich vorgestellt hatte.

Ihr Fahrrad, vom Sturm durchgebeutelt, war nur noch Schrott. Das überraschte sie nicht, aber auch die kleine Hütte, in der früher ihre Moto Guzzi stand, hatte einiges abbekommen. Das Dach fehlte, die Ziegel waren in einem weiten Umkreis verstreut, und die Tür hing verdreht in den Angeln.

Am Haus selbst baumelten einige der hölzernen Fensterläden losgelöst an den Fenstern, andere lagen im Gras zwischen den entwurzelten Pinien und dem niedergewalzten Strauchwerk. Der Boden war stellenweise mit dickflüssiger Schlacke bedeckt. Immer noch pfiff ein eisiger Wind, aber die Blitze zuckten nur noch vereinzelt über den diesigen Morgenhimmel.

Widerwillig stapfte sie zum Gartentor und band ihre langen Locken am Hinterkopf zusammen.

Entsetzt und fasziniert zugleich, was ein Tornado dieses Ausmaßes anrichten konnte, betrachtete sie gleich darauf die Umgebung. Der Strommast auf dem Platz vor ihrer kleinen Villa war abgeknickt und überkreuzte sich mit einer gefallenen Zypresse. Das Bild erinnerte sie an Mikadostäbchen.

Zolis Hupen ließ sie herumfahren.

So gut es ging, klopfte sie die zähe Schlacke von ihren Stiefeln, bevor sie in den Dienstwagen stieg.

»Sauerei«, machte sie ihrem Unmut Luft.

»Guten Morgen«, antwortete Zoli artig. Fast entschuldigend fuhr er fort: »Maddalena, meine Verlobte, ist nun doch nicht gekommen. Sie war bereits unterwegs zu mir, hat aber in Mailand die Sturmwarnung mitbekommen und ist nun wieder auf dem Weg zurück nach Palermo.«

»Warum fliegt sie nicht? Von Sizilien ist es doch recht umständlich, hierherzugelangen.«

»Flugangst. Sie verlässt sich nur auf Eisenbahn und Fähre.« Seine Antwort klang mürrisch.

Maddalena bemühte sich, freundlich zu bleiben, sie war angespannt, weil Franjo sich immer noch nicht gemeldet hatte. Wenigstens konnte sie während der Fahrt ihr Handy aufladen. »Nichtsdestoweniger möchte ich jetzt von Ihnen auf den neuesten Stand gebracht werden. Sie hatten mit Lippi heute Nachtdienst.«

»Da kam einiges zusammen.«

Ja, dachte Maddalena, kann man so sagen.

»Zuerst müssen wir zur Kapelle San Marco außerhalb von Grado. Man hat dort eine Leiche gefunden«, fuhr er fort, »und die hat offenbar nichts mit dem Sturm zu tun. Leider können wir nicht den direkten Weg nehmen, die Strommasten sind umgeknickt und versperren den Damm hinüber aufs Festland. Wir fahren über Fiumicello.«

Eben umkurvten sie den Innenstadthafen. Gekenterte Boote schaukelten auf dem trüben Wasser.

Maddalena war immer entsetzter über die verheerenden Schäden. Viele Menschen mussten verletzt worden sein. Zudem, berichtete Zoli, hatte der Blitz in zwei Häuser eingeschlagen, und unzählige Keller waren vom starken Regen überflutet worden. Sie nickte abwesend, ein Teil ihrer Gedanken beschäftigte sich weiter mit Franjo.

Zoli musste das Tempo stark reduzieren, denn nun passierten sie eine Stelle auf der Hauptstraße, die großflächig abgesperrt war. Ein Kollege winkte sie durch.

»Was ist da passiert?«

»Der schlimmste einer Reihe von Unfällen, von denen wir bisher wissen. Eine Massenkarambolage. Autos, ein Motorrad, Lastkraftwagen und ein Bus. Alles ineinander verkeilt. Sind vom Tornado überrascht worden.«

Maddalena atmete aus. »Und?«

»Ein Todesopfer, und das ist wirklich makaber. Es handelt sich um den Meteorologen aus Palmanova, der die Sturmwarnung abgesetzt hatte.«

»Schrecklich«, stimmte Maddalena ihm zu. Sie schämte

sich ein wenig dafür, erleichtert zu sein. Es war nicht Franjo. »Was ist mit den anderen Unfallopfern?«

»Soweit wir wissen, kamen sie mit leichten bis mittelschweren Verletzungen davon und sind, wie andere Sturmopfer auch, auf die umliegenden Krankenhäuser von Monfalcone und Triest aufgeteilt worden.«

Maddalena schüttelte den Kopf. Was kam da heute noch alles auf sie zu?

»Commissaria, im Bus war jemand, den Sie kennen.« Zoli sah sie von der Seite her vorsichtig an. »Die Krankenschwester, die gestern Anzeige wegen illegaler Abtreibungen erstattet hat, war unter den Fahrgästen. Wie hieß das bewusste Haus noch gleich?«

»Villa Esperanza«, sagte Maddalena nachdenklich. »Da müssen wir ebenfalls irgendwann hin. Was ist der Frau passiert?«

»Ich glaube, sie wurde nur leicht verletzt.«

»Nachdem wir bei dieser Villa waren, schauen wir auch bei ihr im Krankenhaus vorbei. Das hat sie verdient, finde ich. Und zu dem Burschen, Emmanuele Mieli, müssen wir auch.«

Zoli nickte.

Während sie auf die Landstraße nach Fiumicello abbogen, erkundigte sie sich nach dem Leichenfund.

»Eine eigenartige Geschichte.« Zoli fuhr mit der Kuppe seines Zeigefingers über die erhabene Ader auf seiner Stirn. »Der Tornado hat bei der Kapelle San Marco einen Wagen durch die Luft geschleudert. Der Fahrer ist schwer verletzt.«

»Und die Leiche?«

»Die fand man im Kofferraum des Wagens, einem Audi.«

»Eine Leiche? Im Kofferraum?«, wiederholte sie ungläubig.

Er nickte unglücklich. »Der Fahrer ist nicht ansprechbar, er hat eine schwere Schädel-Hirn-Verletzung. Aber es sieht so aus, als hätte er den Toten wegschaffen wollen.«

Sie fuhren an einem der Campingplätze an der Lagune

vorüber, und Maddalena sah Zelte, die sich um Bäume gewickelt hatten, und Bäume, die über Wohnmobilen lagen.

»Auch hier gab es Verletzte, und ein Mann wird vermisst.«

»Darum müssen sich die Kollegen kümmern«, befand Maddalena.

Der Tag würde lang werden.

Immer noch zerrte der Wind am Wagen, als wollte er ihnen zeigen, dass er noch nicht mit ihnen fertig war, allerdings hatte er inzwischen gehörig an Kraft verloren. Endlich erreichten sie die Stelle, an der sie auf eine Schotterstraße abbogen, und wenig später tauchte die kleine Kapelle vor ihnen auf. Die Sträucher ringsum waren weggerissen, und von der Friedhofsumgrenzung fehlten etliche Steine.

Direkt unter der Mauer stand ein ramponierter Audi.

Sie stiegen aus und kämpften sich durch das Gestrüpp und den Matsch, kletterten über Bäume und Äste zu den Kollegen vor Ort.

Sie unterhielten sich kurz mit dem Rechtsmediziner, der die Leiche begutachtet hatte.

Ausgerechnet der, dachte Maddalena. Er war ein ungemütlicher kleiner Mann, ein ausgewiesener Gegner von Frauen im Beruf – und auch noch stolz darauf.

»Signora Degrassi«, sagte er, und Maddalena verbesserte ihn automatisch, was sie sonst nie tat: »Commissaria.«

Seine Reaktion auf ihre Zurechtweisung war wenig überraschend. Mit rasend schnell heruntergeleierten altlateinischen Ausdrücken versuchte er offensichtlich zu verhindern, dass sie verstand.

»Okay«, sagte sie und taxierte ihn kühl. »Das Opfer ist also nicht durch das Unwetter umgekommen?«

»Sage ich doch.«

»Eben. Und jetzt bitte noch mal genau und verständlich. Was ist dem Mann zugestoßen?«

»Fremdeinwirkung ist eine mögliche Ursache. Ob er auf einen Stein gestürzt ist oder dieser gegen seinen Hinterkopf geschlagen wurde, kann ich zum jetzigen Zeitpunkt allerdings noch nicht sagen.«

Maddalena nickte und wandte sich ab. Sie sah Beltrame, die auf sie zukam.

»Lippi hat mich eben darüber informiert, dass eine Frau aus München anrief, weil sie weder ihren Ehemann erreichen kann noch dessen Freund, mit dem zusammen er hier Urlaub macht. Ihr Mann ist der Halter des Audis, das von ihr genannte Kennzeichen stimmt überein.«

Wieder nickte Maddalena. Sie hoffte, so schnell wie möglich mit dem Überlebenden sprechen zu können.

Das Piepen ihres Handys elektrisierte sie. Eine SMS.

Franjo.

Endlich!

Hatte einen kleinen Unfall, weil ein Baum mir den Weg zu dir versperrte. Komme so schnell wie möglich.

Ihre Erleichterung war so groß, dass sie auflachte. Beltrame und Zoli musterten sie erstaunt.

Eine weitere SMS trudelte ein. Der Commandante berief gegen Mittag eine Krisensitzung ein.

»Also zurück nach Grado«, sagte Maddalena immer noch fröhlich und rieb sich unternehmungslustig die Hände. »Auf dem Weg zur Dienststelle machen wir einen Abstecher zur Villa Esperanza. Die liegt so gut wie um die Ecke.«

Auf dem Rückweg kamen sie schneller voran. Sie erreichten die Villa und stiegen aus.

Auch hier hatte der Sturm heftig gewütet. Ein Stück Zaun war herausgebrochen, die Palmen teilweise umgeknickt, zwei oder drei hatte der Sturm gar entwurzelt.

»Wir sprechen nur kurz mit den Leuten und fahren gleich weiter zur Dienststelle.«

Zoli nickte und drückte das Gartentor auf, das schief in den Angeln hing.

Abrupt blieb er stehen.

»Chefin«, flüsterte er, »sehen Sie nur.«

Maddalena trat näher. Was sie erblickte, schockierte sie. Das Erdreich war mit Knochen unterschiedlicher Größe geradezu übersät.

Entschlossen ging sie zur Haustür und klopfte.

Niemand reagierte.

»Ausgeflogen«, vermutete Zoli tonlos, »vielleicht sind sie auf der Flucht.«

Maddalena schüttelte unwillig den Kopf. Aus den Augenwinkeln sah sie eine Bewegung am Fenster im Erdgeschoss.

Sie klopfte noch einmal, diesmal lauter. »Polizei!«

»Hauen Sie ab!«, hörte sie von drinnen eine männliche Stimme rufen, »Sie haben kein Recht, mein Grundstück zu betreten.«

Maddalena schlenderte in die Richtung, aus der die Stimme gekommen war. »Wir müssen nur mit Ihnen reden, Sie haben nichts zu befürchten.«

»Haben Sie mich nicht verstanden? Ich möchte, dass Sie sofort verschwinden.« Der Mann, der da sprach, klang verzweifelt.

Sie überlegte. Hatte die Krankenschwester bei ihrem Gespräch nicht von einer Frau gesprochen, die sie am Fenster gesehen hatte?

»Sind Sie allein im Haus?«, fragte sie vorsichtig.

»Das geht Sie nichts an, hauen Sie endlich ab.«

Maddalena seufzte. »Hören Sie, in Ihrem Garten liegen Knochen verstreut. Falls Sie es vorhin überhört haben, wir sind von der Polizei. Wir gehen nicht weg.«

Eine Pause trat ein.

Langsam wurde sie ungeduldig. Was ging da drinnen vor sich?

Sie wollte Zoli eben beauftragen, Verstärkung zu rufen, als die Tür geöffnet wurde. Eine Frau mit einem schmutzigen Stirnverband stand im Rahmen und winkte sie mit einer entschuldigenden Geste ins Haus.

»Bitte verzeihen Sie meinem Bruder. Er verliert schnell die Nerven.«

Die Frau ging vorsichtig voran in die Küche und hielt sich den Kopf.

»Zoli, bitte verständigen Sie die Ambulanz.« Maddalena musterte einen Mann, der auf einem der Küchenstühle hockte. »Tragen Sie eine Waffe?«

Wieder war es die Frau, die sprach. »Nein, um Himmels willen, er ist unbewaffnet. Mein Bruder und ich haben gestritten, dabei bin ich gestürzt.«

Maddalena glaubte ihr kein Wort, dennoch nickte sie. »Ihr Garten ist ein einziger Friedhof«, sagte sie kühl, »was fällt Ihnen dazu ein?«

»Wir wollten Sie gerade verständigen, denn nach dem Sturm stellten wir fest, dass sich anscheinend Gräber unter den Bäumen befunden haben. Bisher dachten wir, dass unsere Tante – sie ist vor Kurzem verstorben – dort nur ihre Katzen begrub, aber die Knochen passen nicht zu den Tieren.« Sie sah Maddalena unsicher an. »Zumindest nicht alle«, ergänzte sie leise.

Maddalena und Zoli wechselten einen Blick.

»Wir kommen nicht zufällig hier vorbei. Wir sind hier, weil wir einer Anzeige nachgehen«, sagte sie. »Ihre Tante wurde beschuldigt, in den siebziger Jahren illegale Abtreibungen vorgenommen zu haben. Schlimm genug, aber da draußen liegen auch große Knochen. Was wissen Sie darüber?«

Der Mann, der bisher geschwiegen hatte, reckte störrisch das Kinn. »Ohne unseren Anwalt sagen wir gar nichts«, knurrte er und hielt ihr provozierend die überkreuzten Handgelenke entgegen.

Jetzt reichte es Maddalena. »Schön. Wir nehmen Sie beide mit.« Sie wandte sich an die Frau. »Ihre Wunde wird versorgt, die Ambulanz muss jeden Augenblick hier sein, und danach haben Sie sich zu unserer Verfügung zu halten. Zoli, rufen Sie bitte einen Wagen, der die beiden abholt, und verständigen

Sie die Spurensicherung. Sie sollen sich den gesamten Garten vornehmen und sämtliche Knochen, egal, ob Mensch oder Tier, ins Rechtsmedizinische Institut bringen lassen.«

»Was wollen Sie von uns?« Dem Mann schien langsam bewusst zu werden, in welcher Lage er sich befand. »Wir waren Kinder, als das alles passiert ist. Davon wissen wir nichts.«

»Und im Haus wohnen wir nur, bis die Erbschaft geregelt ist«, kam ihm seine Schwester zu Hilfe. »Der Tod unserer Tante liegt noch nicht lange zurück«, fügte sie nervös hinzu, um dann mit fester Stimme fortzufahren: »Mein Bruder und ich streiten ständig wegen der Erbschaft, aber ich lasse mich nicht übervorteilen. Wie Sie vorhin selbst erlebt haben, ist er manchmal recht unbeherrscht. Da kann es schon mal vorkommen, dass er wilde Drohungen ausstößt.« Sie blickte zu ihrem Bruder und fügte fast liebevoll hinzu: »Manchmal sogar in der Öffentlichkeit, da kennt er nichts. Unlängst ist er bei einem Stromausfall im Supermarkt richtiggehend ausgeflippt.«

»Wie auch immer.« Maddalena sah ungeduldig auf die Uhr. »Sobald Sie verarztet wurden, sprechen wir auf dem Polizeirevier weiter.«

Vor der Tür instruierte sie die gerade eingetroffenen Kollegen und vermied es, einen neuerlichen Blick auf die Gebeine im Garten zu werfen.

Während der Fahrt hatte sie das Gefühl, eben einen wichtigen Gedanken gehabt zu haben, doch sosehr sie sich auch bemühte, sie konnte ihn nicht erfassen. Irgendetwas, das gesagt worden war, beschäftigte ihr Unterbewusstsein.

Schließlich gab sie es auf. Das Telefon auf der Fahrerseite klingelte, und Maddalena ging ran.

»Zoli«, sagte sie nach einem kurzen Gespräch, »der Rechtsmediziner hat Neuigkeiten.«

9

In Decken gehüllt saßen sie zu dritt vor dem zerstörten Zelt der Kinder. Es war Mittag, und die Sonne warf erste vorsichtige Strahlen aus sich lockernden Wolken.

Rund um sie herum herrschte Chaos.

Dort, wo vor wenigen Stunden noch Wiesen grünten, bedeckte nun durchgehend matschiges Braun den Boden. Zwischen Kies und größeren Steinen lagen verdreckte, zerstörte Gebrauchsgegenstände. Bei vielen Wohnmobilen fehlten Fenster, ein oder zwei hatten auf mysteriöse Weise Räder verloren und standen nun schief auf den Stellplätzen. Und immer noch begrub die umgestürzte Zypresse die ehemalige Schlafstelle der Kinder unter sich. Henriette schauderte, wann immer sie einen Blick darauf warf. Einige Meter weiter hatte ein dicker Ast das Dach ihres Wagens eingedrückt und die Windschutzscheibe zerstört.

Dennoch war alles, was sie und die Mädchen bewegte, das Verschwinden von Frederick.

Helfer waren bald nach der Katastrophe eingetroffen und hatten mit den Aufräumarbeiten begonnen, während eine freundliche Beamtin von der hiesigen Polizei den Campingplatzbetreiber und die Gäste befragte. Inzwischen war es ihr gelungen, sich einen Überblick zu verschaffen. In Anbetracht der Heftigkeit des Tornados konnte man die Zahl der Verletzten als gering bezeichnen, Tote gab es, wie durch ein Wunder, keine zu beklagen, der Sachschaden allerdings war enorm.

Vorhin hatte die Polizistin mit Hilfe eines Übersetzers auch mit ihnen gesprochen, danach mit den unmittelbaren Nachbarn. Frederick jedoch blieb verschwunden.

Keiner hatte ihn während des Sturms gesehen, alle waren mit ihrem eigenen Überleben beschäftigt gewesen.

Sein Handy lag neben dem Schlafsack, als sie zum Zelt zurückgekehrt waren, Henriette hatte es eingesteckt, allerdings konnte sie seine Brieftasche und einige Kleidungsstücke nicht finden. Die verlorenen Sachen vermutete sie bei den Gegenständen, die der Sturm im Umkreis von beinahe zwei Kilometern verteilt hatte.

Jetzt setzte die Polizeibeamtin sich noch einmal zu ihnen. »Niemand löst sich einfach in Luft auf«, versuchte sie, sie zu beruhigen. »Und hier, in der Nähe der seichten Lagune, ist es beinahe unmöglich, während des Unwetters ins Meer gerissen zu werden. Schließlich hatten wir einen Tornado und keinen Tsunami.«

Henriette nickte. Sie hatte sich ähnliche Gedanken gemacht, aber beruhigt war sie deshalb noch lange nicht. »Mein Mann könnte irgendwo liegen, wo bisher noch keiner gesucht hat«, sagte sie unsicher und erntete entsetzte Blicke der Kinder, aber die Frau neben ihr schüttelte entschieden den Kopf.

»Das ist im höchsten Maße unwahrscheinlich«, ließ sie übersetzen, »trotz des Chaos ringsum ist das Areal ziemlich übersichtlich.«

Und dann begannen die Fragen. Henriette bildete sich ein, dass sich ein strenger Unterton in die Stimme der Polizistin geschlichen hatte. Dennoch gestand sie freimütig: »Mein Mann und ich wollten den Aufenthalt früher als geplant beenden, damit die Mädchen ihre Großeltern auf eine Almhütte begleiten können. Zu den anderen Urlaubern hatten wir kaum Kontakt. Im Sturm wurden wir von Frederick getrennt, ich lief mit den Kindern zu den Sanitäranlagen und versuchte von dort aus noch einmal, nach ihm zu schauen.« Sie fuhr sich mit der Hand über die Stirn. »Dabei wurde ich leicht verletzt. Es war wohl ziemlich dumm von mir, mich noch mal nach draußen zu wagen. Einer der Gäste hat mich in Sicherheit gebracht.«

Die Polizistin nickte. »Ich habe davon gehört. Könnte es sein, dass Ihr Mann bereits abgereist ist?«

»Abgereist?«, wiederholten Henriette und die Mädchen unisono und blickten vielsagend zu ihrem zerstörten Auto.

Die Beamtin nahm ihre und Fredericks Daten auf und verabschiedete sich. Sie reichte Henriette eine Visitenkarte und bat sie, sich umgehend zu melden, falls es Neuigkeiten gäbe.

Auch Henriette stand auf. Ihr Rücken und ihre Beine schmerzten, und die Stelle an ihrem Kopf, die der Ast getroffen hatte, pochte. »Macht euch keine allzu großen Sorgen, wir können im Moment nichts tun, außer auf Papa zu warten«, sagte sie zu den Kindern und ergänzte, um ihnen Mut zuzusprechen: »Bestimmt geht es ihm gut.«

»Ist es schlimm, dass ich Hunger habe, obwohl er vermisst wird?« Leonie sah sie aus tränenverhangenen Augen an.

»Natürlich nicht. Kommt, wir gehen essen. Die Pizzeria wird der Sturm schon nicht weggeweht haben. Danach schauen wir weiter.«

Nachdem sie bestellt hatten, verständigte Henriette ihre Eltern.

»Natürlich kommen wir sofort und holen euch ab. Wenn wir gleich losfahren, sind wir im Morgengrauen auf dem Campingplatz.«

Sie legte erleichtert auf. Fredericks Eltern und seine Schwester wollte sie noch nicht anrufen. Immer noch hoffte sie, dass Frederick jeden Augenblick auftauchte, allerdings ging es ihr dabei in erster Linie um die Kinder. Wenn sie ehrlich zu sich war – und Henriette hatte sich in den letzten Tagen geschworen, es nunmehr immer zu sein –, dann vermisste sie Frederick nicht sehr. Zu viel war geschehen, die Kluft, die sich zwischen ihnen aufgetan hatte, war nicht mehr zu überbrücken.

Das Läuten von Fredericks Handy ließ sie zusammenzucken. Erschrocken sahen die Mädchen von ihrer Pizza hoch.

Die Nummer kannte sie nicht.

»Ja bitte?«

»Ich bin es.« Seine Stimme klang munter. »Ich habe es schon auf allen anderen Handys probiert. Die sind wohl dem Sturm zum Opfer gefallen.«

»Frederick?«, fragte sie erstaunt und wandte sich ihren Kindern zu, auf deren Gesichtern Freude die Angst vertrieb. »Wo bist du, alle suchen nach dir. Die Kinder sind aus Sorge um dich ganz unglücklich.«

»Es geht mir gut.« Frederick zögerte kurz. »Nein, *jetzt* geht es mir gut. Nachdem ich sah, dass ihr es zum Waschhaus geschafft habt, trieb es mich fort.«

»Wie meinst du das?«

»Buchstäblich, Henriette, und metaphorisch. Ich ließ mich treiben, verstehst du? Vielleicht war ich auch nicht ganz bei Sinnen, ich weiß es nicht mehr. Richtig klar im Kopf wurde ich erst wieder, als ich schon einige Kilometer von euch entfernt war. Und dann«, seine Stimme wurde leiser, »nahm ich den ersten wieder fahrenden Autobus.«

»Du hast was getan? Verdammt, wo bist du?«

»Wir machen gerade einen Zwischenstopp in Udine. In Österreich holt meine Schwester mich ab.«

Henriette starrte auf Fredericks Handy, als hielte sie einen Fremdkörper in der Hand. »Du Arschloch«, schrie sie wutentbrannt, »wir haben uns Sorgen um dich gemacht.«

»Ja, ich weiß, und das tut mir aufrichtig leid. Aber mir war mit einem Mal alles zu viel. Wenn schon Trennung, dachte ich, dann ist jetzt der richtige Zeitpunkt. Sag den Kindern, dass ich sie lieb habe, ich melde mich bald wieder.«

Henriette blickte ungläubig auf den Bildschirm, der schwarz geworden war, dann stand sie auf. »Kommt mal her«, sagte sie und nahm ihre Mädchen fest in die Arme. »Wir müssen euren Vater nicht mehr suchen, denn er hat sich heute Morgen schon selbst gefunden.«

10

»Zoli, biegen Sie nicht zur Dienststelle ab, wir fahren zuerst zu dem Jungen nach Triest.«

»Aber der Commandante und seine Krisensitzung –«

»Wir haben jetzt Wichtigeres zu tun. Was hat der Rechtsmediziner gesagt?«

»Er meinte, dass der Tote gestürzt und dabei mit dem Hinterkopf auf einen Stein aufgeschlagen sein muss, aber die eigentliche Todesursache ist ein Genickbruch, wohl ebenfalls bei dem Sturz verursacht. Verletzungen an Oberkörper und Beinen lassen zudem auf einen Kampf schließen, und im Blut des Toten wurde ein hoher Alkoholspiegel nachgewiesen. Der Tod dürfte um Mitternacht herum eingetreten sein.«

»Okay. Der Fahrer des Audis liegt im Krankenhaus und ist nicht ansprechbar. Das muss also warten. Wir lassen die Ehefrau anreisen und sehen dann weiter.«

Zoli nickte zustimmend. »Commissaria, das von vorhin liegt mir immer noch schwer im Magen. Ich dachte schon, das wird eine gröbere Sache. Hätte auch blutig enden können.«

»Er war unbewaffnet. Aber Sie haben recht, anfangs war der Mann ein Pulverfass.«

»Und seine Schwester hat er geschlagen, da kann sie erzählen, was immer sie will.«

»Davon gehe ich aus.«

Maddalena nahm ihr Handy aus der Konsole des Wagens und telefonierte mit Scaramuzza. Konzentriert fasste sie die Ereignisse der letzten Stunden zusammen und eröffnete ihm, dass sie erst nach dem Gespräch mit Emmanuele Mieli zurückkämen.

Die Reaktion des Commandante überraschte sie. Er stimmte ihr nicht nur zu, sondern lobte ihre bisherige Vorgangsweise in den höchsten Tönen.

»Diese vereitelte Geiselnahme ist allein Ihrer Geistesgegenwart und Ihrem psychologischen Spürsinn zu verdanken, Degrassi«, tönte er, »halten Sie mich über Ihre hervorragende Arbeit bitte weiter auf dem Laufenden.«

»Geiselnahme?« Sie fragte sich ernsthaft, ob sie von ihm verarscht wurde, aber Zoli nickte beifällig. Scaramuzzas Stimme war so laut, dass er jedes seiner Worte verstanden hatte.

»Also auf nach Triest«, stellte er vergnügt fest, nachdem sie aufgelegt hatte, und beschleunigte den Wagen.

Maddalena lachte verlegen. Irgendwann würde sie ihren Kollegen von der bevorstehenden Hochzeit ihrer Mutter mit Commandante Achille Scaramuzza erzählen müssen. Ob hier wohl der Grund für dessen unnatürliche Freundlichkeit zu finden war?

Ach was, wahrscheinlich machte sie sich nur zu viele Gedanken. Scaramuzza war und blieb unberechenbar.

Wenig später rief Beltrame an. Maddalena stellte nur wenige Fragen. Nachdem sie das Telefonat beendet hatte, sagte sie an Zoli gewandt: »Wir haben ein Problem weniger. Der vermisste Familienvater vom Campingplatz hat sich gemeldet. Stellen Sie sich vor, er hatte sich aus dem Staub gemacht und Frau und Kinder im Dreck sitzen lassen. Mit zerstörtem Zelt und einem kaputten Auto.«

Zoli schüttelte fassungslos den Kopf. Wieder einmal, dachte Maddalena, wird sein Glaube an das Gute im Menschen erschüttert.

Sie gähnte. Eine Verschnaufpause hatten sie sich bisher nicht leisten können. »Wir werden uns später ein Sandwich und Kaffee besorgen«, sagte sie mütterlich.

Sie waren beide erschöpft. Maddalena nahm an, dass das nicht so sehr an ihrer unmittelbaren Tätigkeit lag, die fordernd genug war, sondern vor allem an der durch den gewaltigen Sturm ausgelösten Zerstörung, die sich rings um sie herum ausgebreitet hatte.

»Finden Sie es nicht erstaunlich, Zoli, dass die Villa ›Esperanza‹, also ›Hoffnung‹ heißt und ›in guter Hoffnung sein‹ ein Ausdruck für schwangere Frauen ist?«

Zoli zog ein Gesicht, das Maddalena nicht zum ersten Mal an einen Raubvogel erinnerte. »Wenn es sich bei den Gebeinen im Garten wirklich um menschliche Knochen handelt, haben wir eine Menge Arbeit vor uns. Es wird nach so vielen Jahren nicht einfach sein, das oder die Opfer zu identifizieren. Wir werden sehr viele Vermisstenkarteien und Suchmeldungen durchstöbern müssen. Schließlich geschah das alles mutmaßlich vor dem digitalen Zeitalter.«

»Ich weiß.« Maddalena nickte müde. »Wenigstens ist die Aussicht einen Blick wert.« Sie deutete auf das Meer.

Sie hatten, weil die Autobahn an manchen Stellen komplett gesperrt war, auf die Küstenstraße ausweichen müssen, auf der sich der Verkehr staute. Wellenberge rollten gegen Ufer und Felsen. Weiße Gischt spritzte hoch. Die Möwen schwankten im Wind, und kein Boot war weit und breit auszumachen. Der Himmel war immer noch wolkenverhangen, und die wenigen Sonnenstrahlen, die zwischendurch für Zuversicht gesorgt hatten, waren nicht mehr zu sehen.

»Unter einer schönen Aussicht stelle ich mir etwas anderes vor«, erwiderte Zoli für seine Verhältnisse ausgesprochen kühn. »Sonne, Sommer und Sizilien.«

»Und Ihr Mädchen, nehme ich an, gehört auch dazu.« Sie grinste.

»Verlobte«, korrigierte er schüchtern.

Maddalena drehte das Radio lauter und lauschte einige Zeit der Stimme des Moderators einer Sonder-Informationssendung.

»Wenn man den Meldungen Glauben schenken darf, hat sich die Superzelle, so nennen sie das, aufgebraucht«, erklärte er seinen Hörern. »Die Luft hat sich abgekühlt. Es besteht keine weitere Neigung zu Gewittern, Regen, Hagelschauern oder Stürmen.«

»Wenn die das sagen«, kommentierte Zoli skeptisch.

Kurz vor Triest machten sie halt. Je zwei Espressi und ein Schinkensandwich ließen sie aufleben, dann ging es weiter. Endlich parkte Zoli den Wagen vor dem Krankenhaus.

Der Junge lag blass, aber guter Dinge in seinem Bett und lächelte ihnen scheu entgegen.

»Da hast du ein richtiges Abenteuer hinter dir, was?«, begrüßte Maddalena ihn freundlich und rückte einen Stuhl an sein Bett.

Emmanuele richtete sich ein wenig auf. »Wenigstens war ich schon hier, als der Taifun ausbrach.«

Maddalena lächelte. »Es war ein Tornado, und ausbrechen können nur Vulkane.«

»Oder Gefangene«, ergänzte Zoli trocken.

Emmanuele nickte ernsthaft. »Mama sagt, dass der Trailerpark so gut wie nichts abbekommen hat, aber hier im Krankenhaus fiel das Licht aus, alle rannten durcheinander, es war richtig was los.«

»Stromausfall, das ist unser Stichwort«, nahm Maddalena den Faden auf. »Weißt du inzwischen, wer dich bewusstlos geschlagen hat?« Dass er in der Badehütte niedergeschlagen worden und ohnmächtig geworden war, hatte der Junge schon gestern, direkt nach seinem Auffinden, zu Protokoll gegeben. Die Erinnerung daran war allerdings durch die Gehirnerschütterung stark beeinträchtigt gewesen, mehr konnten sie von ihm noch nicht erfahren.

»Nein. Nach wie vor ist da nichts, sosehr ich auch darüber nachgrübele. Ich kann mich nicht mal mehr richtig an das Gespräch mit Diego erinnern. Nur an die grauenvolle Fischsuppe, die er gekocht hat. Die rieche ich immer noch.«

»Die Drohungen im Supermarkt, die du gehört hast und wegen denen du zu uns gekommen bist, an die kannst du dich aber erinnern?«

»Ja«, erwiderte Emmanuele lebhaft. »Ich hatte panische Angst. Immerhin wollte der eine die andere Person umbringen, wenn die nicht auf etwas verzichtet. Es ging um irgendein Papier oder Dokument, das vernichtet werden sollte.«

Auf einmal verstand Maddalena.

»Könnte die zweite Person eine Frau gewesen sein?«

Emmanuele nickte. »Möglich. Richtig verstanden habe ich aber nur den Mann. Und so wie der gesprochen hat, habe ich ihm die Mordabsicht geglaubt.«

»Im Unterschied zu dem Kollegen, der dich neulich einfach weggeschickt hat, glaube ich dir. Wir kommen gleich wieder.«

Auf dem Gang drehte sie sich zu Zoli um, der ihr erstaunt gefolgt war. »Zoli, der Junge hat niemand anderen als unseren aufbrausenden Villenbesitzer und seine Schwester gehört. ›Unlängst ist er bei einem Stromausfall im Supermarkt richtiggehend ausgeflippt‹, hat die Frau uns gesagt, und das, was der Junge verstanden haben will, passt zu dem Thema, über das die beiden gestritten haben. Bitte rufen Sie die Dienststelle an. Lippi soll sich auf der Stelle erkundigen, ob die Geschwister zum angegebenen Zeitpunkt im Supermarkt waren. Die Frage ist nur, ob der Kerl den Jungen danach niedergeschlagen hat. Das ergibt nämlich keinen Sinn, er hatte schließlich nicht wirklich die Absicht, seine Schwester umzubringen. Sie lebt ja noch, und das Testament ist noch nicht mal eröffnet.«

Zoli nahm sein Handy, und Maddalena ging wieder hinein.

Emmanuele schien Vertrauen zu ihr gefasst zu haben, denn er sprach nun freier als vorhin. »Meine Mama hat mich hier schon besucht, und meine Brüder haben angerufen. Und als ich im Loch war«, er sah Maddalena treuselig an, »hielt meine Nonna Marbella schützend ihre Hand über mich. Da bin ich mir sicher.«

Maddalena blieb ernst. Sie mochte den Jungen, und wer wusste schon, was sich zwischen Himmel und Erde so alles abspielte.

Die Tür wurde geöffnet, und Zoli kam wieder herein. Er nickte bestätigend. Also hatte sie mit ihrer Vermutung recht gehabt.

Hinter Zoli, sie sah es erst jetzt, stand ein hübsches Mädchen mit dunklem Haar und funkelnden Augen und lächelte scheu zu ihr herüber. In der Hand hielt es eine Schachtel mit Schokolade. Im ersten Moment wusste Maddalena nicht, wo sie dieses Mädchen schon einmal gesehen hatte, dann fiel es ihr ein.

»Die schöne Susanna«, murmelte sie und forderte sie auf, näher zu treten. »Du bist doch Susanna, nicht wahr? Und du weißt, wer ich bin?«

»Ja, klar«, lautete die durchaus selbstbewusste Antwort, »Sie waren bei uns wegen Emmanuele.«

Emmanuele strahlte. Es war offensichtlich, dass er sich über den Besuch freute.

»Ihr hattet Glück beim Tornado, nicht wahr?«

»Ja.« Susanna erschauerte. »Wenn der uns gestreift hätte, wäre von der Siedlung nicht viel übrig geblieben.«

Maddalena gab Zoli ein Zeichen. »Wir lassen euch dann mal allein.«

»Commissaria.« Emmanueles Stimme kam unterdrückt. »Wegen der Sneakers.«

»Vergiss die Turnschuhe«, sagte sie und verabschiedete sich von den beiden Jugendlichen.

Vor der Tür zog sie Zoli zu den Besucherstühlen, die auf dem Flur standen.

»Soll ich Ihnen einen Kaffee holen, Chefin?«

»Nein. Bleiben Sie hier. Zücken Sie schon mal Heft und Kuli.«

Zoli warf ihr einen erstaunten Blick zu. »Was soll ich notieren?«

»Vorerst noch nichts.« Maddalena setzte sich.

Beide warteten.

Eine halbe Stunde verging.

Endlich öffnete sich die Tür von Emmanueles Krankenzimmer, und eine verheulte Susanna kam heraus.

Nun schien auch Zoli begriffen zu haben. Er stand auf und trat auf das Mädchen zu. Als sie ihn bemerkte, zuckte sie regelrecht vor ihm zurück.

»Du sagst uns jetzt auf der Stelle, wer Emmanuele niedergeschlagen hat.«

Susanna hob den Kopf und wischte die Tränen aus ihrem Gesicht. »Emmanuele weiß es bereits«, sagte sie leise, »er wird es Ihnen ohnehin sagen.«

Zoli nahm den Kugelschreiber und öffnete sein Heft. »Wir wollen es aber von dir wissen. Also?«

»Es war ganz banal. Die Jungen hatten Emmanuele verfolgt. Einer von ihnen«, sagte sie zögernd, »sah ihn im Supermarkt und hat die anderen verständigt. Die Jungs finden, dass ich zu ihnen gehöre und Emmanuele nicht. Sie wollten ihm schon lange eine Abreibung verpassen.«

»Sie haben ihn geschlagen, und als er umfiel, sind sie geflüchtet«, stellte Maddalena zornig fest.

Der Schlag hätte den Jungen umbringen können, und dass er nicht nur das, sondern auch alles Weitere überlebt hatte, war nur dem Zufall zu verdanken.

Sie wechselte einen Blick mit Zoli.

»Ordnen Sie an, dass die Jungen aufs Polizeirevier gebracht werden.«

»Mein Vater wartet unten auf mich«, sagte Susanna kleinlaut, »ich habe ihm alles erzählt, und er meinte, dass ich Emmanuele die Wahrheit sagen muss. Deshalb bin ich hier.«

Zoli nickte. »Das war vernünftig. Und jetzt soll er dich gleich aufs Revier nach Grado begleiten, damit du eine offizielle Aussage machen kannst.«

Sie gingen erneut ins Krankenzimmer und verabschiedeten sich von Emmanuele, der durchaus zufrieden schien. Maddalena nahm an, dass seine Flamme trotz oder gerade wegen ihrer Beichte einiges zu seinem Wohlbefinden beigetragen hatte.

»Wo die Liebe hinfällt«, murmelte sie, als sie zum Parkplatz gingen, und fühlte sich mit einem Mal alt.

Schweigend fuhren sie nach Grado zurück.

Auf der Höhe von Monfalcone klingelte ihr Handy. Maddalena sah den Namen auf dem Display und lächelte.

»Franjo, Franjo, Franjo«, sagte sie glücklich.

Sie ließ es noch ein- oder zweimal läuten, bevor sie abnahm.

Spaghettoni di Gragnano ai sardoni della laguna e finocchietto selvatico

Spaghettoni aus Gragnano mit Lagunen-Sardinen und wildem Fenchel

Zutaten für 4 Personen:
320 g Spaghettoni aus Gragnano
400 g Sardinen (sauber und entgrätet, in mundgerechte Stücke zerteilt)
2 EL Olivenöl
2 Knoblauchzehen, geviertelt oder in Scheiben
Salz und Pfeffer nach Wunsch
1/2 Glas Weißwein
1 EL Tomatenmark
100 ml Fischbrühe
60 g wilder Fenchel

Zubereitung:
Das Öl und den Knoblauch in eine Pfanne geben, den Knoblauch braun werden lassen und dann entfernen.
Die Sardinen hinzufügen, mit Weißwein aufgießen und diesen verdunsten lassen.
Salzen und pfeffern, dann Fischbrühe und Tomatenmark einrühren.
Ca. sechs Minuten garen lassen.
Am Ende den gehackten Fenchel unterheben.

Die Nudeln bissfest kochen und in die Pfanne mit der Sauce geben. Zwei bis drei Minuten einwirken lassen, um den Geschmack zu erhalten.

Quelle: Grand Hotel Astoria Grado.
Maîtres Giacomo Rubini und Manuel Picco

Nachwort

Es ist ein schwüler Sommerabend, kurz vor Ferragosto, die Luft steht vor Feuchtigkeit. Seit Tagen hat sich ein dunstiger Reif aus Wolken um Grado gebildet und zieht sich immer enger zusammen.

Unsere Tochter Sophie kommt uns besuchen, und wir verbringen eine gemütliche Stunde am alten Strand, der Spiaggia Vecchia. Das morsche Boot, in dem wir sitzen, bietet Platz für unser Picknick. Die Flasche Rotwein ist geleert, die Sandwiches aufgegessen, als wir uns auf den Heimweg machen.

Die feuchte Hitze nimmt uns den Atem, und wir beschließen, noch einen Schlummertrunk auf unserem kleinen Balkon zu nehmen. Am Himmel über uns zucken unaufhörlich Blitze. Von einem Moment zum anderen wird es kalt. Und ein mächtiges Gewitter bricht über die kleine Insel herein. Regen beginnt zu strömen, Wind heult durch die Gassen.

Mit einem Mal wankt eine dicke schwarze Säule über den Hafen auf die Innenstadt zu. Es gelingt uns gerade noch, die Fenster und Türen zu schließen, da sehen wir durch die Ritzen der Holzbalken Fahrräder und Mülltonnen durch die Luft fliegen. Entsetzt hören wir das Krachen der unter dem Wind brechenden Bäume und das Poltern herabstürzender Dachziegel.

Der Strom fällt aus, und es wird dunkel. Dann beginnen verschiedene Sirenen gleichzeitig zu heulen.

Instinktiv wissen wir, dass wir in dieser Nacht eines der schlimmsten Unwetter, von denen Grado bisher heimgesucht wurde, miterleben.

Am 8. August 2008 wurde Grado von einem wilden Tornado überrascht. Drei Menschen fielen ihm zum Opfer, über fünfhundert Bäume wurden entwurzelt, es gab viele Verletzte, zerstörte Autos und Yachten, verwüstete Campingplätze und abgerissene Stromleitungen.

Die Geschehnisse in diesem Buch wurden von diesem Ereignis inspiriert.

Andrea Nagele

Dank

Auch diesmal danke ich neben dem Verleger Hejo Emons im Besonderen Christel Steinmetz, Stefanie Rahnfeld und dem Lektorat in Berlin, Marit Obsen, sowie natürlich all jenen, die im Hintergrund im Emons Verlag wirken.

Wieder hat mich Grado, die Perle an der Adria, verzaubert, und so entspann sich eine weitere Geschichte um die verwegene Commissaria Maddalena Degrassi. Dieses Mal, wie schon im Nachwort erzählt, auf Basis einer wahren Begebenheit, dem Tornado im Sommer 2008.

Neben dem Schreiben sind es die vielen Lesungen und Präsentationen in Österreich und Italien, die das vergangene Jahr für mich prägten und die Entstehung des neuen Romans begleitet haben.

Ich danke meinem Experten-Team: dem Meteorologen Gerhard Hohenwarter von der Zentralanstalt für Meteorologie und Geodynamik, unserem Freund, dem Wetter-Freak Helmut Grasser, der mir mit Rat zur Seite stand, meiner Freundin Christa Rados, die mir bei psychiatrischen sowie neurologischen Fragen aushalf, unserem Freund Christian Puswald, der mich mit juristischem Rat unterstützte, unseren Freunden Ursula und Konrad, die auf ihren Wanderungen durch den Karst so manche Doline entdeckten, und den beiden Hoteliers und Touristikern Thomas Soyer vom Hotel Savoy und Alessandro Lovato vom Grand Hotel Astoria für ihre Unterstützung. Danke auch an Alessandro für das tolle Rezept.

Alle Fehler und Ungenauigkeiten, das diverse Fachwissen betreffend, gehen selbstverständlich auf mich zurück.

Ich danke auch den Buchhändlern, Bibliothekaren und Festival-Verantwortlichen in Österreich und Italien, die sich so für meine Bücher einsetzen, sowie natürlich allen treuen

Lesern, die zu meinen Lesungen kommen und an den Leserunden von LovelyBooks teilnehmen, die meine Bücher lesen und rezensieren.

Ebenso danke ich meinen Freunden und Verwandten: Claudia, Cinzia und Carlo, Maria und Nevio, Uta und Arno, meiner Mutter, unseren Kindern Sophie, Maxi und Karo, meinem Bruder Alfred, der meine Texte gegenliest, meiner Cousine Barbara, auch für ihre gelungenen Pressefotos, und von Herzen meinem Mann Günther.

Andrea Nagele
GRADO IM REGEN
Broschur, 240 Seiten
ISBN 978-3-95451-785-5

»Eine tiefgründig ausgearbeitete Geschichte.«
StadtZeitung Klagenfurt

Andrea Nagele
GRADO IM DUNKELN
Broschur, 256 Seiten
ISBN 978-3-7408-0068-0

»Ihre Erzählungen lassen den Leser tief in die Geschichte von Taten und Tätern eindringen und Psyche und innere Motive ergründen. Ein spannendes Verwirrspiel, das bis zum Schluss in Atem hält.« Wiener Bezirksblätter

www.emons-verlag.de

Andrea Nagele
GRADO IM NEBEL
Broschur, 288 Seiten
ISBN 978-3-7408-0298-1

»Hochspannung pur. Man fiebert mit allen Beteiligten, dass es zu einem glücklichen Ende kommt.« ekz

Andrea Nagele
TOD AM WÖRTHERSEE
Broschur, 272 Seiten
ISBN 978-3-95451-288-1

»Unsentimental, glasklar und erschreckend tief führt uns die Autorin in seelische Ab- und Beweggründe.« ekz